LYON SPRAGUE DE CAMP

Conan
und der Spinnen-
gott

5. Band der Conan-Saga

Ungekürzte, illustrierte und mit Karten versehene deutsche Erstausgabe

WILHELM HEYNE VERLAG
MÜNCHEN

HEYNE SCIENCE FICTION UND FANTASY
Nr. 06/4029

Titel der amerikanischen Originalausgabe
CONAN AND THE SPIDER GOD
Deutsche Übersetzung von Lore Strassl
Die Karten zeichnete Erhard Ringer
Die Illustrationen sind von Klaus D. Schiemann

Umschlaggestaltung nach einem Motiv
von Chris Achilleos und Fotos aus dem Film
»Conan der Barbar« im Verleih Neue Constantin Film
durch Atelier Ingrid Schütz, München

2. Auflage

Redaktion: F. Stanya

Printed in Germany 1985
Satz: Schaber, Wels/Österreich
Druck: Presse-Druck Augsburg

ISBN 3-453-30969-3

Die Hyborische Welt Conans

NORDSEE
VANAHEIM
ASGARD
CIMMERIEN
HYPER-
BOREA
ZINGARA
AQUILONIEN
BRYTHUNIEN
NEMEDIEN
OPHIR
ARGOS
CORINTHIEN
ZAMORA
VILAYET
MEER
KOTH
SHEM
TURAN
STYGIEN
KUSH
WESTL. OZEAN
DARFAR
KESHAN
PUNT
IRANISTAN
ZEMBABWEI
MEER
AMAZON
ATLAIA

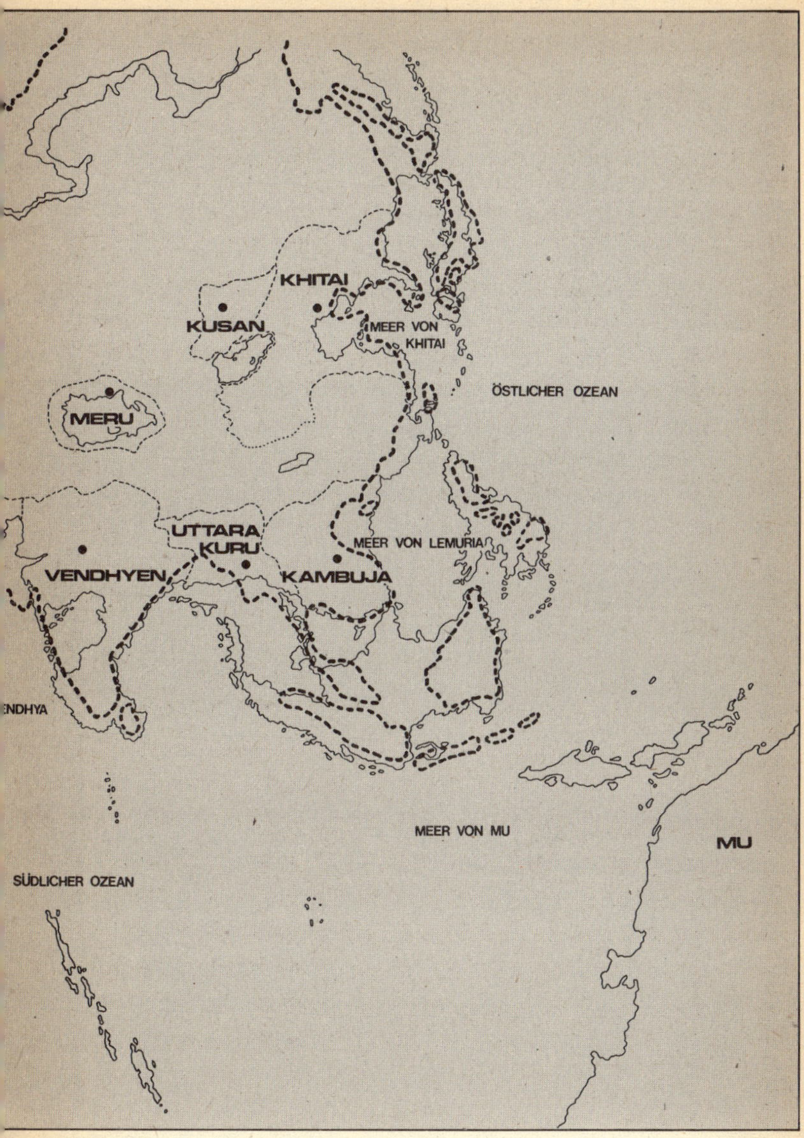

KHITAI
KUSAN
MEER VON
KHITAI
ÖSTLICHER OZEAN
MERU
UTTARA
KURU
MEER VON LEMURIA
VENDHYEN
KAMBUJA
NDHYA
MEER VON MU
MU
SÜDLICHER OZEAN

Inhalt

Einleitung

Conan, der große Barbar und Abenteurer, erwuchs der Phantasie Robert Ervin Howards, des texanischen Groschenheft-Autors. Wie Howard selbst es formulierte: »Er beherrschte plötzlich meine Gedanken . . ., als ich auf einer Fahrt in einem Grenzstädtchen am unteren Rio Grande eine Rast einlegte . . . Er schritt in voller Größe aus dem Nichts und veranlaßte mich, die Saga seiner Abenteuer aufzuzeichnen . . . Mein Unterbewußtsein nahm die hervorstechendsten Charakteristika verschiedener Boxer, Revolverhelden, Alkoholschmuggler, Vorarbeiter auf den Ölfeldern, Glücksspieler und hart arbeitender Männer, mit denen ich bekannt war, warf sie in einen Topf, vermischte sie gut, und das Ergebnis war der Held, den ich Conan von Cimmerien nenne.«

Das stimmt zweifellos, trotzdem ist Conan gleichzeitig die idealisierte Vorstellung Howards von sich selbst – ein Howard, wie er gern gewesen wäre: ein tollkühner Haudegen und Abenteurer, bei dem sich alles um Wein, Weib und Kampf drehte. Trotz seines kräftigen Körperbaus – er war einsfünfundneunzig groß und wog gut neunzig muskelschwere Kilo – waren Robert E. Howard und der große Cimmerier so verschieden wie Tag und Nacht.

Zwar waren sowohl Howard als auch sein Held von hitzigem Temperament und Frauen gegenüber galant, doch Conan ist als ausgesprochen extrovertiert gezeichnet, als unbekümmertes Rauhbein mit nur wenig Hemmungen und sehr weitem Gewissen. Sein Schöpfer dagegen war von untadeliger Moral, achtete peinlichst die Gesetze, war höflich und weichherzig, schüchtern, belesen, introvertiert und – obgleich er es bestritt – ein echter Intellektueller. In seiner Unausgeglichenheit schwankte er zwischen mitreißender, gesprächiger Fröhlichkeit und Depressionen und Verzweiflungsanfällen. Mit dreißig, als eine vielversprechende literarische Karriere vor ihm lag, nahm er sich nach dem Tod seiner Mutter das Leben.

Howard wurde 1906 in Peaster, Texas geboren und verbrachte den größten Teil seines Lebens in dem Städtchen Cross Plains im Herzen Texas. Das scheue Einzelkind entwickelte sich zu einer Leseratte und einem Bodybuilder, der seine von Natur aus kräftige Statur durch Boxen, Gewichtheben und Reiten trainierte. Zu seinen Lieblingsautoren gehörten Edgar Rice Burroughs, Rudyard Kipling, Harold Lamb, Jack London und Talbot Mundy. Bei diesen Interessen ist es nicht verwunderlich, daß er Boxer- und Wildwestgeschichten, orientalische Abenteuergeschichten und sehr viele bemerkenswerte Gedichte schrieb.

Hervorragend, sowohl was ihre Zahl als auch ihre Beliebtheit anbelangt, waren seine Fantasy-Stories. Howards Pech war, daß ausgerechnet während seiner kurzen, nur eine Dekade dauernden literarischen Produktivität von Fantasy nicht viel gehalten wurde. Seine Werke kamen erst nach seinem Tod in Buchform heraus. Die meisten seiner Fantasysachen erschienen in WEIRD TALES, einem Magazin, das sich recht und schlecht von 1923 bis 1954 über dem Wasser hielt. Die Honorare waren zwar niedrig, und die Bezahlung ließ des öfteren auf sich warten, aber es war Howards zuverlässigster Abnehmer.

Gegen Ende der zwanziger Jahre schrieb Howard eine Reihe von Fantasy-Geschichten über König Kull vom versunkenen Atlantis, der zum Herrscher eines Festlandkönigreichs wurde. Diese Reihe hatte keinen großen Erfolg, von zehn Kull-Stories verkaufte Howard nur drei.

Später schrieb er eine der Kull-Geschichten um, auf denen er sitzengeblieben war. Aus »By this Axe I Rule« wurde »The Phoenix on the Sword« (Im Zeichen des Phönix, in CONAN DER THRONRÄUBER, Heyne Band 06/3263). Er versetzte die Handlung in eine spätere imaginäre Zeit, zwischen dem Untergang von Atlantis und dem Beginn der Geschichtsschreibung, die Howard »das hyborische Zeitalter« nannte. Er gab seinem neuen Helden den alten keltischen Namen Conan, da Howard irischer Abstammung war und sich ungemein für die Kelten interessierte und sie bewunderte.

»The Phoenix on the Sword« schlug bei den Lesern von WEIRD TALES ein. Deshalb verfaßte Howard von 1932 bis 1936 hauptsächlich Conan-Stories. Allerdings erwähnte er kurz vor seinem Tod, daß er die Fantasy aufgeben würde, um sich auf Wildwestgeschichten zu konzentrieren.

Von Howards verschiedenen Helden erwies Conan sich als der beliebteste. Howard erlebte die Veröffentlichung von achtzehn seiner Geschichten über den riesenhaften Barbaren, der durch Bäche von Blut watete, um sowohl natürliche als auch übernatürliche Feinde zu schlagen, und der schließlich Herrscher des mächtigsten hyborischen Königreichs wurde.

Durch Glenn Lords und meine eigenen Bemühungen kamen seit Howards Tod noch mehrere unveröffentlichte Conan-Geschichten ans Licht, und zwar von kompletten Manuskripten bis zu nicht mehr als Fragmenten und Synopsen. Mein Kollege Lin Carter und ich vollendeten diese nicht fertiggestellten Stories, und Carter und Björn Nyberg arbeiteten mit mir an neuen Conan-Geschichten, um Lücken in der Saga zu schließen.

Außerdem versuchten einige andere Kollegen – Karl

Edward Wagner, Andrew Offut und Poul Anderson – ebenfalls ihr Glück mit Conan-Pastiches: eine anerkennenswerte Form von Literatur, in der ein Autor sich bemüht, sowohl den Geist als auch den Stil eines Vorgängers wiederzugeben – so wie Vergil mit seiner ÄNEIS versuchte, Homer nachzuahmen. CONAN UND DER SPINNENGOTT ist ein solcher Pastiche. Inwieweit einer von uns imstande ist, die Anschaulichkeit und Buntheit von Howards Erzählungen und seinen großartigen Stil zu treffen, soll der Leser selbst beurteilen.

Die Conan-Geschichten sind eine Untergattung der sogenannten heroischen Fantasy oder Schwert-und-Magie Stories. William Morris, der britische Kunstmaler, Dichter, Dekorateur, Hersteller und Reformer bediente sich ihrer als erster – als moderne Imitation der mittelalterlichen Romanze, die in ihren letzten Zügen lag, seit Cervantes sich mit seinem DON QUIJOTE über die Ritterromane seiner Zeit lustig machte. Anfang des zwanzigsten Jahrhunderts traten in England Lord Dunsany und Eric Rücker Eddison in seine Fußstapfen, und in den Vereinigten Staaten Robert E. Howard, Clark Ashton Smith und viele andere.

Heroic Fantasy-Stories handeln in einer imaginären Welt ferner Vergangenheit oder Zukunft, aber auch auf einem anderen Planeten, wo Magie nicht nur ein Wort ist, wo übernatürliche Wesen herumstreifen und es keine Maschinen gibt. Märchen dieser Art für Erwachsene sind reine Fluchtliteratur. In einer solchen Welt strecken prächtige Städte ihre Silbertürme den Sternen entgegen; Hexer wirken in unterirdischen Gewölben mit ihren unheilvollen Zaubern; bösartige Geister treiben in zerfallenden Ruinen ihr Unwesen; Urweltungeheuer brechen sich ihren Weg durch Dschungeldickicht; und das Schicksal von Königreichen liegt in den Schwertern von Helden mit ungeheuerlicher

Kraft und unbeschreiblichem Mut. Die Männer sind mächtig, die Frauen schön, die Probleme unkompliziert, das Leben ist abenteuerlich, und niemand hat je von Inflation, Energiekrise und Luftverschmutzung gehört.

Mit anderen Worten, heroische Fantasy verherrlicht eine Welt, die es nicht gibt, die es jedoch geben sollte. Sie will unterhalten, nicht die Klugheit des Autors zur Schau stellen, den Leser in höhere Sphären heben oder die Unzulänglichkeiten unserer Welt aufdecken. Über das Thema des reinen Eskapadismus schrieb J. R. R. Tolkien: »Warum sollte man einen Menschen auslachen, der hinter Gittern anderen Gedanken nachhängt und sich über anderes unterhält als über Wärter und Gefängnismauern?«

Während des Zweiten Weltkriegs sah es ganz so aus, als hätte das Maschinenzeitalter Schluß mit der Fantasy gemacht. Doch nach dem Erscheinen 1950 von Tolkiens dreibändigem Werk THE LORD OF THE RINGS (Der Herr der Ringe) und der späteren Taschenbuchausgabe als überwältigender Bestseller war die Zukunft der modernen Fantasy wieder gesichert.

In den sechziger Jahren gelang es mir, einen Taschenbuchherausgeber für die Gesamtausgabe der Conan-Stories zu interessieren, und so wurden Howards beachtenswerte Geschichten zum erstenmal dem Massenpublikum zugänglich. Die zwölf Bände standen unter den Fantasy-Sachen nur hinter THE LORD OF THE RINGS zurück, was ihre Beliebtheit anbelangte, denn sie handeln von einem Helden, der sich nicht von kleinlichen Gesetzen und anderen Hindernissen aufhalten läßt und über Heimsuchungen und Bedrängnis triumphiert, und sie sind auf bildhafte, mitreißende Weise geschrieben, sind aus dem Stoff der Träume.

Inzwischen wurden zehn weitere Conan-Bände für die Millionen Fans des mächtigen Barbaren geschrieben. Ich glaube nicht, daß ich mich irre, wenn ich sage, daß Conan von Cimmerien noch viele Lesergenerationen begeistern wird.

In der Saga wurde Conan als Sohn eines Schmiedes im rauhen barbarischen Nordland Cimmerien geboren. Eine Fehde zwingt ihn, seinen Stamm zu verlassen. Er zieht nordwärts ins subarktische Land Asgard, wo er sich den Æsir anschließt und mit ihnen gegen die Vanir von Vanaheim im Westen und die Hyperboreaner im Osten kämpft. Bei einem Streifzug wird er von den Hyperboreanern gefangen und versklavt. Es gelingt ihm, südwärts ins uralte Land Zamora zu fliehen. Conan, dem die Zivilisation neu ist und der nicht viel von Gesetzen hält, geht zwei Jahre lang, mehr tollkühn als geschickt, dem Diebeshandwerk in Zamora und den angrenzenden Ländern Corinthien und Nemedien nach.

Als er dieses Hungerlebens eines außerhalb der Gesetze Stehenden überdrüssig wird, schlägt er sich ostwärts durch und verdingt sich als Söldner in der Armee des mächtigen orientalischen Königreichs Turan, das zu dieser Zeit von dem gutmütigen, aber unfähigen König Yildiz regiert wurde. Dort bleibt er etwa zwei Jahre; er lernt Bogenschießen und Reiten und kommt sehr viel herum, einmal sogar weit ostwärts ins fabelhafte Land Khitai.

Bei Beginn dieses Romans hat Conan – er ist Anfang zwanzig – sich zum Hauptmannsrang emporgedient und wurde zur königlichen Garde in der Hauptstadt Aghrapur versetzt. Wie gewöhnlich gerät er in Schwierigkeiten und sieht sich bald gezwungen, sein Glück anderswo zu suchen.

Villanova, Pennsylvania *L. Sprague de Camp*

Conan und der Spinnengott

1

LUST UND TOD

Ein großer, ungewöhnlich kräftiger Mann – ein Riese fast – stand in den Schatten des Innenhofs. Obgleich er die brennende Kerze am Fenster sah, die die Turanerin zum Zeichen dafür aufgestellt hatte, daß er ungehindert kommen konnte – und für einen Mann aus den Bergen war die kleine Kletterpartie ein Kinderspiel –, wartete er noch. Er hatte keine Lust, sich auf halber Höhe an der efeuüberwucherten Wand des alten Hauses erwischen zu lassen. Zwar würde die Stadtwache zögern, einen von König Yildizs Offizieren zu verhaften, doch zweifellos würde Narkias Protektor von seiner Eskapade hören – und dieser Protektor war Oberhauptmann Orkhan, der Vorgesetzte des riesenhaften Mannes.

Wachsamen Auges blickte Conan von Cimmerien, Hauptmann der königlichen Garde, zum Himmel hoch. Der Vollmond versilberte mit seinem Schein die Kuppeln und Türme Aghrapurs. Eine Wolke schwamm auf die bleiche Scheibe zu, aber diese windgetragene Himmelsgaleone genügte dem Cimmerier nicht für seine Zwecke. Sie würde den Mond nur etwa halb so lange verdecken, wie er für die Erklimmung der Mauer brauchte. Doch zufrieden stellte er fest, daß eine weit größere Wolke der ersten folgte.

Als der Mond das Antlitz hinter dieser gewaltigen Wolke verbarg, rückte Conan seinen Waffengürtel so zurecht, daß der Säbel den Rücken hinunterhing. Er schlüpfte aus den Sandalen und schob sie in den Gürtel, dann kletterte er wie eine Katze den alten kräftigen Efeu hoch.

Eine gespenstische Stille drückte auf die dunklen Türme und Dächer herab, nur hier und da von Schritten unterbrochen, während die rotumsäumte Wolke langsam dahintrieb. Eine leichte Brise strich gegen die geradegeschnittene schwarze Mähne des Kletterers, und ein kalter Schauder jagte ihm den Rücken hinab. Er entsann sich der Worte des Sterndeuters, den er vor drei Tagen aufgesucht hatte.

»Hütet Euch beim nächsten Vollmond davor, Euch auf etwas einzulassen«, hatte der Graubärtige ihn gewarnt. »Der Stand der Sterne deutet darauf hin, daß Ihr dadurch Räder – Räder von Ursache und Wirkung – ins Rollen bringen würdet. Es käme zu einer Verkettung aller möglichen Umstände und so zu einer drastischen Veränderung.«

»Und wäre diese Veränderung gut oder schlecht?« hatte Conan sich erkundigt.

Der Astrologe hatte die knochigen Schultern unter dem Flickengewand gezuckt. »Das läßt sich nicht vorhersagen, nur daß sie eben umwälzend wären.«

»Könnt Ihr mir denn nicht wenigstens sagen, ob ich bei dieser Umwälzung oben oder unten landen werde?«

»Nein, Hauptmann. Doch da die Sterne Euch gegenwärtig nicht sonderlich wohlgesinnt zu sein scheinen, würde ich meinen, unten.«

Über diese ihn so gar nicht zufriedenstellende Weissagung brummelnd, bezahlte Conan den Sterndeuter und verließ ihn. Er zweifelte nicht, daß es Magie, Zauberei und Spiritismus gab, aber er glaubte durchaus nicht alles, was Okkultisten behaupteten, weil er sie nicht für unfehlbar hielt. Unter ihnen, wie in jedem anderen Beruf ebenfalls, gab es Tüchtige und Stümper. Deshalb hatte er sich auch nicht von des Sterndeuters Warnung abhalten lassen, als Narkias Einladung kam, ihn während der Abwesenheit ihres Protektors zu besuchen.

Die Kerze verschwand, und knarrend öffnete sich das

Fenster. Der Riese schlängelte sich durch das Laubwerk und richtete sich auf. Verlangend blickte er auf die vor ihm stehende Turanerin. Ihr schwarzes Haar fiel in weichen Wellen über die zierlichen Schultern. Der Schein der Kerze, die sie auf ein Tischchen gestellt hatte, offenbarte die aufregende Figur unter dem hauchdünnen Gewand aus amethystfarbener Seide.

»Hier bin ich«, brummte Conan.

Narkias Katzenaugen glitzerten amüsiert, als sie den Mann anblickte, der in seinem billigen, wollenen Hemd und der flickenbesetzten Pluderhose zu ihr herabschaute.

»Ich habe dich erwartet, Conan«, versicherte sie ihm und streckte die Arme nach ihm aus. »Obgleich ich, um ehrlich zu sein, nicht damit gerechnet hatte, daß du im Aufzug eines Stallburschen zu mir kommen würdest. Wo hast du denn deine prächtige beige-rote Uniform und die Stiefel mit den Silbersporen?«

»Ich hielt es nicht für angebracht, sie heute abend zu tragen«, erwiderte er. Er streifte den Waffengürtel über den Kopf und legte sorglos den Säbel auf den Teppich. Unter der geradegeschnittenen schwarzen Mähne blitzten tiefliegende eisblaue Augen unter buschigen schwarzen Brauen in einem narbigen, sonnengebräunten Gesicht. Obgleich er Anfang zwanzig war, hatten die Wechselfälle eines wilden, harten Lebens ihm eine Reife über seine Jahre hinaus verliehen.

Mit der Geschmeidigkeit eines Tigers glitt Conan auf Narkia zu, nahm sie in die muskulösen Arme und drehte sie in Richtung des Bettes. Aber die Frau wehrte sich, preßte die Hände gegen seine gewaltige Brust.

»So warte doch!« hauchte sie. »Ihr Barbaren seid zu stürmisch. Zuerst müssen wir doch richtig Bekanntschaft schließen. Setz dich auf den Stuhl und trink einen Schluck Wein.«

»Wenn es sein muß«, brummte Conan auf hyrkanisch mit

barbarischem Akzent. Widerwillig setzte er sich und leerte den Kelch mit dem goldfarbenen Getränk in drei Schlucken.

»Danke, Mädchen«, murmelte er und stellte das leere Trinkgefäß auf den Tisch.

Narkia lächelte. »Also wirklich, Hauptmann Conan, deine Manieren! Dieser edle Tropfen aus Iranistan sollte Schlückchen um Schlückchen voll genossen werden, du aber gießt den köstlichen Wein hinunter, als wäre er bitteres Bier. Wirst du denn nie zivilisiert werden?«

»Das bezweifle ich!« knurrte Conan. »Was ich in den vergangenen Jahren von eurer sogenannten Zivilisation gesehen habe, hat sie mir alles andere als liebenswert gemacht.«

»Warum bleibst du dann in Turan? Du könntest doch in deine barbarische Heimat zurückkehren – wo immer sie ist.«

Mit trockenem Grinsen verschränkte Conan die Prankenhände im Nacken und lehnte den Kopf an die teppichbehangene Wand. »Warum ich bleibe?« Er zuckte die Schultern. »Vielleicht, weil man hier auf die eine oder andere Weise zu mehr Gold kommen kann als dort, und auch, weil es hier mehr zu sehen und zu tun gibt. Das Leben in einem cimmerischen Dorf wird auf die Dauer langweilig. Ein Tag ist wie der andere, nur hin und wieder gibt es mal Streitigkeiten mit einem Nachbardorf und ab und zu eine Fehde mit einem anderen Clan. He – was ist das?«

Schwere Schritte schallten auf der Treppe, und einen Augenblick später schwang die Tür auf. In der dunklen Öffnung hob Oberhauptmann Orkhan sich ab. Sein Kinn hing erstaunt herab, die Augen unter dem spitzen Turbanhelm waren verblüfft aufgerissen. Orkhan war ein hochgewachsener Mann mit Geiergesicht, etwas weniger breit als Conan, aber kräftig und geschmeidig, obgleich seinen kurzgestutzten schwarzen Bart bereits das erste Grau durchzog.

Grimm löste seine Verwunderung ab, als er sich über die

Szene vor ihm klar wurde und er Conan erkannte. »So!« knirschte er. »Wenn die Katze aus dem Haus ist ...« Seine Finger legten sich um den Griff des Krummsäbels.

Beim Aufschwingen der Tür hatte Narkia sich auf das Bett geworfen und schrie nun, während Orkhan sprach: »Hilfe! Dieser Barbar ist eingebrochen. Er wollte mich vergewaltigen und drohte mich zu töten, wenn ...«

Verwirrt starrte Conan von einem zum anderen, bis er sich faßte. Als Orkhan den Säbel aus der Scheide riß, sprang der Cimmerier auf die Füße, packte den Stuhl, auf dem er gesessen hatte, und schleuderte ihn dem Oberhauptmann entgegen. Das Geschoß traf den Bauch des Turaners, und er taumelte zurück. Schon bückte Conan sich nach seinem Säbel, den er in seiner Hülle auf den Boden gelegt hatte. Ehe Orkhan sich gefangen hatte, stand Conan bewaffnet wieder aufrecht.

»Erlik sei Dank, daß du rechtzeitig gekommen bist, mein Retter!« keuchte Narkia und kauerte sich auf dem Bett zusammen. »Er hätte mich ...«

Während sie sprach, wehrte Conan einen wütenden Angriff Orkhans ab, der in schneller Reihenfolge ausholte, mit Vorhand und Rückhand schwang und den Säbel hochschlug. Grimmig parierte der Cimmerier jeden heftigen Hieb. Die Klingen klirrten und krachten und schlugen Funken. Zum Stoß kam es nicht, da die Krummsäbel der Turaner dafür nicht geeignet waren.

»Hör auf, Narr!« donnerte Conan. »Die Frau lügt! Sie lud mich ein und ich kam. Wir haben nichts getan ...«

Narkia schrillte etwas, das Conan nicht verstand, denn als Orkhans Angriff noch wilder wurde, erwachte unbezähmbare Kampfeslust in dem Cimmerier. Er schlug heftiger und schneller zu, bis Orkhan, obwohl er ein ausgezeichneter Fechter war, heftig atmend zurückwich.

Da glitt Conans Klinge an Orkhans Schutzblatt vorbei

und durch die Kettenglieder seines Harnischs in die Seite. Orkhan taumelte, ließ seinen Säbel fallen und drückte eine Hand auf die Wunde, aus der Blut quoll. Conan ließ dem ersten Treffer einen zweiten folgen, der den Turaner am Hals erwischte. Orkhan brach zuckend zusammen und blieb reglos liegen, während sein Blut den Teppich dunkel färbte.

»Du hast ihn umgebracht!« kreischte Narkia. »Dafür wird Tughril deinen Kopf fordern! Weshalb hast du ihn nicht einfach mit der flachen Klinge betäubt?«

»Wenn man um sein Leben kämpft«, brummte Conan, während er seine Klinge abwischte und in die Scheide schob, »kann man seine Hiebe nicht so genau berechnen, wie ein Pillendreher die Zutaten seiner Salben. Es war deine Schuld nicht weniger als meine. Weshalb hast du mich der Vergewaltigung bezichtigt?«

Narkia zuckte die Schultern. Mit der Spur eines Lächelns sagte sie: »Ich wußte ja nicht, wer von euch siegen würde! Hätte ich dich nicht beschuldigt und du wärst von ihm getötet worden, hätte er mich auch noch umgebracht.«

»Das ist wieder mal ein Beispiel eurer Zivilisation!« knurrte Conan. Ehe er den Waffengürtel über den Kopf streifte, wirbelte er herum und schlug Narkia den Säbel in der Scheide auf die Kehrseite, daß sie als Häufchen Elend auf den Boden sank. Mit angstvoll aufgerissenen Augen wich sie zurück.

»Wenn du keine Frau wärst, kämst du nicht so glimpflich davon. Ich warne dich, schrei ja nicht um Hilfe, und gib mir einen guten Vorsprung, ehe du Alarm schlägst. Wenn nicht ...« Bedeutungsvoll strich er mit dem Finger über die Kehle und ging rückwärts zum Fenster. Einen Augenblick später kletterte er an dem Efeu hinunter, gefolgt von Narkias wilden, aber leisen Verwünschungen.

Lyco von Khorshemish, Leutnant der leichten Reiterei des Königs, blies eine wehmütige Weise auf seiner Flöte, als Conan in ihr gemeinsames Zimmer in der Maypurgasse stürmte. Nach einem kurzen Gruß schlüpfte Conan hastig aus seiner Zivilkleidung und zog seine Offiziersuniform an. Dann breitete er seine Wolldecke auf dem Boden aus und legte seine armselige Habe darauf. Er öffnete eine verschlossene Truhe und holte ein kleines Ledersäckel voll Münzen heraus.

»Willst du fort?« erkundigte sich Lyco, ein untersetzter Bursche in Conans Alter. »Man könnte meinen, du willst für immer weg. Ist vielleicht ein Teufel hinter dir her?«

»Beides stimmt«, brummte Conan.

»Was hast du denn angestellt? Bist du in des Königs Harem eingebrochen? Warum warst du nicht vorsichtiger, wo du jetzt endlich den angenehmen Posten bekommen hast, den du schon immer haben wolltest?«

Conan zögerte, dann sagte er: »Du sollst es ruhig wissen, nachdem ich nicht mehr hier sein werde, wenn du mich verraten könntest.«

Lyco wollte wild aufbegehren, aber der Cimmerier wehrte ab. »Ich habe nur Spaß gemacht, Lyco. Ich weiß, daß du mich nicht reinlegen würdest. Ich habe gerade Orkhan getötet.« Mit knappen Worten berichtete er, was geschehen war.

Lyco pfiff durch die Zähne. »Damit hast du Öl in die Flammen gegossen! Erliks Hoherpriester ist sein Vater. Der alte Tughril wird nach deinem Herzblut trachten, selbst wenn der König dir vergeben sollte.«

»Das weiß ich!« knirschte Conan und band seine Deckenrolle zusammen. »Deshalb beeile ich mich ja auch so.«

»Wenn du die Frau ebenfalls getötet hättest, würde es wie ein einfacher Raubmord aussehen, und niemand wüßte, wer dafür verantwortlich ist.«

»Das kann auch nur einem Kothier einfallen!« knurrte Conan. »Nein, danke, ich bin noch nicht so zivilisiert, daß ich Frauen umbringe. Doch wenn ich lange genug in diesen Südlanden bleibe, lerne ich es vielleicht noch.«

»Und nur einem dickschädeligen Cimmerier kann es passieren, von einer Falle in die andere zu tappen! Ich habe dir doch gesagt, daß die Omen für heute abend ungünstig sind, und daß mein Traum vergangene Nacht Schlimmes bedeutete.«

»Ja, du hast irgendeinen Unsinn geträumt, der nichts mit mir zu tun hatte – über einen Zauberer, der einen kostbaren Edelstein raubte. Du hättest Seher werden sollen, mein Junge, nicht Soldat.«

Lyco erhob sich. »Brauchst du noch ein paar Münzen?«

Conan schüttelte den Kopf. »Danke für dein Angebot, aber was ich habe, genügt mir, bis ich in ein anderes Königreich komme. Erlik sei Dank, daß ich ein wenig meines Soldes gespart habe. Wenn du es richtig anstellst, Lyco, bekommst du vielleicht meinen Posten.«

»Möglich, aber lieber würde ich mich weiter mit meinem alten Kameraden herumstreiten. Was soll ich denn sagen, wenn man mich nach dir fragt?«

Conan runzelte die Stirn. »Crom, so eine dumme Geschichte. Sag doch, ich hätte versucht dir weiszumachen, daß ich als Kurier des Königs nach – nach ... Wie heißt denn das kleine Königreich südöstlich von Koth?«

»Khauran?«

»Richtig. Also, daß ich nach Khauran reiten müßte, um dem König eine Botschaft zu bringen.«

»Sie haben dort keinen König, sondern eine Königin.«

»Meinetwegen, der Königin dann eben. Leb wohl, und vergiß nicht, im Kampf an die richtige Deckung zu denken.«

Sie verabschiedeten sich auf rauhe kameradschaftliche Weise, schüttelten einander die Hände, schlugen sich auf den

Rücken und boxten sich in die Seiten. Und dann verschwand Conan mit flatterndem gelben Umhang.

Der rötliche Mond, der sich allmählich dem Westhorizont zuneigte, schien friedlich auf das Westtor von Aghrapur, als Conan auf seinem kräftigen Streitroß, einem Rapphengst, den er Egil nannte, darauf zuritt. Die Decke mit seiner Habe hatte er sicher hinter dem Sattel verstaut.

»Öffnet das Tor!« rief er. »Ich bin Hauptmann Conan von der königlichen Garde in königlicher Mission.«

»Was ist Euer Auftrag, Hauptmann Conan?« erkundigte sich der Wachoffizier.

Conan hob eine Pergamentrolle. »Eine Botschaft Seiner Majestät an die Königin von Khauran. Sie ist eilig.«

Während Wachen stöhnend das schwere, bronzebeschlagene Eichentor öffneten, steckte Conan die Schriftrolle in den Lederbeutel an seinem Gürtel. Sie war in Wirklichkeit eine kurze Abhandlung über die Fechtkunst, an der Conan seine beschränkten Kenntnisse der hyrkanischen Schrift zu erweitern versucht hatte. Natürlich hatte er damit gerechnet, daß der Wachoffizier nicht verlangen würde, einen Blick darauf zu werfen. Doch selbst wenn, wäre er möglicherweise gar nicht imstande gewesen sie zu lesen, und schon gar nicht in dem gedämpften Laternenlicht.

Endlich öffnete das Tor sich knarrend. Conan grüßte dankend, trottete hindurch und setzte seinen Weg fort. Er folgte der breiten Straße, die manche hier »Straße der Könige« nannten. Sie war eine von mehreren Hauptstraßen mit diesem Namen und führte westwärts nach Zamora und zu den hyborischen Königreichen. Zügig ritt er durch die schwindende Nacht, vorbei an jungen Weizenfeldern, saftigen Weiden, wo Schäfer ihre Herden hüteten und Kuhhirten ihre Rinder.

Ehe die Straße Shadizar, die Hauptstadt von Zamora,

erreichte, bog ein Weg in die Berge entlang Khaurans Grenze ab. Conan hatte jedoch nicht die Absicht, nach Khauran zu reiten. Kaum war er außer Sichtweite von Aghrapur, ritt er abseits der Straße, wo dichte Bäume einen Bach einsäumten. Hinter diesen Bäumen, vor den Blicken eventuell Vorüberkommender geschützt, zog er seine fesche Uniform wieder aus und schlüpfte in das schäbige Wollhemd und die flickenbesetzte Pluderhose, die er bei Narkia angehabt hatte.

Er ärgerte sich über sich selbst. Lyco hatte recht gehabt, er war viel zu dumm. Die Frau hatte ihm ein Briefchen zukommen lassen, in dem sie ihn zu sich einlud, während ihr Protektor in Shahpur war. Da Conan der Tavernendirnen müde war, hatte er sich nach einer Kurtisane von besserem Stand und feineren Formen gesehnt. Deshalb und auch aus jungenhaftem Übermut, seinem Vorgesetzten die Liebste unter der Nase verführen zu können, hatte er sich auf dieses Abenteuer eingelassen, das ihn nun seine vielversprechende Laufbahn gekostet hatte. Er hätte nie damit gerechnet, daß Orkhan früher als erwartet von Shahpur zurückkommen würde. Und das Schlimmste war, daß er ihn gemocht hatte. Er war ein strenger, aber gerechter Vorgesetzter gewesen . . .

In bitteren Gedanken versunken, wickelte Conan den Turban vom Spitzhelm und wand ihn sich auf die Art eines zuagirischen Kaffiyyas um den Kopf und steckte die Enden in sein Hemd. Dann rollte er seine Habseligkeiten wieder in die Decke, schwang sich in den Sattel und ritt weiter – doch nicht zurück auf die Straße der Könige, sondern nordwärts, durch Wiesen und Wälder, wo niemand seine Spuren verfolgen konnte.

Grimmig lächelte er, als er weit hinter sich einen Trupp Reiter auf der Hauptstraße westwärts galoppieren hörte. Wenn sie noch länger in diese Richtung ritten, würden sie ihn nicht mehr einholen können.

Eine Weile später, in der rosigen Morgendämmerung,

lenkte Conan sein Pferd nordwärts auf einem schmalen Weg, der kaum mehr als ein Pfad durch ein Gebiet abgeholzten Waldes war, in dem nun dichtes Gebüsch wuchs. So sehr war der Cimmerier in seine Gedanken vertieft, daß er nicht sofort den nahenden Hufschlag und das Klingeln der Harnischglöckchen eines Reitertrupps hörte. Ehe er dazu kam, sein Pferd in schützendes Dickicht zu lenken, galoppierten die Reiter um eine Biegung und kamen geradewegs auf ihn zu. Es war eine Schwadron von König Yildizs berittenen Bogenschützen auf erschöpften Pferden.

Seine Unachtsamkeit verwünschend lenkte Conan seinen Hengst vom Weg und war sich nicht schlüssig, ob er kämpfen oder fliehen sollte. Aber die Soldaten brausten an ihm vorbei, ohne ihn mehr als eines Blickes zu würdigen. Erst der letzte, ein Offizier, hielt lange genug an, um ihm zuzubrüllen:

»He du, Bursche! Hast du eine Gruppe Reisende mit einer Frau gesehen?«

»Wie ...« Conan wollte zu einer wütenden Antwort ansetzen, als er sich erinnerte, daß er ja nicht mehr Hauptmann der königlichen Garde war. »Nein, mein Herr«, erwiderte er statt dessen mit nicht sehr überzeugender Untertänigkeit.

Fluchend gab der Offizier seinem Tier die Sporen und ritt seiner Schwadron nach. Verwunderung folgte Conans Erleichterung, während er seinen Weg nordwärts fortsetzte. Etwas mußte in Aghrapur passiert sein – etwas Dringlicheres als seine Auseinandersetzung mit Orkhan. Die Schwadron, die an ihm vorübergerast war, hatte sich überhaupt nicht dafür interessiert, wer er war. Konnte es sein, daß der andere Reitertrupp, der der Straße der Könige westwärts folgte, ebenfalls etwas anderes jagte als den fahnenflüchtigen Hauptmann Conan?

Vielleicht würde er in Sultanapur mehr erfahren.

2

DIE SUMPFKATZE

Durch die Marschen von Mehar zu reiten, erwies sich als nicht weniger schwierig, denn ein Kamel durch eine kahle Wüste zu lenken oder ein Schiff auf dem endlosen Meer zu steuern. Schilfrohr, das höher als Conans Rapphengst war, erstreckte sich scheinbar endlos in alle Richtungen. Das saftlose Ried des vergangenen Jahres rasselte eintönig, wann immer ein Windstoß es beugte, während die grünen Schößlinge dieses Jahres dicht an dicht aus dem Boden sprossen und Egil nahrhaftes Futter boten.

Wer durch die Marsch reiten wollte, mußte sich nach der Sonne und den Sternen richten, um die Richtung einhalten zu können. Für einen Wanderer wäre das unmöglich, denn das Schilfrohr wuchs hoch über ihn hinaus, und das einzige, was er sehen konnte, war das Stückchen Himmel unmittelbar über ihm.

Vom Rücken seines Streitrosses konnte Conan über die sich sanft wiegenden Riedspitzen sehen. Erreichte er hin und wieder eine der wenigen Bodenerhebungen, war in der Ferne das Blau der Vilayetsee zu erkennen. Zu seiner Linken erblickte er die Kuppen und Kämme der niedrigen Hügelkette, die die Marschen von Mehar von der turanischen Steppe trennten.

Conan war mit dem Pferd unterhalb von Akif über den Ilbar geschwommen und hatte sich weiter nordwärts gewandt, immer so, daß er die See im Auge behalten konnte. Wenn er von seinen Verfolgern nicht entdeckt werden wollte, folgerte er, mußte er entweder in einer großen Stadt untertauchen oder die Einsamkeit der Wildnis suchen, wo er rechtzeitig darauf aufmerksam werden würde, wenn seine Verfolger ihm auf den Fersen waren.

Conan war zum erstenmal in den Marschen von Mehar. Wenn es stimmte, was man von ihnen erzählte, waren sie eines der einsamsten Gebiete der ganzen Welt. Der nasse Schlammboden war für landwirtschaftlichen Anbau ungeeignet. An Holz gab es lediglich vereinzelte verkümmerte und verkrüppelte Bäume, gewöhnlich auf den niedrigen Buckeln. Beißende Insekten sollten dort in solchen Schwärmen auftreten, daß selbst Jäger, die ansonsten gewiß Wildschweine und anderes Beutetier in die Sümpfe verfolgt hätten, hier davor zurückschreckten.

Außerdem sollten die Marschen das Revier eines gefährlichen Raubtiers sein, das vage als »Sumpfkatze« bezeichnet wurde. Zwar kannte Conan niemanden, der behauptete, selbst einer solchen Kreatur begegnet zu sein, aber alle stimmten darin überein, daß sie so tödlich wie ein Tiger war.

Trotzdem übertraf die bedrückende Einsamkeit der Marschen Conans Erwartungen noch. Kein Laut brach hier die Stille, wenn man von Egils im Sumpf platschenden Hufen absah, dem Rascheln des Schilfrohrs und dem Schwirren und Summen der dichten Wolken von Insekten, die von dem von Egil bewegten Ried aufstiegen. Mit dem Turbantuch um Kopf und Gesicht gewunden und den Händen in seinen Uniformhandschuhen war Conan gut geschützt, aber sein bedauernswertes Streitroß wurde arg gequält und schüttelte fast pausenlos Mähne und Schwanz, um sich von den lästigen Insekten zu befreien.

Endlose Tage, wie ihm schien, schleppte Conan sich durch das eintönige Ried. Einmal schreckte er eine Rotte Schweine einer großen, rostroten Art auf. Da er geradezu gierig nach frischem Schweinefleisch war, und auch um seinen schwindenden Vorrat an gepökeltem Fleisch zu ergänzen, griff er nach seinem Bogen, doch bis er die kurze, doppelgeschwungene hyrkanische Waffe aus ihrer Hülle gezogen hatte, war die Rotte schon im dichten Ried verschwunden.

Drei Tage kämpfte Conan sich durch das Schilfrohr, das sich immer noch bis zum Horizont erstreckte. Gegen Ende des dritten Tages, als eine Erhebung ihm einen Blick über das weite Land gewährte, stellte er fest, daß sowohl die See zu seiner Rechten, als auch die Berge am Westhorizont nähergerückt waren. Er nahm an, daß er sich dem Nordende der Marschen und damit der Stadt Sultanapur näherte, und trieb Egil zum Trott an.

In diesem Augenblick hörte er, durch die Ferne gedämpft, einen Schrei, zweifellos aus Menschenkehle, und er glaubte, mehrere Stimmen brüllen zu hören. Er blickte sich um und sah auf einer Erhebung zu seiner Linken blauen Rauch aufsteigen. Die Vorsicht mahnte Conan weiterzureiten, ohne sich darum zu kümmern, was auf diesem Buckel vorging. Je weniger ihn sahen, solange er noch in Turan war, desto besser standen seine Chancen, das Königreich unbehelligt verlassen zu können.

Aber Vorsicht war nie etwas gewesen, dem Conan sein Ohr geliehen hätte. Außerdem bedeutete ein Lager gebratenes Fleisch und die Möglichkeit von Beute oder ehrlicher Anstellung. Ganz abgesehen davon war seine Neugier erwacht. Obgleich Conan durchaus fähig war, seine eigenen Interessen bedenkenlos zu verfolgen, war er doch imstande, sich aus einer plötzlichen Laune heraus – wenn er glaubte, daß seine barbarische Ehre es erforderte – in Dinge zu mischen, die ihn nichts angingen.

In diesem Fall verdrängten Neugier und der Gedanke, etwas Ordentliches zu essen bekommen zu können, seine

Vorsicht. Conan lenkte sein Pferd zu dem Hügel und trieb es zu einem schnellen Trott an. Als er sich der Kuppe näherte, sah er mehrere Gestalten aufgeregt zwischen dichten Büschen herumlaufen, deren rote, goldene und violette Blüten der trostlosen Landschaft Farbe verliehen.

Beim Herankommen bemerkte er fünf Männer um ein kleines Zelt gegenüber dem Lagerfeuer. Ihre Pack- und Reittiere, vier Esel, zwei Pferde und ein Kamel, die an einen knorrigen verkümmerten Baum gebunden waren, bäumten sich auf, schlugen um sich und versuchten sich loszureißen, trotz der Bemühungen eines Mannes, sie zu beruhigen.

»Was ist denn los?« brüllte Conan über das Rascheln des Rieds hinweg.

»Paßt auf!« brüllte ein hagerer Mann mit weißem Turban zurück. »Eine Sumpfkatze treibt sich herum!«

»Wo?« schrie Conan.

Die Männer um das Zelt antworteten alle gleichzeitig und deuteten in die verschiedensten Richtungen. Da zerriß ein heftiges Fauchen rechts neben Conan die Luft, und eine beige Kreatur, derengleichen er noch nie gesehen hatte, sprang aus dem Ried. Kopf und Oberkörper waren die einer normalen Raubkatze, doch die Hinterbeine waren doppelt so lang. Das Tier näherte sich mit gigantischen Sprüngen und hielt den schweren Schwanz als Ruder steif aufgerichtet, dadurch sah es aus wie eine seltsame Mischung aus Panther und Riesenhase.

Egil wieherte vor Furcht und sprang ruckartig zur Seite. Während seiner zwei Jahre in der turanischen Armee war der Cimmerier zum guten Reiter geworden, doch fehlte ihm noch die Sattelfestigkeit des hyrkanischen Nomaden, der auf dem Pferderücken aufgewachsen war. Conan flog kopfüber von seinem Rappen und landete heftig auf einer Schulter im dichten Ried. Mit donnernden Hufen ging Egil durch.

Wie der Blitz rollte Conan auf die Füße und riß den Säbel

aus der Scheide. Die Sumpfkatze hatte sich etwa eine Speerschaftlänge entfernt mit aufgestelltem Fell und funkelnden Augen zu einem weiteren Sprung geduckt. Conan spreizte die Beine, hob die Klinge und stieß den furchterregenden Kampfruf der Cimmerier aus.

Bei diesem angsteinflößenden, fast unmenschlichen Schrei wich die Katze sichtlich zurück und knurrte. Dann sprang sie – doch von Conan weg auf die Kuppe zu, die sie zu umkreisen begann. Die fünf Männer auf der niedrigen Erhebung eilten mit Speeren, Dolchen und einem Säbel bewaffnet herbei, um sie abzuwehren. Doch das Tier interessierte sich weniger für die Menschen als die angebundenen Tiere.

Conan lief den Hang zur Kuppe hoch, wo das Lagerfeuer fröhlich prasselte. Er riß einen brennenden Ast heraus und rannte weiter, geradewegs auf die Sumpfkatze zu, die sich erneut zu einem ihrer Riesensprünge geduckt hatte. Conans schnelle Bewegungen hatten den Zweig heftig auflodern lassen. Nun stieß der Cimmerier das brennende Ende ins Gesicht der Katze.

Mit einem gräßlichen Schrei sprang das Tier zurück und verschwand wimmernd im Ried. Der Geruch versengten Haares und dünner Rauch blieben zurück.

Als Conan den Hang wieder hochstieg, kam ihm ein Mann mit Turban – es war der Mann, der als einziger mit einem Säbel bewaffnet war – entgegen. Er war schlank, mittleren Alters, mit schwarzem Spitzbart. Er schien besser gekleidet zu sein als die anderen und auch etwas größer, obgleich alle fünf verhältnismäßig klein, dunkel und schlank waren – Zwerge verglichen mit dem riesenhaften Cimmerier.

»Wir sind Euch sehr dankbar, mein Herr«, sagte der Mann im Turban. »Die Katze hätte zweifellos eines oder mehrere unserer Reit- und Packtiere geschlagen, dann wären wir in dieser von Dämonen heimgesuchten Wildnis verlorengewesen.«

Conan nickte kurz. »Ihr schuldet mir keinen Dank. Doch wer hilft mir, meinen Hengst einzufangen, sofern die Sumpfkatze ihn nicht inzwischen angefallen hat?«

»Nehmt mein Pferd«, bot der Führer ihm an. »Dinak, sattle das Packpferd und begleite unseren Besucher.«

Da die angebundenen Tiere noch völlig verstört von der Begegnung mit der Sumpfkatze waren, hatte Conan seine liebe Not, das ihm angebotene Pferd zu beruhigen. Doch schließlich schwang er sich in den Sattel und machte sich auf die Suche nach Egil. Dinak trottete hinter ihm her. Die Spur war in dem niedergetrampelten Ried nicht schwer zu verfolgen, so hatte Conan Muße, sich umzudrehen.

»Ihr seid Zamorier, nicht wahr?« fragte er Dinak.

»Ja, mein Herr.«

»Mir kam der Akzent bekannt vor. Wer ist denn euer Führer, der Mann mit dem Turban?«

»Sein Name ist Harpagus. Wir sind Kaufleute. Und wer seid Ihr, mein Herr?«

»Nur ein Söldner ohne Anstellung.«

Conan lag auf der Zunge, Dinak zu fragen, weshalb sie durch eine weglose Wildnis ritten, anstatt der Straße zu folgen, die parallel mit ihrem Kurs hinter den Hügeln im Westen verlief. Aber als ihm klar wurde, daß der Zamorier ihm sehr wohl die gleiche Frage stellen mochte, schwieg er lieber und widmete seine ganze Aufmerksamkeit der Fährte.

Die Sonne stand über der dunklen Linie der Berge im Westen, als sie auf das Streitroß stießen, das friedlich Riedsprossen kaute. Ehe die Nacht die Dämmerung verschlang, hatte Conan den Ausreißer zum Lager gebracht. Einer der Zamorier briet Lammkeule über dem Feuer. Conans Nasenflügel zuckten bei diesem köstlichen Geruch. Er und Dinak nahmen ihren Tieren die Sättel ab und banden sie nahe der blühenden Büsche an, die dem niedrigen Hügel freundliche Farbtupfer verliehen.

»Bitte eßt mit uns«, forderte Harpagus Conan auf.

»Nur zu gern«, versicherte ihm der Cimmerier. »Seit ich diese Marsch betrat, bekam ich nichts Gekochtes mehr zu kosten. Wer ist im Zelt?« Er warf einen neugierigen Blick darauf, denn eine schlanke Hand kam zum Vorschein, die den ihr gereichten Teller mit dem Abendessen entgegennahm.

Harpagus antwortete erst nach einer kurzen Weile. »Eine Dame«, sagte er schließlich, »die den Blick Fremder meidet«.

Conan zuckte gleichmütig die Schulter und beschäftigte sich mit dem Stück Lammkeule. Er hätte doppelt soviel vertragen, wie die Zamorier ihm zugeteilt hatten, und so streckte er das karge Mahl mit ein paar alten Zwiebäcken aus seinem Sattelbeutel.

Ein Zamorier brachte einen Ziegenledersack mit Wein herbei, den er reihum gehen ließ. Harpagus strich sich mit den Fingern, von denen einer einen riesigen Ring trug, durch den Bart, und sagte:

»Darf ich mir die Kühnheit erlauben, junger Herr, Euch zu fragen, wer Ihr seid und wie Ihr so ungemein gelegen zu uns gestoßen seid?«

Conan zuckte die Schultern. »Reiner Zufall«, beantwortete er die zweite Hälfte der Frage. »Wie ich Dinak bereits sagte, bin ich ein wandernder Soldat.«

»Dann solltet Ihr Euch aber nach Aghrapur begeben, nicht in die entgegengesetzte Richtung, denn in König Yildizs Hauptstadt werden Soldaten angeworben.«

»Ich habe andere Pläne«, antwortete Conan kurz und wünschte sich, er wäre geistesgegenwärtig genug, sich glaubhafte Ausreden einfallen zu lassen. Plötzlich ließ das Brechen morscher Stengel durch leichte Füße Harpagus sich wachsam umdrehen. Conan folgte seinem Blick und sah, daß eine schlanke Gestalt aus der Dunkelheit des Zeltes getreten war – eine Frau. Im flackernden Feuerschein sah sie etwa zehn Jahre älter aus als Conan, aber sehr anziehend. Sie trug kostbare Gewänder, wie sie eher in einen hyrkanischen Harem paßten, als für eine Reise durch die Wildnis. Der Feuerschein spiegelte sich in einer Goldkette um ihren schlanken Hals. Von dieser Kette hing ein riesiger Edelstein von purpurner Tönung in kunstvoller Fassung. Zwar war das Licht zu schwach, um Einzelheiten zu erkennen, aber ein solches Schmuckstück, das wußte Conan, deutete auf großen Reichtum hin, wie den einer Prinzessin vielleicht. Als die Frau sich langsam dem Feuer näherte, fiel ihm ihr seltsam leerer Blick auf, ähnlich dem einer Schlafwandlerin.

»Meine Lady!« Harpagus' Stimme erhob sich scharf. »Ihr wurdet gebeten, im Zelt zu verharren.«

»Es ist kalt«, murmelte die Frau. »So kalt im Zelt.« Sie streckte die bleichen Hände über die Flammen, dabei wanderte ihr Blick über Conan, ohne ihn zu sehen, hinaus in die Nacht.

Harpagus stand auf, legte die Hände auf die Schultern der Frau und drehte sie um. »Schaut!« sagte er. Mit der Hand, an der er den großen feurigen Edelsteinring trug, strich er vor ihrem Gesicht durch die Luft und murmelte: »Ihr werdet jetzt ins Zelt zurückkehren. Ihr werdet zu niemandem sprechen und alles vergessen, was Ihr gesehen habt! Ihr werdet ins Zelt zurückkehren . . .«

Nach weiteren Wiederholungen neigte die Frau den Kopf, schritt stumm den Weg zurück, den sie gekommen war, und schloß die Zeltlasche hinter sich. Conan blickte von Harpagus zum Zelt und zurück. Er hätte gern eine Erklärung für die Szene gehabt, deren Zeuge er gewesen war. Stand die Frau unter dem Einfluß von schwarzem Lotus oder dergleichen, oder unter einem Zauberbann? Entführten die Zamorier sie? Wenn ja, von woher kam sie? Aus ihren paar

Worten schloß Conan, daß sie eine hochgeborene Turanerin war. Ihr Hyrkanisch war vornehm und akzentfrei gewesen.

Dem Cimmerier waren jedoch Komplotte und Intrigen nicht fremd, so ließ er sich seinen Argwohn nicht anmerken. Erstens einmal mochten seine Vermutungen falsch und die Frau auf völlig harmlose Weise hierhergekommen sein. Zweitens, wenn es sich tatsächlich um ein Komplott handelte, konnte Harpagus gewiß mit einem Dutzend glaubhafter Lügen seine Handlungsweise erklären. Drittens, obgleich Conan sich keineswegs vor den paar kleinen Zamoriern fürchtete, wollte er sich doch nicht mit Männern anlegen, mit denen er gerade gegessen hatte und deren Gastfreundschaft er genoß.

So beschloß er zu warten, bis die anderen alle schliefen, und dann einen heimlichen Blick ins Zelt zu werfen. Obgleich die Zamorier durchaus freundlich zu ihm waren, sagten ihm seine barbarischen Instinkte, daß etwas nicht stimmte. Beispielsweise führten sie keinerlei Ware bei sich, was bei einem solchen Trupp von Kaufleuten doch eigentlich zu erwarten wäre. Auch waren die Männer zu schweigsam und verschlossen für echte Kaufleute, die nach Conans Erfahrung Preise miteinander vergleichen und mit guten Geschäften prahlen würden, die sie gemacht hatten.

Aus Conans Zeit in Zamora war ihm ein anhaltendes Mißtrauen gegenüber den Menschen dieser Nation zurückgeblieben. Sie waren ein altes, schon lange seßhaftes zivilisiertes Volk, das dem Bösen zugeneigt war. Von seinem König, Mithridates VIII, sagte man, er sei dem Trunk ergeben und würde von den verschiedenen Priestern gelenkt, die untereinander um die Alleinbeeinflussung des Monarchen kämpften.

Als der Abend voranschritt, brachte einer der Zamorier ein Saiteninstrument zum Vorschein und zupfte ein paar Töne.

Drei Kameraden sangen mit ihm ein melancholisches Lied, nur Harpagus schwieg in würdevoller Haltung. Ein Zamorier fragte:

»Könnt Ihr uns nicht eine Weise aufspielen, Fremder?«

Conan schüttelte verlegen grinsend den Kopf. »Ich bin kein Musiker. Ich kann ein Pferd beschlagen, eine Steilwand erklimmen und Schädel spalten, doch mit Liedern bin ich nicht bewandert.«

Aber die anderen ließen nicht locker, bis er schließlich nach dem Instrument griff und ein paar Töne versuchte. »Wahrhaftig«, murmelte er erstaunt. »Dieses Ding ist nicht viel anders als die Harfen meiner Heimat.« Mit tiefem Baß fing er zu singen an:

»Wir sind die Männer vom Nordland,
geboren mit Schwert und Axt in der Hand . . .«

Als er geendet hatte, fragte Harpagus: »In welcher Sprache habt Ihr gesungen? Ich kenne sie nicht.«

»Die der Æsir«, antwortete Conan.

»Wer sind diese Æsir?«

»Ein Volk von Barbaren, weit im Norden von hier.«

»So seid Ihr ein Æsir?«

»Nein, aber ich lebte eine Weile unter ihnen.« Conan gab das Zupfinstrument zurück und gähnte ausgiebig, um weitere Fragen zu unterbinden. »Wird Zeit, daß ich mich in die Decke rolle.«

Als hätte Conans Beispiel sie angesteckt, fingen nun auch die Zamorier zu gähnen an und machten sich daran, sich niederzulegen – alle außer einem, der zum Wachdienst eingeteilt worden war. Conan wickelte sich in seine Decke, legte den Kopf auf seinen Sattel und schloß die Augen.

Als der abnehmende Mond hoch über dem östlichen Horizont stand und die vier Zamorier lautstark schnarchten, hob Conan vorsichtig den Kopf. Der Wachtposten stapfte mit dem Speer auf der Schulter langsam rund um das Lager.

Conan fiel auf, daß er bei jeder Runde an der Nordseite längere Zeit außer Sicht verschwand.

Kaum näherte er sich bei seiner nächsten Runde diesem Punkt, erhob Conan sich und schlich geduckt und lautlos wie ein Schatten zum Zelt. Das Feuer war zu einer schwelenden Glut herabgebrannt.

»Quält Euch die Schlaflosigkeit?« erkundigte sich eine zamorianische Stimme süßlich. Conan wirbelte herum und sah Harpagus im Mondschein. Selbst des Cimmeriers barbarische Sinne hatten ihn nicht vor der Annäherung des Zamoriers gewarnt.

»Ja – ich – es ist nur ein natürlicher Drang«, stammelte Conan.

Harpagus klickte mitfühlend mit der Zunge. »Schlaflosigkeit kann sehr unangenehm sein. Ich werde etwas für Euch tun, daß Ihr den Rest der Nacht tief und fest schlafen könnt.«

»Keine Trünke oder Pillen!« wehrte Conan scharf ab. Er sah sich schon vergiftet oder dem anderen zumindest hilflos ausgeliefert.

»Keine Angst, mein Herr, an dergleichen dachte ich nicht«, versicherte Harpagus ihm sanft. »Ihr braucht mir nur in die Augen zu schauen.«

Conans Blick traf den des Zamoriers, und etwas in ihm zwang ihn, seine Augen nicht abzuwenden. Harpagus' Augen schienen größer und größer zu werden und zu leuchten. Conan war, als hing er im schwarzen, sternenlosen Raum, in dem nichts zu sehen war, als diese riesigen, glühenden Augen.

Langsam fuhr der Zamorier mit dem geschliffenen Edelstein in seinem Ring durch die Luft vor Conans Gesicht. Mit beschwörender Stimme murmelte er: »Du wirst jetzt wieder schlafen, tief und fest und lange schlafen. Wenn du aufwachst, wirst du die zamorianischen Kaufleute, deren

Lager du teiltest, vergessen haben. Du wirst jetzt wieder schlafen . . .«

Conan erwachte abrupt und stellte fest, daß die Sonne hoch am Himmel stand. Er sprang auf die Füße, blickte wild um sich und fluchte heftig. Nicht nur die Zamorier und ihre Tiere waren verschwunden, sondern auch sein Pferd. Sein Sattel und die Sattelbeutel lagen noch auf dem Boden, wo er sein Nachtlager errichtet hatte, doch auch das kleine Ledersäckel mit den Münzen war nicht mehr in seinem Beutel am Gürtel.

Das Schlimmste war jedoch, daß er sich einfach nicht erinnern konnte, mit wem er am Abend zusammengewesen war. Er entsann sich des Rittes von Aghrapur und des Kampfes mit der Sumpfkatze, doch das war alles. Die Spuren des Lagerfeuers und die von Reit- und Packtieren verrieten ihm, daß er nicht allein gewesen war. Doch wie die anderen ausgesehen hatten, wußte er merkwürdigerweise nicht mehr. Vage erinnerte er sich, daß er ein Lied gesungen und sich selbst auf einem geborgten Zupfinstrument begleitet hatte, doch die Leute, die ihm dabei zugehört hatten, waren nicht einmal Schatten in seiner Erinnerung. Allerdings bestand kein Zweifel, daß es andere gegeben hatte.

Er erinnerte sich, daß er auf dem Weg nach Sultanapur war. Nachdem er seiner Wut in der gleichmütigen Wildnis Luft gemacht hatte, schulterte er, was ihm von seiner Habe geblieben war, und machte sich grimmig gen Norden auf. Mit den Sattelbeuteln über eine Schulter geschlungen und den Sattel auf der anderen balancierend, stapfte er durch das dichte Ried. Zwar konnte er sich, da es über seinem Kopf zusammenschlug, nicht mehr nach Sonne und Sternen richten, wohl aber der unübersehbaren Fährte jener folgen, mit denen er die Nacht gelagert hatte.

3

DER BLINDE SEHER

Vier Tage nach Conans Begegnung mit den Zamoriern klopfte es laut an die Haustür von Kushad, dem Seher, in der Hafenstadt Sultanapur. Als Kushads Tochter die Tür öffnete, wich sie erschrocken zurück.

Ein hagerer Riese stand vor ihr, unrasiert, schmutzig, mit einer zusammengerollten Decke unter einem Arm, einem Sattel auf einer Schulter und zwei Sattelbeuteln über der anderen, und einem Bogen in seiner Hülle auf dem Rücken. Obgleich er furchterregend aussah, grinste der Mann durch Schweiß und Dreck über das ganze Gesicht.

»Heil, Tahmina!« krächzte er. »Du bist ja ganz schön gewachsen, seit ich dich das letztemal sah. In ein paar Jahren wirst du eine Frau sein, die den Männern den Kopf verdreht. Kennst du mich denn nicht mehr?«

»Ist es möglich – ja Ihr müßt Hauptmann Conan, der Cimmerier sein!« stammelte sie. »Tretet ein! Mein Vater wird glücklich über Euren Besuch sein.«

»Vielleicht wird er weniger glücklich sein, wenn er meine Geschichte erst hört«, brummte Conan und stellte seine Sachen auf den Boden. »Wie geht es dem alten Burschen denn?«

»Verhältnismäßig gut, obgleich er inzwischen sein Augenlicht fast ganz verloren hat. Im Moment hat er keine Kundschaft, so folgt mir bitte.«

Conan ging hinter dem Mädchen her in ein Gemach, in dem ein kleiner, weißbärtiger Mann mit überkreuzten Beinen auf einem Kissen saß. Durch von grauem Star verschleierten Augen blickte er dem Eintretenden entgegen.

»Seid Ihr nicht Conan?« fragte er. »Ich sehe Eure Gestalt gerade noch, wenn auch nicht Eure Züge, doch noch kein anderer Mann hat mit seinen gewichtigen Schritten mein Haus je so erschüttert wie Ihr.«

»Ja, ich bin es, Conan, Freund Kushad«, versicherte ihm der Cimmerier. »Ihr sagtet mir einst, wenn ich mich je verstecken müßte, könnte ich Zuflucht bei Euch finden.«

Kushad kicherte. »Das habe ich, ja das habe ich. Und ich sagte es, weil Ihr mich vor dieser Meute junger Raufbolde gerettet habt. Aber ich erinnere mich auch sehr gut, wie Ihr, ein Hauptmann in Diensten Seiner Majestät und eine Stütze des Königreichs, über die Vorstellung lachtet, daß Ihr je wieder gezwungen sein könntet zu fliehen und Euch zu verstecken. Aber es sieht ganz so aus, als zieht Ihr Schwierigkeiten an, wie Aas Fliegen. Setzt Euch und erzählt mir, was Ihr jetzt wieder angestellt habt. Ihr braucht doch sicher nicht meine Astralsicht, um eine verlorene Münze wiederzufinden, nehme ich an?«

»Nein, wohl aber, um ein ganzes Säckel voll wiederzubekommen und mein gutes Pferd obendrein«, antwortete Conan grimmig. Während Tahmina eine Kanne Wein holte, berichtete Conan von seinem Abenteuer mit Narkia, seiner Flucht von Aghrapur und seiner Begegnung mit den Zamoriern.

»Das Seltsame war«, fuhr er fort, »daß ich mich zwei ganze Tage einfach nicht entsinnen konnte, mit wem ich auf der Anhöhe gelagert hatte. Die Erinnerung daran war wie durch teuflische Hexerei weggewischt. Gestern begann Bild um Bild allmählich zurückzukehren, bis ich mir das Ganze zusammenreimen konnte. Was, glaubt Ihr, ist mir zugestoßen?«

»Hypnose«, antwortete Kushad. »Euer Zamorier muß

diese Kunst gut beherrschen – vielleicht ist er ein Priester oder Zauberer. In Zamora wimmelt es von ihnen, wie in einem Wirtshaus von Wanzen.«

»Ja, ich weiß«, brummte Conan.

»Ihr müßt dem Hexer heftigen inneren Widerstand entgegengesetzt haben, sonst könntet Ihr Euch auch jetzt nicht an diese Zamorier erinnern. Den Menschen aus dem Westen fehlt der Fatalismus, der häufig den Willen der Menschen im Osten lähmt. Doch ich kann Euch lehren, Euch gegen solche Beeinflussung zu schützen. Erzählt mir mehr von diesen angeblich zamorianischen Kaufleuten.«

Conan beschrieb die kleine Gruppe und fügte hinzu: »Außerdem hatten sie eine Frau bei sich. Sie kam aus ihrem Zelt, um sich die Hände am Lagerfeuer zu wärmen, doch Harpagus, der Anführer der Männer, wies sie an, ins Zelt zurückzukehren. Sie benahm sich, als hätte sie ihre Sinne nicht beisammen, oder als stünde sie unter Zauberbann.«

Kushad hob die Brauen. »Eine Frau! Wie sah sie aus?«

»Es war finster und der Feuerschein nicht ausreichend, aber ich sah, daß sie hochgewachsen und dunkel war, etwa dreißig Jahre alt, nicht häßlich, und sie trug dünne Seidengewänder, die gar nicht für eine beschwerliche Reise geeignet waren.«

»Bei Erlik!« rief Kushad. »Ist Euch denn nicht klar, wer diese Dame war?«

»Nein, wer?«

»Ich vergaß, Ihr wart ja seit vierzehn Tagen fern der Zivilisation und habt vermutlich nicht gehört, daß Jamilah, die Lieblingsfrau König Yildizs, entführt wurde.«

»Bei Crom, das wußte ich nicht! Doch nun erinnere ich mich! In der Nacht, in der ich aus Aghrapur floh, galoppierte eine Schwadron von Yildizs berittenen Bogenschützen an mir vorbei, ohne nach meinem Namen zu fragen. Ich dachte anfangs, daß man mir einen solchen Trupp wegen Orkhans

Tod nachschickte, doch dann fragte ich mich, ob sie nicht vielleicht hinter etwas Wichtigerem her waren.«

»Euer Pech, daß Ihr nichts von dieser Entführung wußtet. Hättet Ihr die Dame gerettet und zurückgebracht, würde man Euch den Tod des Oberhauptmanns bestimmt sofort verziehen haben. Die Leute Seiner Majestät haben das Königreich auf den Kopf gestellt bei ihrer Suche nach Jamilah.«

»Als ich im Palast diente, hörte ich von dieser Lieblingsfrau«, sagte Conan nachdenklich, »doch nie bekam ich sie zu Gesicht. Man sagte, daß Yildiz ein einfacher, gutmütiger Mensch sei, der sich völlig auf diese Frau verließ, wenn es galt, wichtige Entscheidungen zu treffen. Sie soll die eigentliche Herrscherin gewesen sein. Ich bin überzeugt, das Kamel war ihr Reittier. Doch selbst wenn ich die Lady von den Zamoriern hätte befreien können, wäre ich nicht in Yildizs Diensten geblieben.«

»Weshalb nicht?«

Conan grinste. »Solange ich durch die hyrkanische Steppe galoppierte, tagsüber in der Sonne schmachtend und nachts in der Kälte frierend, von Wölfen gejagt und den Pfeilen der Nomaden ausweichend, kannte ich keinen anderen Wunsch, als zur Palastwache versetzt zu werden. Ich bildete mir ein, es würde mir gefallen, in glänzender Rüstung umherzustolzieren und schönen Frauen Augen zu machen. Doch als ich dann tatsächlich Hauptmann der Garde wurde, stellte sich heraus, daß ich mich entsetzlich langweilte. Außer ein bißchen Drill jeden Morgen gab es nichts anderes zu tun, als einer Statue gleich strammzustehen, dem König und seinem Hof Ehrenbezeugung zu erweisen und nach Flecken an den Uniformen meiner Männer zu suchen. Diese Langeweile war wohl auch ein wenig daran schuld, daß ich nichts gegen ein Techtelmechtel mit diesem Weibsstück Narkia hatte.

Außerdem war der bedauernswerte Orkhan, wie ich erfuhr, ein Sohn Tughrils, des Hohenpriesters. So wie ich Priester kenne, würde er früher oder später einen Weg finden, sich zu rächen, ob nun mit oder ohne des Königs Billigung – mit vergifteten Nadeln in meinem Bett oder einem Dolch in meinem Rücken in einer mondlosen Nacht. Wie dem auch sei, zwei Jahre unter einem Herrn sind mehr als genug für mich, schon gar, da ich als Fremder in Turan nie zum General aufsteigen könnte.«

»In den schönsten Äpfeln steckt oft der dickste Wurm«, sagte Kushad weise. »Was habt Ihr jetzt vor?«

Conan zuckte die Schultern und nahm einen tiefen Schluck von Kushads Wein. »Ich wollte eigentlich nach Zamora, wo ich noch einige Freunde aus meiner Zeit als Dieb habe. Doch die verfluchten Zamorier stahlen mir mein Pferd ...«

»Ihr meint wohl König Yildizs Pferd, nicht wahr?«

Wieder zuckte Conan die Schultern. »Oh, er hat mehr Pferde, als er braucht. Abgesehen davon, haben mir die verdammten Diebe auch das bißchen Gold gestohlen, das ich mir erspart hatte. Ihr wart es, der mich überredete, jeden Monat ein wenig meines Soldes beiseitezulegen. Es wäre gescheiter gewesen, es für Frauen und Wein auszugeben, dann wären mir zumindest angenehme Erinnerungen geblieben.«

»Ihr könnt von Glück reden, daß sie Euch nicht die Kehle durchgeschnitten haben, als Ihr schlieft!« Kushad drehte sich um und rief: »Tahmina!« Als das Mädchen kam, bat er: »Zieh das Brett hoch und gib mir, was darunter liegt.«

Tahmino steckte einen Finger in ein Astloch der angedeuteten Bodenplanke und hob sie. Dann kniete sie sich neben das Loch, schob den Arm hinein und holte einen kleinen, aber schweren Sack heraus. Sie reichte ihn Kushad, der ihn Conan entgegenstreckte.

»Nehmt Euch heraus, was Ihr für ein neues Pferd braucht und um nach Zamora zu gelangen, ohne daß Ihr Not leiden müßt«, forderte er den Cimmerier auf.

Conan schnürte den Sack auf, steckte eine Hand hinein und brachte eine Handvoll Münzen zum Vorschein. »Warum tut Ihr das für mich?« fragte er rauh.

»Weil Ihr mir ein Freund wart, als ich einen Freund brauchte, und weil auch ich einen Ehrenkodex habe. So nehmt schon, anstatt mich mit offenem Mund wie ein Fisch auf dem Trockenen anzustarren.«

»Woher wißt Ihr, daß ich den Mund offen hatte?«

»Ich sehe jetzt, da die meines Körpers mich im Stich gelassen haben, mit meinen inneren Augen.«

»Ich bin schon viel herumgekommen, aber ich habe verdammt wenige Menschen kennengelernt, die so etwas für mich tun würden oder die ich wirklich ›Freund‹ nennen könnte«, sagte Conan. »Die meisten nehmen nur, was sie nehmen können, und behalten, was sie haben. Ich werde es Euch zurückgeben, wenn ich dazu imstande bin.«

»Wenn Ihr es vermögt, gut, wenn nicht, so macht Euch deshalb keine unnötigen Gedanken. Ich habe genug, daß ich den Rest meines Lebens nicht hungern muß. Tochter, zieh die Vorhänge zu und hol mein Dreibein. Ich muß mit den Augen des Geistes erkunden, wohin die Zamorier gezogen sind. Conan, ich brauche eine Weile für meine Vorbereitungen. Ihr müßt hungrig sein.«

»Hungrig!« rief Conan. »Ich könnte ein ganzes Pferd mit Haut, Haar und Knochen verschlingen. Seit zwei Tagen hatte ich nichts mehr zu essen, weil ich durch den Verlust meines Rappen länger unterwegs war, als mein Proviant reichte.«

»Tahmina wird Euch ein Mahl zubereiten. Vielleicht wollt Ihr auch das Badehaus am Ende dieser Straße besuchen? Nehmt meinen alten Umhang und zieht Euch die Kapuze tief ins Gesicht. Des Königs Leute halten möglicherweise Ausschau nach Euch.«

Eineinhalb Stunden später kehrte Conan in Kushads Haus zurück. Tahmina flüsterte ihm zu: »Psst, Hauptmann Conan. Mein Vater ist in seiner Trance. Er sagte, Ihr dürftet Euch ihm anschließen, wenn Ihr Euch dabei ruhig verhaltet.«

»Dann sei ein gutes Mädchen und hilf mir aus den Stiefeln«, bat Conan und streckte ein Bein aus.

Mit den Stiefeln unter dem Arm, stahl sich Conan in das Gemach. Kushad saß wie zuvor mit überkreuzten Beinen, doch stand jetzt ein kleines Dreibein aus Messing vor ihm. Darauf ruhte eine flache Schüssel, in der fremdartige Substanzen schwelten. Eine dünne, grünliche Rauchfahne kräuselte hoch und wiegte sich wie eine gespenstische Schlange, die einen Ausgang aus dem dunklen Gemach suchte.

Conan setzte sich auf den Boden, um zuzusehen. Kushad starrte blicklos vor sich hin. Schließlich murmelte der Seher:

»Conan, Ihr seid nah. Antwortet nicht. Ich spüre Eure Anwesenheit. Ich sehe eine kleine Karawane eine sandige Steppe überqueren. Es sind – ich muß nähergehen – ja, es sind vier Esel, drei Pferde und ein Kamel. Ein Hengst, ein mächtiger Rappe, dient als Packpferd. Das muß Euer Egil sein. Das Kamel hat einen Baldachinsattel, deshalb kann ich nicht sehen, wer in ihm sitzt, aber ich vermute, es ist die Lady Jamilah.«

»Wo sind sie?« wisperte Conan.

»Auf einer scheinbar endlosen Ebene, die sich bis zum Horizont erstreckt.«

»Ihre Pflanzen?«

»Karges Gras und ein paar Dornbüsche. Die Karawane zieht der untergehenden Sonne entgegen. Mehr kann ich nicht sagen.« Langsam löste der greise Seher sich aus der Trance.

Conan überlegte laut: »Offenbar durchqueren sie das Steppenland zwischen der Westgrenze von Turan und dem Kezankiangebirge, das an Zamora grenzt. Die turanischen Könige reden schon lange davon, dieses Niemandsland an sich zu bringen und die Nomaden und Gesetzlosen, die dort hausen, zu unterwerfen. Aber getan haben sie nichts. Die Entführer sind schnell vorangekommen. Sie haben bereits mehr als den halben Weg nach Zamora hinter sich. Ich bezweifle, daß ich sie selbst mit dem schnellsten Pferd noch einholen könnte, ehe sie ihre Heimat erreicht haben. Aber erwischen werde ich sie, um mir mein Pferd und mein Geld zurückzuholen – und wenn das nicht mehr möglich ist, um Rache an ihnen zu üben.«

»Sollte sich Euch die Möglichkeit bieten, Lady Jamilah zu befreien, so tut es. Das Königreich braucht sie!«

»Wenn ich sie zurückbringen kann, ohne dabei meinen Kopf in Gefahr zu bringen. Aber ich verstehe nicht, weshalb sollten Zamorier eine von Yildizs Frauen entführen? Des Lösegelds wegen? Oder um den König zu ärgern? Wenn irgend etwas diesen unentschlossenen König zum Handeln bringen kann, dann dürfte es das sein. Und Turan ist weit mächtiger als Zamora.«

Kushad schüttelte den beturbanten Kopf. »Ich bin sicher, daß der König von Zamora nicht dahintersteckt. Mithridates kennt die Schwächen seines Reiches genausogut wie wir, außerdem ist er kaum mehr als ein Werkzeug der Priester. Der tiefe Schlaf, in den Harpagus Euch versetzte, läßt darauf schließen, daß Priester ihre Hand im Spiel haben. Seid Ihr entschlossen, nach Zamora zu reiten?«

»Allerdings.«

»Dann bleibt so lange in meinem Haus, bis ich Euch ein paar meiner Künste beigebracht habe.«

Conan runzelte die Stirn. »Bisher fand ich, daß eine gute Klinge immer noch ein besserer Schutz ist als magischer Mummenschanz.«

»Und wie war es in den Marschen von Mehar? Hat Euer starker Schwertarm Euch da nicht im Stich gelassen? Benutzt Euren Verstand, junger Mann! Als Ihr seinerzeit in Sultanapur stationiert gewesen seid, habt Ihr mir gestanden, wie sehr Ihr den Bogen als unmännliche Waffe verachtet hattet, ehe Ihr seinen Wert in Turan kennengelernt habt. So ähnlich wird es Euch ergehen, wenn Ihr die geistige Ausbildung hinter Euch habt, die ich Euch zu geben gedenke.«

»Ich werde Priestern und Zauberern aus dem Weg gehen«, knurrte Conan.

»Sicher, aber werden sie auch Euch aus dem Weg gehen? Wie könnt Ihr ihnen ausweichen, wenn Ihr Euch Euer Eigentum zurückholen wollt?«

Conan brummte: »Ich verstehe, was Ihr meint.«

»Dort, wohin Ihr wollt, braucht Ihr jeden Pfeil, der in Eurem Köcher Platz hat. Ihr fragt Euch, wie Harpagus und seine Mitverschworenen so leicht aus Turan entkommen konnten. Hätte eine Schwadron des Königs sie eingeholt, so hätten Harpagus und seine Begleiter ein Trugbild heraufbeschwören können, das die Verfolger in die entgegengesetzte Richtung gelockt hätte. Und das gleiche wären sie natürlich imstande mit Euch zu tun.«

»Uh!« Conan blickte ihn mißtrauisch an. »Was habt Ihr vor, mir beizubringen?«

Kushad lächelte. »Ich will Euch lediglich lehren, Euch gegen die okkulten Künste anderer zu schützen. Leider kann ich Trugbilder nicht mehr so gut aufbauen wie zu jener Zeit, als ich noch mein volles Augenlicht hatte, aber ganz hilflos bin ich deshalb noch lange nicht. Begleitet mich kurz in den Garten.« Als Conan dem Seher in den Blumen- und Gemüsegarten hinter dem Haus gefolgt war, drehte Kushad sich ihm zu und sagte: »Schaut mich an!«

Conan stellte überrascht fest, daß Kushads blinde Augen seine fast genauso zu bannen vermochten wie die scharfen Harpagus'. Kushad fächerte leicht mit der Hand vor des Cimmeriers Gesicht und murmelte dazu.

Plötzlich sah Conan sich in einem dichten Dschungel mit mächtigen, orchideenüberwucherten Bäumen, deren gewaltige Wurzeln sich über den Dschungelboden wanden. Ein Geräusch wie von einer Säge ließ ihn mit der Hand um den Schwertgriff herumwirbeln. Zehn Schritte entfernt hob ein gewaltiger Tiger den Kopf aus einem Büschel hohen Grases. Mit einem tiefen Knurren fletschte die Raubkatze die Zähne und offenbarte Fänge wie die Krummdolche der Zuagir. Und schon setzte sie zum Sprung an.

Conan riß seinen Krummsäbel aus der Scheide. Zu seinem Entsetzen spürte er etwas Lebendes in seiner Hand. Seine weit aufgerissenen Augen zeigten ihm nicht den turanischen Säbel, sondern den Hals einer sich windenden Schlange, die den Kopf verrenkte, um ihre spitzen Nadelzähne in des Cimmeriers Hand oder Handgelenk zu stoßen.

Conan schrie vor Ekel auf, schleuderte die Schlange von sich und warf sich zur Seite, um dem springenden Tiger auszuweichen. Seine Finger suchten den Dolch im Gürtel. Da er wußte, wie gering die Kräfte selbst des stärksten Mannes gegenüber der Riesenkatze waren, war er überzeugt, daß er dem Tod, dem er so oft ein Schnippchen geschlagen hatte, nun nicht mehr entgehen konnte ...

Und plötzlich war er wieder in Kushads Garten, wo er zwischen den Blütenstauden lag. Brummelnd stand er auf.

»Wißt Ihr jetzt, was ich meine?« fragte ihn der blinde Seher lächelnd. »Ich muß etwas vorsichtiger mit meinen Trugbildern sein. Ihr hättet mir fast den Kopf abgetrennt, als Ihr Euren Säbel von Euch geworfen habt. Nun, ich muß natürlich gestehen, daß Ihr durch Eure Erschöpfung von dem langen Marsch im Nachteil wart. Geht jetzt, Euer Bett ist gerichtet. Morgen fangen wir mit dem Unterricht an.«

»Seid Ihr bereit?« fragte Kushad, als die Sonnenstrahlen auf den Spalieren im Garten Fangen spielten. »Merkt Euch Eure Zahlen gut und prägt Euch das Bild dieses Gartens fest ein. Und jetzt seht!«

Kushad fächelte mit der Hand und murmelte. Der kleine Garten verblaßte. Conan stand am Rand eines scheinbar endlosen Sumpfes, den der gespenstisch rote Schein einer untergehenden Sonne beleuchtete. Gelbliche Flecken von Riedgras und Schilfrohr wechselten mit Tümpeln und Sumpflöchern ab, in deren Schwärze sich das rote Himmelsauge spiegelte. Merkwürdige geflügelte Kreaturen, riesigen Fledermäusen mit Echsenköpfen gleich, flatterten durch die Luft.

Unmittelbar vor Conan schob sich ein gigantischer Reptilschädel – so groß wie der des Auerochsen, dessen Hals Conan als Junge in Cimmerien gebrochen hatte – aus dem schlammigen Brackwasser. Höher und höher stieß dieser gewaltige Schädel sich dem Himmel entgegen, und der Schlangenhals, der ihn trug, schien kein Ende zu nehmen . . .

Beim Anblick dieses Ungeheuers flog Conans Hand unwillkürlich zu seinem Waffengürtel, doch da erinnerte er sich, daß er den Säbel im Haus gelassen hatte. Kushad hatte darauf bestanden, daß er sich unbewaffnet ausbilden ließ.

Noch höher stieß der Schädel auf dem titanischen Hals empor, bis er sich in etwa dreifacher Mannshöhe über Conan befand. Hastig versuchte Conan, sich an des Sehers Anweisungen zu erinnern. Er konzentrierte sich auf das Bild von Kushads Garten und das des Sehers selbst, wie er ruhig auf einem Kissen neben dem Pfad saß. Ganz allmählich verfestigte dieses Bild sich und vereinte sich mit dem wirklichen Garten. Conan murmelte vor sich hin: »Viermal drei ist zwölf, vier mal vier ist sechzehn, viermal fünf ...«

Langsam lösten der Sumpf und seine Reptile sich auf, und der Cimmerier stellte fest, daß er nach wie vor in Kushads Garten stand. Er wischte sich mit dem Ärmel über die schweißnasse Stirn und murmelte: »Mir ist, als hätte ich einen heftigen Kampf gefochten.«

»Geistige Anstrengung kann so ermüdend wie körperliche sein«, versicherte ihm Kushad. »Ihr lernt, mein Sohn, doch noch braucht Ihr zu lange, bis Ihr Eure Geisteskräfte einsetzt. Wir müssen es noch einmal probieren.«

»Nicht sofort, bitte«, stöhnte Conan. »Ich bin erschöpft, als wäre ich dreißig Meilen ohne Rast gelaufen.«

»Ihr dürft Euch eine Weile ausruhen. Wie werdet Ihr Euch von jetzt an nennen?«

»Mich nennen?« schnaubte Conan. »Was gefällt Euch nicht an ›Conan von Cimmerien‹?«

»Braust nicht gleich auf! Wenn es noch keine Belohnung für Eure Ergreifung gibt, wird sie zweifellos bald ausgesetzt werden. In den Basaren raunt man bereits, daß Ihr Jamilah entführt habt. Und die Annahme ist gar nicht so abwegig, da ihr beide in der gleichen Nacht verschwunden seid.«

»Sich eines falschen Namens zu bedienen ist feige, außerdem würde ich bestimmt unwillkürlich immer doch meinen echten nennen.«

»Man gewöhnt sich an einen neuen Namen schneller als Ihr es offenbar für möglich haltet. Jedenfalls müßt Ihr Euch zumindest so lange als einen anderen ausgeben, bis Ihr ein Land erreicht habt, in das Euer Ruf Euch nicht vorausgeeilt ist. Welchen Namen würdet Ihr erwählen – einen, natürlich, der zu Eurem Aussehen paßt?«

Finster die Stirn runzelnd überlegte Conan. Schließlich brummte er: »Mein Vater war Nial, der Schmied. Er war ein guter Mann.«

»Ausgezeichnet. Ihr werdet, zumindest für die nächste Zeit, Nial sein. Tahmina! Ich spüre, daß unser Gast wieder hungrig ist. Bring ihm etwas, das das Knurren seines Magens stillt!«

»Ihr müßt mich für schrecklich verfressen halten«, murmelte Conan und biß von dem Laib Brot ab, den das Mädchen geholt hatte. »Es ist nur, daß ich durch die Hungertage in den Marschen von Mehar mein übliches Quantum noch nicht ganz aufgeholt habe. Vielen Dank, Tahmina.« Er nahm einen tiefen Schluck Bier.

»Hauptmann Conan«, sagte das Mädchen. »Ich – ich hatte vergangene Nacht einen Traum, der vielleicht Euch betrifft.«

»Warum hast du uns das nicht eher gesagt, meine kleine Seherin?« fragte Kushad.

»Ich hatte ja noch keine Gelegenheit, nachdem ihr zwei so vertieft wart und darauf bestandet, nicht gestört zu werden!«

»Was war das für ein Traum, Mädchen? Du brauchst nicht zu befürchten, daß ich darüber lachen werde. Zu viele Träume haben sich schon als prophetisch erwiesen, das weiß ich aus eigener Erfahrung.«

»Ich sah Euch durch einen Tunnel tief in der Erde laufen. Ein Ungeheuer verfolgte Euch. Es war zu dunkel, es genau zu erkennen, aber es war groß – so groß wie ein Ochse. Und es holte auf.«

»Mehr, Kleines«, bat Conan. »Beschreib mir das Ungeheuer genauer.«

»Ich sagte schon, daß es zu dunkel war, Einzelheiten zu sehen. Ich kann nur sagen, daß es glühende Augen hatte – acht Augen, die wie funkelnde Juwelen blitzten.«

»Vielleicht ein ganzes Rudel hungriger Wölfe?« meinte Conan.

»Nein, es war ein einzelnes Tier. Aber es bewegte sich

nicht wie normalerweise ein Tier seiner Größe. Es – ich weiß nicht, wie ich es beschreiben soll – es schien zu pirschen wie ein wandelnder Alptraum. Es kam näher, immer näher und ich wußte, daß es Euch gleich eingeholt haben würde ...«

»Und?« fragte Conan aufgeregt. »Was dann?«

»Dann erwachte ich. Das ist alles.«

Kushad versuchte es ebenfalls, aber auch ihm vermochte seine Tochter nicht mehr zu sagen. »Junger Nial«, murmelte er nachdenklich, »mir kommt dieser Traum wie ein Symbol vor, doch wofür? Träume können auf verschiedene Weise gedeutet werden, und jede mag richtig sein. Vielleicht solltet Ihr besser unterirdische Gänge meiden, falls dieser Traum vor einer leiblichen Gefahr warnt. So, wenn Ihr Euch gestärkt habt, werden wir Eure geistigen Widerstandskräfte erneut auf die Probe stellen.«

Mehrere Tage später lenkte Conan, in Kushads Kapuzenumhang vermummt, sein neues Pferd zum Eingangstor des Sehers. Der Hengst war von zottliger, untersetzter hyrkanischer Zucht, mit viel kürzeren Beinen als Egil. Zwar würden die schlankbeinigeren Pferde westlicher Abstammung schneller sein, dafür war dieser Hengst ausdauernder und anspruchsloser, er würde sich selbst mit dem kargsten Futter begnügen.

Conan verabschiedete sich kurz aber herzlich von Kushad und seiner Tochter. Tahmina lächelte tapfer und wischte sich eine heimliche Träne von der Wange. Conan war froh fortzukommen. Das junge Ding, dem gerade der Busen zu knospen begann, hatte stets mit Schafsaugen an ihm gehangen. Und aus einer Bemerkung Kushads hatte er geschlossen, daß der Alte ihn als Schwiegersohn willkommen heißen würde, wenn Conan seine Sturm- und Drangzeit durchgestanden und sich auf die rechte Seite des Gesetzes geschlagen hatte und sich in Sultanapur niederließe, um zu warten, bis das Kind in heiratsfähigem Alter war.

Aber Conan hatte nicht die Absicht, sich schon jetzt irgendwo niederzulassen und sich an eine Frau zu binden. Doch ließ sein Ehrgefühl auch nicht zu, Tahminas kindliche Verliebtheit auszunutzen. Darum schnallte er seine Ausrüstung mit einem heimlichen Seufzer der Erleichterung auf den Rücken Ymirs, wie er sein neues Pferd nannte, umarmte seinen Mentor und seine junge Gastgeberin, und ritt von hinnen.

4

DER GOLDENE DRACHE

Mit dem wechselnden Gang des erfahrenen Reiters – Schritt, Trott, Kanter, Trott, Schritt immer und immer wieder – lenkte Conan sein Pferd westwärts. Jeden dritten Tag machte er lange genug Pause, um dem Tier Gelegenheit zu geben, in aller Ruhe zu weiden, denn er wußte, wenn er das nicht täte, würde er den Hengst zuschanden reiten, ehe er an seinem Ziel ankam.

Er hatte inzwischen Westturan mit seinem Grasland erreicht, dem scharlachrote, goldene und blaue Büschel von Wildblumen hübsche Farbtupfer verliehen und wo zahllose Schmetterlinge in leuchtenden Farben flatterten. Meilenweit erstreckte das Land hier sich flach oder nur ganz leicht wellig, und menschliche Ansiedlungen waren keine zu sehen, nur da und dort einmal die Kate eines Schaf- oder Rinderhirten. Ein- oder zweimal täglich begegnete Conan einer Kamelkarawane mit klingelnden Glöckchen am Zaumzeug, und Wachen, deren Kettenrüstung klirrte, auf kräftigen Pferden. Hin und wieder kam auch ein einsamer Händler auf einem Esel des Wegs, mit einem oder mehreren weiteren Eseln als Packtiere an der Leine.

Bald hatte er die Grenze erreicht und dort, das war Conan klar, würde er vorsichtig sein müssen, denn überall fanden sich da Wachhäuser und Patrouillen, die das Königreich gegen Einfälle von Nomaden und Gesetzlosen schützten, die durch das Niemandsland der Prärie im Westen streiften. Doch dieser Schutz, auch das wußte Conan, war alles andere denn vollkommen. Sein erster Auftrag, nachdem er zu einer regulären Truppe abgeordnet worden war, war gewesen, Eindringlinge in das spärlich besiedelte Westland zurückzujagen. Manchmal hatten die Soldaten die Plünderer gestellt und waren stolz mit deren abgetrennten Köpfen an ihren Lanzen zurückgeritten. Doch öfter schüttelten sie sie ab, und die Soldaten kamen mit schweißbedeckten Pferden, düsterem Gesicht und einer Art Galgenhumor im Lager an.

Die Grenzwache hatte auch noch andere Pflichten. Die Posten fragten alle Reisenden nach oder von Turan nach ihrem Woher und Wohin und nahmen Verbrecher oder überhaupt vom Gesetz gesuchte Personen fest.

Die Straße, der Conan gefolgt war, wurde zum schmalen Sandweg. Für einen Berittenen gab es kaum eine Wahl zwischen ihm und der endlos scheinenden jungfräulichen Prärie. Nach längerem Überlegen beschloß Conan, nicht mit irgendwelchen Lügen durch den Grenzposten hindurchzukommen, sondern einen Bogen um das Wachhaus zu machen. Also bog er nach Nordwesten ab und verlor den festgetretenen Weg bald aus den Augen.

Am nächsten Nachmittag wurde er auf einen schwarzen Punkt auf der Kuppe einer niedrigen Erhebung aufmerksam. Als er näherkam, sah er einen Steinhaufen, wie sie die Könige von Turan da und dort als Grenzbestimmung hatten errichten lassen. Doch die Grenze selbst war so ungenau, daß der Steinhaufen viele Meilen jenseits oder diesseits der Linie sein mochte, die auf den Karten von Aghrapur eingezeichnet war.

Conan setzte seinen Weg westwärts fort. Am Abend pflockte er sein Pferd an, um es weiden zu lassen, und legte sich auf seine Decke. Er war sicher, daß er Turan bereits verlassen hatte.

Leise Schritte weckten ihn. Doch ehe er aufspringen

konnte, fiel etwas auf ihn herab. Es raubte ihm seine Bewegungsfreiheit. Es war ein Netz, wie es die Hyrkanier für ihre regelmäßigen Massenjagden benutzten. Er versuchte sich daraus zu befreien, doch da sauste eine Keule auf seinen Kopf nieder. Sterne blitzten vor seinen Augen, dann sank er in tiefe Schwärze.

Als Conan wieder zu sich kam, waren seine Hände am Rücken verschränkt gebunden. Er schaute sich um und sah, daß er von Männern in des Königs Uniform umringt war – einige zu Fuß, andere beritten. Einer, mit dem Abzeichen des turanischen Offiziers, befahl: »Steh auf, Vagabund!«

Brummend rollte Conan sich herum und wollte sich erheben, aber er stellte fest, daß es sehr schwierig, ja fast unmöglich ist, mit auf dem Rücken gebundenen Händen ohne Hilfe aufzustehen. Nach mehreren vergeblichen Versuchen ließ er sich ins Gras zurückfallen.

»Jemand muß mir hochhelfen«, knurrte er.

»Hilf ihm, Arslan«, befahl der Offizier. »Aidin, halt den Knüppel bereit, falls er zu beißen oder davonzulaufen versucht.«

Als er endlich auf den Füßen war, brummte Conan: »Was soll das? Es ist eine Unverschämtheit, harmlose Reisende so zu behandeln!«

»Ehrliche Reisende überqueren die Grenze am Wachhaus, während du einen Bogen herum machtest«, sagte der Offizier. »Glücklicherweise gab ein Schäfer uns Bescheid, der sah, wie du vom Weg abbogst. Nun, die Nacht war hell genug, deinen Spuren zu folgen und dich zu finden. So, und jetzt komm mit, dann werden wir schon feststellen, wie harmlos du bist.«

Ein Soldat warf ein hyrkanisches Lasso – einen Stab mit einer verstellbaren Schlinge an einem Ende – um Conans Kopf und zog es um den Hals zu. Dann saßen die Soldaten auf und ritten über die Steppe. Einer der Männer führte Ymir, Conan ließen sie neben sich hertrotten.

Am Blockhaus angekommen, stießen sie den Cimmerier in einen engen, überfüllten Raum. Sechs Männer bewachten ihn mit Waffen in den Händen, während ihr Offizier sich an einen grobgezimmerten Tisch setzte.

»Hier ist der Halunke, Hauptmann«, sagte der Leutnant, der Conan hierhergebracht hatte.

»Hat er Widerstand geleistet?« fragte der Hauptmann.

»Nein, dazu kam er nicht. Wir überwältigten ihn im Schlaf. Aber ich glaube . . .«

»Was Ihr glaubt oder nicht, spielt keine Rolle!« schnaubte der Hauptmann. »Du, Bursche!«

»Ja?« knurrte Conan und blickte den Offizier durch halbzusammengekniffene Lider finster an.

»Wer bist du?«

»Nial, ein turanischer Soldat.«

»Du bist kein Hyrkanier, das verrät schon dein Aussehen, von deinem barbarischen Akzent ganz zu schweigen. Von woher kommst du?«

»Ich bin im Grenzkönigreich geboren«, antwortete Conan, der sich auf dem Weg zum Blockhaus eine Geschichte ausgedacht hatte.

»Was ist das?«

»Ein Land weit im Nordwesten von hier, das an Hyperborea anschließt.«

»In welcher Einheit dienst du?«

»In Hauptmann Shendins leichter Reiterei, die in Khawarizm stationiert ist.« Diese Einheit gab es wirklich, Conan war mit ihr vertraut. Er war jetzt froh, daß er, wenn auch widerwillig, Kushads Rat befolgt und das meiste seiner feschen Uniform im Haus des Sehers in Sultanapur zurückgelassen hatte. Hätte er sie mit dem Rest seiner Habe eingepackt und hätten die Soldaten sie entdeckt, wäre sein Schwindel schnell aufgedeckt worden.

»Weshalb willst du Turan verlassen? Du bist wohl ein Fahnenflüchtiger, eh?«

»Nein. Ich reichte um Urlaub ein, weil ich erfuhr, daß meine Mutter erkrankt ist. Ich reite zu ihr nach Hause und werde in drei Monaten meinen Dienst wieder aufnehmen. Schickt einen Kurier zu Hauptmann Shendin, wenn Ihr mir nicht glaubt.«

»Weshalb hast du dann einen Bogen um das Wachhaus gemacht?«

»Um keine Zeit mit der Beantwortung dummer Fragen zu vergeuden«, knirschte Conan zwischen den Zähnen.

Grimm färbte das Gesicht des Hauptmanns rot. Als er sich eine Erwiderung überlegte, meldete der Leutnant sich wieder zu Wort. »Ich glaube nicht, daß dieser Mann der Renegat Conan ist, Hauptmann, obgleich die Beschreibung in etwa auf ihn paßt. Erstens hat er des Königs Lady nicht bei sich. Zweitens versucht er nicht, uns schön zu tun oder uns zu beschwichtigen, wie es ein schuldbewußter Flüchtiger zweifellos täte. Und außerdem soll dieser Conan so scharfe Sinne und eine so gewaltige Kraft haben, daß wir ihn nicht lebend hätten überwältigen können.«

Der Hauptmann grübelte kurz darüber nach, dann sagte er: »Ihr scheint mir recht zu haben. Trotzdem habe ich immer noch gute Lust, ihn seiner Unverschämtheit wegen und weil er uns unnötigerweise Schwierigkeiten machte, auspeitschen zu lassen.«

»Sir, ich bitte Euch, die Männer sind müde. Und wenn er tatsächlich ein Soldat auf Urlaub ist, was ja ohne weiteres sein kann, ergrimmen wir möglicherweise den Befehlshaber seiner Einheit.«

Der Hauptmann seufzte. »Nehmt ihm die Fesseln ab. Aber ich warne Euch, Nial, wenn Ihr uns noch einmal so an der Nase herumführt, kommt Ihr nicht so glimpflich davon. Ihr könnt Euch ohnedies glücklich zählen, daß Ihr so ungeschoren davongekommen seid. Ihr dürft gehen.«

Brummig bedankte sich Conan, nahm dem Soldaten, der ihn hielt, seinen Säbel ab und schritt zur Tür. Er zwängte sich durch die Soldaten hindurch, als ein weiterer Leutnant im Korridor vor ihm auftauchte. Seine Augen weiteten sich.

»Hallo, Conan!« rief der Neuankömmling hörbar erfreut. »Was machst du denn hier? He, erinnerst du dich denn nicht mehr an Khusro, deinen alten . . .«

Conan handelte instinktiv. Er senkte den Kopf wie ein Stier und stieß den Leutnant so heftig zur Seite, daß der gegen die Wand krachte und auf den Boden sackte. Conan sprang über ihn hinweg und schoß in die Nacht hinaus.

Ymir war an einen Pflock am Blockhaus gebunden. Ohne sich die Zeit zu nehmen, Säbel oder Dolch zu ziehen, zerriß er den kräftigen Lederzügel mit einem heftigen Ruck, schwang sich in den Sattel und drückte dem Pferd die Fersen in die Weichen.

Bis die durcheinanderbrüllenden Soldaten, die sich an der Tür fast verkeilten, aus dem Blockhaus quollen, um zur Pferdekoppel zu laufen, ihre Tiere zu satteln und die Verfolgung aufzunehmen, war der Cimmerier im Sternenschein nur noch ein Punkt in der Ferne. Kaum verbarg eine Bodenwelle ihn vor der Sicht der Verfolger, galoppierte er im rechten Winkel zum schmalen Weg davon. Ehe die Sonne sich über den ebenen Osthorizont hob, hatte er seine Verfolger abgeschüttelt.

Auf zamorianisch bedeutete das Wort »Keule« das ärmlichste und verrufenste Viertel einer Stadt. Jede der beiden großen zamorianischen Städte – Shadizar und Arenjun – hatte ihre Keule, ja selbst einige der kleinen Städte waren davon nicht verschont. Die Keule war ein Stadtteil schlimmster Armut, mit heruntergekommenen, ja baufälligen Häusern; eine Gegend, in der Menschen, denen das Leben übel mitgespielt hat, von der Welt vergessen, sich zurückziehen; in der Neuankömmlinge, frisch vom Land, die verzweifelt versuchen, in der Stadt Fuß zu fassen, sich einnisten; ein Unterschlupf und eine Zuflucht für Diebe und andere Gesetzlose, die sich gleichermaßen an den Wohlhabenden außerhalb der Keule und den Armen in ihr bereichern; sie war auch der richtige Ort für Hehler und ein Lager für Diebesgut.

Der Gestank der winkligen Gassen der Shadizarer Keule erweckte in Conan lebhafte Erinnerungen an seine Zeit als Dieb in Zamora. Obgleich er sich während der letzten zwei Jahre dem Soldatenleben angepaßt hatte, wurde nun die alte ungezwungene Gesetzlosigkeit in seinem Blut wieder wach. Er empfand eine nostalgische Sehnsucht nach den Tagen, da er keinen Vorgesetzten über sich gehabt und das Wort Disziplin nicht gekannt hatte, obgleich er auch damals nichts getan hatte, was seinem barbarischen Ehrgefühl widersprochen hätte. Oft hatte er während seines Söldnerdienstes gedacht, wenn er sich über die vielen Beschränkungen ärgerte, daß die vollkommene Freiheit, die er sich ersehnte, auch die Zeiten bitteren Hungers wert war, wie sie ihm damals als Dieb nur allzu vertraut gewesen waren.

Er folgte dem Weg, genau wie man ihn ihm in Eriakes Schenke beschrieben hatte, und schritt durch die krummen Gassen, die nur schwach durch Hauslaternen in weiten, unregelmäßigen Abständen erhellt waren. Seine Stiefel quatschten in Schmutz und Abfall, und er schob ungeduldig lästige Bettler und Kuppler zur Seite. Eine kleine Gruppe Halunken beobachtete ihn mit feindseligen oder gierigen Blicken. Als er sie finster anstarrte, wandten sie sich von ihm ab. Seine gewaltige Statur und das Schwert an seiner Seite hielt sie von ihrer ursprünglichen Absicht ab.

Conan erreichte eine Tür, über der ein dunkles Schild hing. Im Schein der beiden Fackeln links und rechts sah er den gelben Drachen darauf. Das also war das Wein- und Bierhaus ›Zum Goldenen Drachen‹. Conan öffnete die Tür und überflog wachsamen Blickes die Gaststube.

Von der niedrigen, rußgeschwärzten Decke hing ein Messinglampenpaar, das mit seinem brennenden Erdpech heimeliges Licht verbreitete. An den Tischen saß auf Bänken die hier übliche Kundschaft: zwei betrunkene Soldaten, die laut von ihrem Mut und ihrem Ruhmestaten prahlten; drei Wüstenzuagir, die allein schon an ihren Kaffiyyas erkannt werden konnten – ihre nervösen Blicke verrieten, daß Städte ihnen fremd waren; ein bedauernswerter Schwachsinniger, der endlos vor sich hinmurmelte; ein gutgekleideter Mann – Conan nahm an, daß er das Haupt eines hiesigen Diebessyndikats war; ein eifriger Astrologe, der seine Berechnungen auf ein Blatt Papyrus kritzelte ...

Conan trat an die Theke und fragte die kräftige Frau mittleren Alters dahinter: »Ist Tigranes hier?«

»Er ist gerade weg, wird aber bald zurückkommen. Was hättet Ihr gern?«

»Wein – den einfachen.«

Die Frau nahm den Deckel von einem Holzbehälter, tauchte einen Schöpflöffel hinein und füllte einen ledernen Becher, den sie Conan zuschob. Der Cimmerier legte eine Münze auf die Theke, steckte das Wechselgeld ein und schaute sich in der Gaststube um. Nur ein Platz war leer, und zwar an einem Tisch für zwei. Der Mann, der bereits dort saß, war ein junger Zamorier, schmal und dunkel, der blicklos über seinen Bierkrug hinwegstarrte. Conan trat an den Tisch und setzte sich. Als der junge Mann ihn finster anblickte, knurrte er: »Habt Ihr was dagegen?«

Der Jüngling schüttelte unwillig den Kopf. »Nein, bleibt nur sitzen.«

Conan nahm einen Schluck Wein, wischte sich die Lippen ab und fragte: »Was gibt's zur Zeit Neues in Shadizar?«

»Keine Ahnung. Ich komme gerade aus dem Norden.«

»Oh? Und was gibt es im Norden Neues?«

Der junge Mann brummte: »Ich war Tempelwache in Yezud, aber die gottverdammten Priester haben alle einheimischen Wächter fortgeschickt. Sie behaupten, Feridun will nur Fremde, möge er verflucht sein.« Mit einem Blick auf Conan fügte der Zamorier hinzu: »Verzeiht, ich sehe gerade, daß Ihr auch ein Fremder seid. Es war nicht persönlich gemeint.«

»Das stört mich nicht. Wer ist Feridun?«

»Der Hohepriester von Zath.«

Conan forschte in seinem Gedächtnis. »Ist Zath nicht der Spinnengott von Yezud?«

»Das ist er.«

»Ich verstehe nicht, weshalb ziehen die Priester Fremde als Wächter vor?«

Der Zamorier zuckte die Schultern. »Sie sagen, sie wollen größere, kräftigere Männer, aber ich vermute einen neuen Machtkampf in dem endlosen Krieg zwischen den Priestern.«

»Also stoßen sie einander immer noch das Messer in den Rücken?«

»Ja, daran hat sich nichts geändert. Im Augenblick leiht der König den Urud Priestern ein geneigtes Ohr. Das gefällt den Zath Priestern natürlich gar nicht. Sie wollen die anderen beim König unbeliebt machen und sich selbst wieder einschmeicheln.«

»Vielleicht halten die Zathiten Söldner für zuverlässiger, falls es zu einer Auseinandersetzung zwischen ihnen und dem König kommen sollte«, meinte Conan. »Was habt Ihr jetzt vor?«

»Mir eine neue Anstellung suchen. Ich bin Azanes, Sohn

Vologas', und man schätzt mich als Kämpfer, obgleich mir Eure Statur fehlt. Wißt Ihr vielleicht, wo man Männer wie mich sucht?«

Conan schüttelte den Kopf. »Auch ich bin eben erst in Shadizar, der Verruchten, angekommen, und es geht mir genau wie Euch. Es heißt, daß die Turaner in Aghrapur Söldner anwerben – wartet! Hier ist der Mann, dessentwegen ich hierher kam.«

Er leerte seinen Becher, erhob sich und kehrte an die Theke zurück, wo ein kahlköpfiger Mann mit Faßbauch den Platz der kräftigen Matrone eingenommen hatte. »Hallo, Tigranes!« grüßte Conan ihn.

Des Kahlköpfigen Gesicht leuchtete auf, und er öffnete die Lippen. »Co ...« Aber schnell drückte der Cimmerier ihm die Hand auf den Mund. »Ich heiße Nial«, murmelte er ihm zu. »Vergiß es nicht. Wie geht es dir? Als ich dich das letztemal sah, hattest du noch Haar auf dem Kopf.«

»Ja, leider ist es inzwischen den Weg alles Irdischen gegangen, Freund. Wie lange bist du schon in Shadizar? Wo wohnst du? Wie hast du mich gefunden?«

»Eins nach dem anderen«, antwortete Conan grinsend. »Vielleicht können wir uns irgendwo zusammensetzen, wo wir uns ungestört unterhalten können.«

»Ja, natürlich. Atossa!« Als die Frau sich wieder hinter die Theke stellte, nahm Tigranes Conan am Ellbogen, führte ihn zu einem Alkoven hinter der Theke und zog den Türvorhang zu.

Er füllte zwei Kelche mit Wein und setzte sich neben den Cimmerier. »Erzähl! Was hast du in den vergangenen Jahren gemacht?«

»Ich war Soldat in Turan, mußte das Land jedoch etwas überstürzt verlassen.«

Der Wirt grinste. »Immer noch der gleiche Conan – ich meine Nial. Wo hast du dich denn einquartiert?«

»In Eriakes Schenke am Keulenrand. Ich fragte nach dir und erfuhr, wo du zu finden seist.«

»Was machst du jetzt?«

»Ich suche eine lohnende Anstellung, und es ist mir gleich, ob es ehrliche Arbeit ist oder nicht.«

»Wenn du einen Hehler für deine Beute brauchst, dann komm nicht zu mir. Diesen Beruf gab ich auf, nachdem der Oberinquisitor mich hatte verhaften lassen. Ich entging dem Galgen nur, indem ich den Burschen mit allem bestach, was ich mir erspart hatte – nun, mit fast allem.« Er warf einen bedeutungsvollen Blick zur verhangenen Tür.

Conan schüttelte den Kopf. »Daran hatte ich auch nicht gedacht. Dieses Hungerleben würde ich nur wieder aufnehmen, wenn ich gar nichts anderes fände. Aber ich war kein schlechter Soldat und kam von Shahpur bis Khitai weit herum. Vielleicht braucht man irgendwo jemanden mit meiner Erfahrung.«

»Weil du von Turan sprichst«, sagte Tigranes, »da fällt mir ein, daß gestern eine Gruppe Turaner hier waren, die Fragen stellten. Sie sagten, sie suchten einen Mann in Begleitung einer Frau. Die Beschreibung hätte eigentlich ganz gut auf dich gepaßt. Hast du denn irgend etwas damit zu tun?«

»Vielleicht, vielleicht auch nicht. Wie schauten die Turaner denn aus?«

»Der Führer war ein kleiner stämmiger Mann mit grauem Spitzbart, der sich Parvez nannte, er hatte mehrere Landsleute im Schlepptau und als Eskorte zwei von König Mithridates' Gardisten. Offenbar hat sein Herumgeschnüffel die Billigung des Königs.«

»Ich weiß, wer Parvez ist«, sagte Conan. »Einer von Yildizs Diplomaten. Eine Bande Zamorier entführte Yildizs Lieblingsfrau, und der König ist ganz verzweifelt. Ich hatte nichts damit zu tun, aber die Turaner glauben es offenbar.

Ich glaube, ich schüttle besser den Staub Shadizars von meinen Stiefeln.«

»Das wäre nicht der einzige Grund«, fuhr Tigranes fort. »Die Gesetzeshüter erinnern sich noch allzu gut an dich, obwohl du mehrere Jahre weg warst. Und deine Statur ist etwas auffällig, egal, wie du dich nennst.« Sichtlich nachdenklich kniff der Wirt die Augen zusammen, und der Dämon der Habgier schien nach ihm zu greifen.

»Ich hatte beabsichtigt, nach ...«, begann Conan, hielt jedoch schnell inne, als Mißtrauen sich in ihm regte. Seine Erfahrung mit der zamorianischen Unterwelt hatte ihn gelehrt, daß »Ehre unter Dieben« in der Keule so selten war wie bepelzte Schlangen oder gefiederte Fische.

»Nicht so wichtig«, murmelte er scheinbar gleichmütig. »Ich werde mich ein paar Tage hier verstecken, ehe ich irgendwas unternehme. Ich werde dich bestimmt wieder besuchen.«

Conan verbarg seinen Verdacht hinter einem rauhen Witz und verließ den ›Goldenen Drachen‹, um zu Eriakes' Schenke zurückzukehren. Anstatt zu Bett zu gehen, weckte er Eriakes, bezahlte für die Unterkunft und holte sein Pferd aus dem Stall. Im Morgengrauen war er bereits weit auf dem Weg nach Yezud.

Am nächsten Morgen begab Tigranes, der sich während der Nacht alles ausgiebig durch den Kopf hatte gehen lassen, sich zur nächsten Station der Stadtwache. Er berichtete dem Wachhabenden, daß der berüchtigte Conan, der wegen verschiedener Vergehen gegen das zamorianische Gesetz vor einigen Jahren, und nun auch zur Befragung durch die turanische Gesandtschaft, gesucht wurde, sich in Eriakes Schenke aufhielt.

Doch als ein Trupp der Stadtwache sich bei Eriakes umsah, stellte sich heraus, daß Conan die Schenke schon in der Nacht verlassen und auch sein neues Ziel nicht genannt hatte. So bekam Tigranes statt einer Belohnung Hiebe, weil er sich mit der Meldung zuviel Zeit gelassen hatte.

Inzwischen eilte Conan gen Norden weiter, so schnell er Ymir anzuspornen wagte.

In Zamindi bereiteten die Bewohner sich auf ein großes Ereignis vor. Alle, in ihren geflickten braunen, grauen und schwarzen Wollgewändern, waren zusammengekommen, und einige hoben ihre Kinder auf die Schulter, damit sie besser sehen konnten. Nyssa, die Hexe, sollte verbrannt werden.

Man hatte die alte Frau an einen abgestorbenen Baum gebunden, etwa eine Pfeilschußweite vom Ortsrand entfernt. Sie trug nur ein zerrissenes Hemd, und der Wind spielte mit ihrem weißen Haar. Mit stumpfen Augen sah sie zu, wie zwölf Männer Reisig und Holzscheite rings um sie aufhäuften. Ihre Bande waren eng geknüpft, aber sie schnitten nicht in ihr Fleisch, ganz einfach deshalb, weil ihre Knochen fast nur mit runzliger Haut ohne jedes Fett überzogen waren.

So sehr waren die Zuschauer mitgerissen, daß keiner auf die klappernden Hufe auf der Straße von Shadizar achtete. Als der Dorfälteste die brennende Fackel an den Scheiterhaufen hielt, bahnte sich das Pferd, ein kräftiger hyrkanischer Fuchshengst, einen Weg durch die hintersten der Zuschauermenge.

Das dünne Reisig fing Feuer, das prasselnd aufloderte. Stumm blickte Nyssa mit verschleierten Augen schicksalsergeben an sich hinunter.

Ein Bauer, der laut einen Apfel kaute, spürte einen Stups und hörte ein sanftes Schnauben. Er drehte sich um und wich erschrocken zurück. Ymir hatte ihn mit der samtigen Nase gestupst, um sich ein Stück des Apfels zu erbetteln.

Verwirrt blickte der Mann zu dem breitschultrigen Riesen im Sattel hoch. Scharf fragte Conan:

»Was geht hier vor?«

»Wir verbrennen eine Hexe«, antwortete der Bauer kurz und verzog das Gesicht mißtrauisch.

»Was hat sie denn getan?«

»Das Dorf verflucht, so daß in einer einzigen Nacht drei Kinder und eine Kuh starben. Wer seid Ihr, Fremder, daß Ihr mich so ausfragt?«

»Hatte es Unstimmigkeiten zwischen ihr und euch gegeben?«

»Nein, auch wenn Euch das nichts angeht«, antwortete der Bauer gereizt. »Sie war unsere Heilerin, doch dann ergriff ein Dämon Besitz von ihr und verursachte diese Tode.«

Die dickeren Scheite fingen nun zu brennen an, und der aufsteigende Rauch ließ Nyssa husten.

»Menschen und Tiere sterben zu jeder Zeit«, brummte Conan. »Wieso glaubt ihr, daß diese Tode unnatürlich waren?«

Der Mann drehte sich nun ganz zu dem Cimmerier um. »Hört zu, Fremder, kümmert Euch um Eure eigenen Sachen, genau wie wir uns um unsere. Und jetzt hebt Euch hinweg, wenn Ihr nicht wollt, daß Euch etwas zustößt.«

Conan hatte nichts für Hexen übrig. Auch verstand er nicht viel von den Gesetzen der sogenannten zivilisierten Länder, noch von Beweisregeln. Aber er hatte das Gefühl, daß diese Landleute ihren Kummer an der Alten ausließen, nicht so sehr, weil sie sie wirklich für schuldig hielten, sondern weil sie alt, häßlich und hilflos war. Der Cimmerier mischte sich selten irgendwo ein, wenn nicht sein Ehrgefühl ihn trieb oder Profit winkte. Hätte der Bauer sachlich mit ihm gesprochen, wäre er vielleicht schulterzuckend weitergeritten.

Doch Conan war impulsiv und schnell zu ergrimmen. Außerdem gehörte zu seinem barbarischen Ehrenkodex der Schutz von Frauen, gleichgültig welchen Alters, Aussehens oder Standes. Die Drohung des Bauern neigte das Zünglein der Waage zugunsten der Alten.

Conan ließ sein Pferd ein paar Schritte rückwärts gehen, dann drehte er es herum und ritt von der Menge weg. Schließlich wendete er Ymir, dann zog er seinen Säbel und gab dem Fuchshengst die Fersen. Als das Tier geradewegs zum Baum zuzukantern begann, an dem die Hexe angebunden war, stieß Conan einen furchterregenden Schrei aus – den alten cimmerischen Kampfruf.

Verwirrte Gesichter drehten sich ihm zu, und hastig wichen die Landleute ihm aus, nur ein paar wurden von dem herbeistürmenden Pferd zur Seite und auf den Boden gestoßen.

Als das Tier das feuerumringte Opfer erreichte, rollte es die Augen und bäumte sich angstvoll auf. Conan versuchte Ymir zu beruhigen, während er sich über den Rauch beugte, um die Stricke um den Baum mit der Klinge zu durchhacken. Sie ließen sich schnell durchtrennen, denn die Landleute hatten aus Sparsamkeitsgründen alte, morsche genommen.

Während ein wütendes Stimmengewirr aus der um ihr Schauspiel betrogenen Menge laut wurde, streckte Conan den freien Arm aus und brüllte: »Haltet Euch daran fest, Großmutter!«

Nyssa griff nach dem muskelschwellenden Arm und klammerte sich daran. Mit einem heftigen Schwung hob Conan sie vor sich auf den Pferderücken.

»Festhalten!« mahnte er. Er legte einen Arm um die Greisin und drückte Ymir erneut die Fersen in die Weichen.

Wieder machte die Menge, die sich geballt auf ihn hatte stürzen wollen, erschrocken Platz. Während er durch sie hindurchritt, sah er, daß einige der Unerschrockenen zu ihren Katen liefen. Auf der Straße blickte Conan zurück. Wütend kamen die Männer mit Sensen, Heugabeln und ein paar Speeren aus den Ställen gerannt, um ihn zu verfolgen.

»Wohin soll ich Euch bringen?« fragte Conan die Hexe.

»Ich habe kein Zuhause mehr«, antwortete die Greisin mit zittriger Stimme. »Meine Hütte haben sie bereits verbrannt.«

»Wohin dann?«

»Könnt Ihr mich mitnehmen, mein Herr?«

»Ich reite nach Yezud, aber den ganzen Weg wird mein Pferd nicht zwei tragen können.«

»Wenn Ihr auf der Hauptstraße links abbiegt, kommt Ihr bald zu einem Pfad, der bergaufwärts zu meinem Versteck führt. Ich weiß nur nicht, ob Euer Pferd uns beide einen so steilen Hang hochbringen kann.«

»Wird mein Hengst es schaffen, wenn ich ihn am Zügel führe?«

»Ja, dessen bin ich sicher. Aber beeilt Euch. Ich höre die Hunde hinter uns bellen.«

Auch Conan hörte nun das Bellen. So scharf seine Sinne waren, hatte doch die Alte es zuerst vernommen.

»Ihr habt sehr gute Ohren für Euer Alter«, staunte er.

»Ich kann meine normalen Sinne verstärken.«

»Wenn Sie uns Hunde nachschicken, wie können sie davon abgehalten werden, uns bis zu Eurem Versteck zu verfolgen?«

»Laßt es mich erst erreichen, dann habe ich die Mittel, sie in die Irre zu führen.«

Das Bellen wurde lauter, denn Ymir kam mit seiner doppelten Last nicht so schnell wie sonst voran. Nach etwa einer halben Meile deutete Nyssa auf den Pfad, der zu ihrer Zuflucht führte.

Eine Weile trottete Ymir den steilen Pfad hoch, der sich

durch zerklüftetes Gelände wand. Immer näher klang nun das Bellen. Conan fühlte sich nicht recht wohl in seiner Haut. Auf freiem Feld, wo er und Ymir ausreichend Bewegungsfreiheit hatten, fürchtete er auch eine größere Meute Landleute mit behelfsmäßigen Waffen nicht. Aber hier, wo das Tier keinen sicheren Schritt machen konnte, war es anders. Wenn die Verfolger den Mut hatten, ihn zu umzingeln, nachdem er den vordersten getötet hatte, mochte es ihnen leicht gelingen, Ymir die Fesseln zu durchschneiden, und dann hatten er und die Alte bei dieser Übermacht keine große Chance mehr.

»Die Burschen müssen beritten sein!« knirschte er zwischen den Zähnen.

»Ja, Sir, man züchtet Pferde im Dorf. Etwa zwanzig Stück gibt es zur Zeit. Und die Burschen sind auch zu Fuß sehr flink. Zur Jahrmarktzeit haben sie noch jeden Wettlauf gegen die Männer der Nachbardörfer gewonnen. Ich war einmal sehr stolz auf unser Dorf.«

Wenn er Nyssa absetzte, konnte er den Verfolgern ohne weiteres entkommen, selbst wenn sie ihm weiter nachpreschten, nachdem sie die Hexe wieder eingefangen hatten, daran zweifelte Conan nicht. Aber da er sich nun einmal der Frau angenommen hatte, würde er sie jetzt auch nicht im Stich lassen, auf diesen Gedanken wäre er gar nicht gekommen. In diesen Dingen konnte er recht stur sein.

Immer steiler und beschwerlicher wurde der Pfad. Conan hielt Ymir kurz an und schwang sich aus dem Sattel. »Ihr bleibt sitzen, ich führe das Pferd jetzt. Wie weit ist es noch?«

»Nicht ganz eine Meile. Kurz ehe der Pfad endet, muß auch ich absitzen.«

Weiter plagten sie sich dahin. Conan führte Ymir am Zügel. Immer lauter wurde das Bellen hinter ihnen, als die Verfolger aufholten. Conan erwartete, sie jeden Augenblick zu sehen.

»Von hier ab muß auch ich zu Fuß gehen«, sagte Nyssa. »Bitte helft mir herab, guter Herr.«

Als die Hexe anfangs etwas wacklig neben Conan stand, deutete sie einen weglosen Hang hoch und begann gleich, ihn ohne Zaudern hochzuklettern, obgleich jeder Atemzug zum schmerzhaften Keuchen für sie wurde.

Conan warf einen Blick über die Schulter auf das zerklüftete Gestein und die kärgliche Vegetation und sah das Blitzen der Sonne auf Stahl. Er knirschte: »Wir müssen schneller weiter. Gestattet, daß ich Euch trage, Großmutter.«

Sie wollte es ihm nicht zumuten, aber er hob sie auf seine starken Arme und eilte mit ihr den Hang hoch. Schweiß floß ihm über das Gesicht, und auch sein eigener Atem kam jetzt schwerer.

»Durch die Lücke dort«, murmelte die Hexe deutend.

Immer noch mit der Alten auf den Armen und Ymir am Zügel kam Conan in eine enge Schlucht oder Klamm, an deren Seiten ein paar verkrüppelte Nadelbäume wuchsen. Der Schluchtboden war ein Wirrnis vom Wasser abgerundeter Steine aller Größen, durch die ein seichter Bach plätscherte. Conan sprang von Stein zu Stein, während Ymir hinter ihm herstolperte.

»H-hier!« wisperte Nyssa.

Hinter einer sanften Biegung war hinter Büschen und herabhängenden Ranken eine Höhlenöffnung so gut wie verborgen. Als die Frau keuchend auf den Boden sank, drängte Conan:

»Ihr müßt Euren Zauber schnell wirken lassen, Großmutter, denn die Verfolger sind uns dicht auf den Fersen.«

»Helft mir ein Feuer machen«, ächzte sie.

Conan sammelte hastig trockenes Laub und dürre Zweige und zündete sie mit Feuerstein und Stahl an. Dann drehte er sich um, um etwas zu Nyssa zu sagen, aber sie war in die Höhle verschwunden.

Kurz darauf schleppte sie sich mit einem Lederbeutel in einer knochigen Hand ans Feuer. Sie öffnete den Beutel und nahm aus einem seiner vielen Fächer eine Prise Pulver, das sie ins Feuer gab. Sofort flackerte es zischend auf. Ein ungewöhnlicher purpurner Rauch stieg auf und wand sich wie eine Schlange in Todesqualen. Mit leiser Stimme murmelte die Hexe eine Beschwörung in so archaischem Dialekt, daß Conan nicht viel mehr als ein paar Worte verstehen konnte.

»Beeilt Euch, Großmutter«, knurrte er, denn die Verfolger waren bereits ganz in der Nähe zu hören. »Sie werden gleich da sein.«

»Unterbrecht mich nicht, Junge!« sagte Nyssa scharf. Es war schon lange her, seit jemand gewagt hatte, ungestraft so zu Conan zu reden, aber er senkte nur wie ein gescholtenes Kind den Kopf.

Von seinem Platz auf einem Felsblock konnte Conan das Ende der Schlucht sehen, wo sie sich zu dem breiteren Tal öffnete, durch das sie hochgestiegen waren. Kaum bewegte sich dort etwas, sprang er auf die Füße und zog sein Schwert. In einer so engen Kluft konnten seine Feinde nur einzeln oder im Höchstfall paarweise an ihn herankommen – außer sie erklommen die Felswand, um ihn von oben anzugreifen oder um hinter ihn zu gelangen, und natürlich vorausgesetzt, sie hatten keine Bogen. Conan trug keine Rüstung, und selbst seine katzengleiche Behendigkeit würde nicht genügen, Pfeilen aus der Nähe auszuweichen.

Nyssa murmelte noch über dem Feuer, als Conan knurrte: »Da kommen sie!«

»Schweigt und legt Euren Säbel zur Seite«, sagte die Hexe. »Und jetzt schaut erneut!« Ihre schrille alte Stimme klang nun unüberhörbar triumphierend.

Conan riß die Augen auf. Die Bauern und ihre Hunde eilten an der Höhlenöffnung vorbei.

»Seid still, Junge, dann werden sie uns nicht hören!« wisperte Nyssa.

Bald waren die Hunde, Männer und Pferde durch die Schlucht, und ihr Lärm verlor sich in der Ferne.

»Wie habt Ihr das gemacht, Großmutter?« fragte Conan staunend.

»Ich bewirkte durch einen Zauber, daß die Höhlenöffnung den Männern wie fester Fels erschien. Wenn Ihr zu laut gewesen wärt, oder das Blitzen der Sonne auf Eurer Klinge ihren Blick darauf gelenkt hätte, oder wenn einer von ihnen diesen scheinbaren Fels berührt hätte, hätte das Trugbild sich wie Nebel in der Morgensonne aufgelöst.« Sie lehnte sich müde an die Felswand. »Habt die Güte und helft mir in die Höhle. Ich bin völlig erschöpft.«

Conan stützte die Greisin und brachte sie ins Höhleninnere. Vorräte aller Art, Kräuterbündel und alles mögliche lagen hier wirr durcheinander. Als die Hexe sich einfach auf den Boden hatte fallen lassen, murmelte sie: »Junger Mann, ich muß Euch um eine weitere Gefälligkeit bitten. Könnt Ihr kochen? Ich bin leider zu schwach, Euch etwas zu essen zu richten.«

»Auf gewisse Weise kann ich wohl kochen«, antwortete Conan. »Das Ergebnis wird zwar kein Festmahl sein, fürchte ich, aber ich habe oft genug in der Wildnis gelagert und mich selbst versorgt, so verstehe ich zumindest ein bißchen etwas davon.« Er kramte unter den Vorräten der Alten herum, dann machte er ein Feuer. Während er arbeitete, fragte er: »Sagt mir, Großmutter, was brachte das Dorf eigentlich so gegen Euch auf?«

Nyssa hustete, und als sie wieder reden konnte, sagte sie: »Ich bin Nyssa von Komath. Viele Jahre verdiente ich mir als weiße Hexe von Zamindi meinen kargen Unterhalt, indem ich Mensch und Tier heilte, für junge Liebende in die Zukunft blickte, um ihnen zu sagen, ob sie zusammenpaßten, und auch das Wetter sagte ich vorher. Doch wie ich die Leute immer wieder erinnerte, ist dabei nichts absolut sicher, schließlich liegt doch alles in den Händen der Götter.

Dann befiel eine Seuche Zamindi. Viele wurden krank, und eines Nachts starben drei Kinder daran. Ich tat, was ich konnte, doch weder meine Kräuter, noch meine Beschwörungen wirkten in diesem Fall. Sogleich erhoben sich böse Stimmen gegen mich, die behaupteten, ich hätte einen schlimmen Zauber gewirkt.

Der Dorfälteste hatte dieses Gerücht mit voller Absicht ins Leben gerufen, denn er wollte lange schon das kleine bißchen Land an sich bringen, auf dem meine armselige Hütte stand. Er nahm es mir übel, daß ich es ihm nicht einmal zu einem annehmbaren Preis verkaufen wollte — also rächte er sich auf diese Weise.« Ein schrecklicher Hustenanfall schüttelte die Greisin. »Ich stellte mir gestern mein Horoskop und sah, daß mir Unheil bevorstand. So packte ich heute morgen meine letzten Sachen zusammen, um sie hierherzuschaffen in diesen Unterschlupf, den ich mir längst für Notfälle hergerichtet hatte. Aber die Schurken waren zu schnell für mich. Sie kamen und zerrten mich ins Dorf.« Sie kicherte schwach. »Doch Ihr und ich, wir haben den Omen ein Schnippchen geschlagen, zumindest für den Augenblick. Und was ist mit Euch, junger Mann?«

Conan erzählte Nyssa so viel von dem, was ihm in letzter Zeit zugestoßen war, wie er es für richtig hielt, dann fragte: »Wie sieht es mit meiner Zukunft aus?«

Ihre schwachen alten Augen schienen in weite Ferne zu blicken. »Ein wenig über Euch weiß ich, glaube ich, bereits. Ihr seid ein Kämpfer. Hader folgt Euch und greift nach Euch, selbst wenn Ihr ihn vermeiden wollt. Es steckt viel Kraft in Euch, nicht nur körperliche. Auch bin ich nicht die letzte alte Frau, auf die Ihr gestoßen und die Ihr aus großer Not gerettet habt.« Nach kurzem Überlegen setzte sie hinzu: »Seid vorsichtig, an wen oder was Ihr Euer Herz hängt. Oftmals werdet Ihr glauben, Euer Herzenswunsch habe sich erfüllt, doch dann gleitet das Glück wieder durch Eure Finger und schwindet wie Morgendunst.

Doch mehr später. Mein armes altes Herz hat heute zu viel mitgemacht und braucht Ruhe. Ich gehöre nicht zu denen, die ihre normale Lebensspanne durch Zauberkräfte verlängern.

Morgen werde ich mein Bestes tun, die Schleier der Zukunft für Euch zu lüften. Nehmt einstweilen ein Zeichen meiner Dankbarkeit.«

»Nein, Großmutter, das ist nicht nötig ...«, entgegnete Conan, doch sie hob Schweigen gebietend die Hand.

»Niemand soll sagen können, daß Nyssa ihre Schulden nicht bezahlt. Es ist nur eine unbedeutende Kleinigkeit, doch alles, was ich Euch heute nacht, nach all den Schrecken und Anstrengungen dieses aufregenden Tages, geben kann.«

Sie kramte in den unordentlichen Haufen ihrer Habe herum und drehte sich mit einem kleinen Beutel um, den sie Conan aufdrängte. »Das«, erklärte sie, »ist ein Löffelvoll vom Pulver des Vergessens. Wenn ein Feind Euch in die Enge gedrängt hat und glaubt, Ihr seid jetzt seiner Gnade ausgeliefert, dann streut ihm eine Fingerspitze davon ins Gesicht. Sobald er den Staub eingeatmet hat, wird es sein, als hätte er Euch nie gesehen und nie gekannt.«

»Was soll ich dann mit dem Burschen tun?« fragte Conan. »Wenn er mir Böses wollte, würde ich ihn normalerweise niederschlagen, aber es kommt mir feige vor, es zu tun, wenn er den Grund dafür nicht mehr weiß.«

»Ich, wenn ich Ihr wäre, würde ihn seines Weges gehen lassen und überhaupt nicht mehr darüber nachdenken. Ihn unter diesen Umständen zu töten, ist, als brächtet Ihr ein

Kind um, weil Ihr Streit mit seinem Vater hattet. Das wäre eine unwürdige Rache.«

Conan pflichtete ihr verwirrt bei, obgleich er sich bisher nie Gedanken über Recht oder Unrecht von dergleichen gemacht hatte. Unter den Cimmeriern war es üblich, sich an dem Angehörigen eines anderen Clans zu rächen, indem man seine ganze Sippschaft umbrachte.

Conan wollte den Beutel ablehnen und sagen, daß er für Zauberei nichts übrig hatte und nichts damit zu tun haben wollte, aber die Greisin schien so glücklich darüber zu sein, daß sie ihm etwas geben konnte, da wollte er sie nicht verletzen und brummte seinen Dank.

Als er am nächsten Morgen erwachte, lag Nyssa steif und kalt auf ihren Decken. Die Omen hatten also doch recht behalten.

5

DIE STADT AUF DEM FELSEN

Die Sonne hatte sich hinter die Höhen des Karpashgebirges verkrochen, als Conan Ymir in das schmale Tal lenkte, das nach Yezud, der Stadt des Spinnengottes, führte. Die wachsenden Schatten hüllten die Schlucht ein. Die Vegetation auf dem Felsboden war kärglich, denn der mittlere, schneebedeckte Kamm der Karpashen, der sich von Norden nach Süden dreihundert Meilen ohne einen einzigen Paß dahinzog, entwand dem Westwind auch den letzten Tropfen Feuchtigkeit, ehe er ihm gestattete, weiter gen Osten, nach Zamora, zu brausen. Ymirs beschlagene Hufe hallten metallisch auf dem harten Felsgestein wider, außer wenn er durch Lachen mit flüssigem Erdpech watete, die hier häufig vorkamen. Neben dem Pfad spielte ein schmaler Bach plätschernd Verstecken zwischen den Felsbrocken.

Der stetig aufwärtsführende Pfad war gewöhnlich gerade breit genug für einen einzelnen Reiter. Wo er ein bißchen großzügiger war, wartete fast immer jemand, um den Abstieg weiter fortsetzen zu können. Ein Händler an einer solchen Ausweichstelle hatte vier Packesel bei sich, von denen jeder mit zwei großen Fässern Bitumen beladen war. Im zamorianischen Tiefland im Süden hatte man vielerlei Verwendung für dieses dunkle Mineralöl. Es diente als Abführmittel, zum Schmieren von Wagenrädern, als Farbengrundlage, als Lampenbrennstoff und als Einreibmittel gegen Räude.

Conan holte eine sich langsam hochschleppende Rinderherde ein. Als eine Biegung einen Blick auf den Serpentinenpfad vor ihm bot, staunte der Cimmerier über die Größe der Herde. Es waren mindestens hundert Tiere, die von etwa einem Dutzend Hirten angetrieben wurden. Die Langsamkeit der schwerfälligen Rinder machte Conan kribbelig, weil er sie nirgends überholen konnte, solange der Pfad sich so schmal dahinschlängelte.

Obgleich nach dem Untergang der Sonne die Schlucht im Dunkeln lag, war der Himmel noch ein strahlendes Blau, als der Pfad endlich auf eine schmale Ebene hinausführte. Eine kleine Ortschaft kuschelte sich hier links und rechts an den Weg. Dahinter, wo die Schlucht sich teilte, kauerte eine befestigte Stadt oder Akropolis auf der Schulter eines Felsens. Wie eine Königskrone hob der Marmortempel Zaths sich über die rosigen Dächer der Stadt. Diese hochgelegene Zitadelle hatte den Namen Yezud, während die untere Stadt oder Vorstadt als Khesron bekannt war.

Sobald der nun etwas breitere Weg es gestattete, kanterte Conan an der Rinderherde vorbei und trottete durch die kleine Ortschaft, wo schmutzige Kinder schnell vom Weg rannten und Hunde bellend um Ymirs Beine strichen. Das einzige Haus, das mit seinem ersten Stock die zwanzig anderen armseligen Häuser überragte, war ein Gasthaus, wenn man dem Schild glauben durfte, das von einem angenagelten Ast über der Tür hing.

Der Cimmerier ritt weiter zu der Felsschulter, auf der die befestigte Stadt Yezud stand. Der steile Weg war aus der Felswand gehauen. Conan nahm an, daß dies der einzige Zugang zur Zitadelle war, und daß Yezud, wenn es richtig verteidigt wurde, uneinnehmbar war. Die Steilwände des Felsen, der die Festung trug und in den Ghafberg dahinter überging, waren fast senkrecht. Bestimmt wären nur erfahrene cimmerische Bergsteiger ohne Rüstung imstande, diese Bastion zu erklimmen.

Ymir scheute. So sehr Conan ihm auch zuredete und ihm die Fersen gab, weigerte das Tier sich weiterzugehen. Schließlich blieb dem Cimmerier nichts übrig, als abzusitzen und den Hengst am Zügel hinter sich herzuziehen. Den ganzen Weg rollte das Tier die Augen, spitzte die Ohren und benahm sich, als spürte es etwas Unheimliches, von dem Conan keine Ahnung hatte.

Der Cimmerier und sein widerstrebendes Pferd erreichten endlich die kleine steinerne Plattform vor dem Stadttor, die sich in schwindelerregender Höhe über der Ebene befand. Zwei Bewaffnete, nicht größer als die meisten Zamorier, standen Posten vor den offenen Flügeln des gewaltigen, bronzebeschlagenen Tores.

»Name und Begehr«, forderte einer kurz und musterte Conan scharf.

»Nial, Söldner«, antwortete Conan. »Ich hörte, daß man hier meinesgleichen anwirbt.«

»Anwarb!« berichtigte der Soldat. Seine Lippen verzogen sich mit einer Spur von Hohn. »Doch nicht mehr. Du kommst zu spät.«

»Soll das heißen, daß schon genügend angeworben wurden?«

»Und daß du den Weg umsonst gemacht hast.« Der Posten sprach Zamorianisch mit einem Conan nicht vertrauten Akzent.

»Dann seid ihr beide wohl auch erst vor kurzem angenommen worden?« fragte Conan.

»Ja. Wir gehören zu Hauptmann Catigerns Freien Männern.«

Obgleich Conan sich über die Unkameradschaftlichkeit des Burschen ärgerte, ließ er es sich nicht anmerken. »Woher seid ihr denn?«

»Aus Brythunien.«

»Oh, tatsächlich? Ich war schon in vielen Ländern, doch

Brythunien ist mir noch fremd. Ich möchte gern mit dem Mann sprechen, der euch angeworben hat, wer immer er auch ist.«

»Dafür ist es heute schon zu spät. Versuch es morgen noch mal.«

»Gibt es eine Herberge in Yezud, wo ich übernachten und mein Pferd unterbringen kann?«

Der Soldat lachte spöttisch. »Jeder Dummkopf weiß, daß nur die Priester und jene, die für sie arbeiten, die Nacht innerhalb der Mauern von Yezud verbringen dürfen.«

Conans heimliche Wut wuchs. Durch die Verzögerung, die er der Rinderherde zu verdanken hatte, und danach die Widerspenstigkeit Ymirs war er schon verärgert genug gewesen, und jetzt brachte die Anmaßung des Burschen seine Wut zum Siedepunkt. Mit größter Selbstbeherrschung schluckte er eine scharfe Antwort, aber er merkte sich das Gesicht des Mannes, falls sich irgendwann eine Möglichkeit ergab, es diesem eingebildeten Kerl heimzuzahlen. So ruhig er konnte, erkundigte er sich:

»Wo, in der Gegend, übernachten Reisende dann?«

»Versuch's in Bartakes Wirtshaus in Khesron. Wenn es mit Pilgern überfüllt ist, muß eben der Sternenhimmel dein Dach sein.«

»Das war er schon oft«, brummte Conan. Er drehte sich um und mußte feststellen, daß der Pfad durch die gleiche Rinderherde blockiert war, die er auf dem Weg nach Yezud mit Mühe überholt hatte. Muhend gehorchten die Rinder den fluchenden Hirten, die sie im Gänsemarsch den Pfad hochtrieben.

»Geh zur Seite und laß die Herde herein!« polterte der Soldat.

Conan biß ergrimmt die Zähne zusammen, und seine Finger zuckten nach dem Schwertgriff, aber er erinnerte sich an seinen allzu mageren Beutel, und beherrschte sich. Es war unmöglich, den Pfad abwärts zu steigen, solange die Rinder heraufkamen und ein Tier nach dem anderen durchs Tor verschwand. So blieb ihm nichts übrig, als auf der schmalen Plattform zu warten. Als die letzte Kuh sich in die Zitadelle schleppte und das Tor sich krachend hinter ihr schloß, funkelten bereits die ersten Sterne am Himmel. Conan führte Ymir am Zügel und setzte vorsichtig Schritt vor Schritt. Wachsam spähte er durch die zunehmende Düsternis auf den Pfad vor sich, um nicht davon abzukommen, denn ein falscher Schritt mochte Absturz und Tod bedeuten.

In Bartakes Wirtshaus gab es viele freie Betten, denn größere Mengen von Pilgern kamen gewöhnlich nur zu bestimmten Jahreszeiten, wenn Zeremonielle im Tempel stattfanden. Das Frühlingsfest war bereits vorüber, und das Fest aller Götter fand erst in einiger Zeit statt. Conan hatte also keine Schwierigkeiten, Unterkunft für sich und Ymir zu finden.

Der Cimmerier schaute in die Wirtsstube. Ein paar Gäste saßen an den Tischen, aßen, tranken oder würfelten. Manche der Männer waren von beachtlicher Statur mit braunem oder dunkelblondem Haar. Nach ihrer Aufmachung zu schließen gehörten sie der Abteilung brythunischer Söldner an. Die restlichen waren unscheinbare Einheimische, mit Ausnahme von einem schlanken dunklen Mann mit kahlgeschorenem Schädel, der eine bis zu den Knöcheln reichende Kutte trug. Seinesgleichen hatte der Cimmerier schon öfter in Corinthien und Nemedien gesehen, wo er erfahren hatte, daß es sich bei ihnen um stygische Priester oder Akoluthen, aber auch um einfache Wissenssucher handeln mochte. Der Mann hier war in seine Schriftstücke vertieft – Pergamentblätter, Papyrusrollen und dünne Holztafeln, die er auf dem Tisch vor sich ausgebreitet hatte.

Hinter der Theke stand eine mollige junge Frau mit Kraushaar, die gerade Bier in den Lederbecher eines Gastes schenkte. Als Conan herantrat, wandte sie den Kopf und rief: »Vater!«

Ein fetter Wirt eilte aus der Küche herbei und wischte sich die Hände an seiner Schürze ab. »Was kann ich für Euch tun, mein Herr?« fragte er Conan.

»Abendessen und Übernachtung für mich«, brummte der Cimmerier. »Einen Eimer Hafer und eine Box für mein Pferd.« Nach dem Essen und einem Krug Bier zog er sich früh zurück.

Bei Sonnenaufgang stand Conan erneut vor dem Tor zur Festung Yezud. Als die schweren Flügel aufschwangen, sah er sich zwei neuen Posten und einem Mann gegenüber, der nach seiner Haltung und Aufmachung zu schließen Offizier war. Er war von kräftigem Körperbau, fast so groß wie Conan, und sein drahtiger Schnurrbart war hochgezwirbelt. Als er den Cimmerier sah, sagte er:

»Ihr müßt der Bursche sein, der gestern abend, kurz vor Torschluß, nach einem Posten in Yezud fragte. Aber hier werden keine weiteren Söldner benötigt. Meine Jungs und ich haben den Schutz der Zitadelle übernommen.«

»Ihr müßt Hauptmann Catigern sein«, sagte Conan.

»Und wenn?«

»Ich möchte immer noch mit dem Mann sprechen, der euch angeworben hat. Ich kann noch mehr, als Schädel spalten.«

Der Hauptmann musterte Conan mißtrauisch. »Ich kann mir nicht vorstellen, daß er einen Posten für Euch hat. Seid Ihr ein Anhänger des Zathglaubens?«

»Ich bin ein Anhänger aller, die meine Dienste kaufen und bezahlen, was abgemacht wird«, erwiderte Conan.

Mit gespitzten Lippen betrachtete Catigern den Cimmerier noch eingehender. Schließlich wandte er sich an einen der Posten: »Morcant, bring diesen Mann zum Vikar. Soll er entscheiden, ob man diesem Burschen in der Festung trauen kann. Und Ihr, Fremder, laßt Euren Säbel hier, bis die Sache geklärt ist.«

Schweigend händigte Conan ihm seine Klinge aus und folgte Morcant in das Städtchen. Die Häuser waren von einfacher Bauweise, weißgetüncht, mit roten Dächern, und standen Reihe um Reihe. Auf den ersten Blick war nicht zu erkennen, ob es sich um Läden, Werkstätten oder Wohnhäuser handelte. Die Straßen waren sauberer als alle in anderen Städten, die Conan kannte. Die Hauptstraße wirkte makellos rein, obgleich die Rinderherde am Abend darüber gestapft war. Conan wandte sich an Morcant:

»Gestern wurden etwa hundert Rinder in die Stadt getrieben. Essen die Menschen hier denn soviel Rindfleisch? Nach der Größe dieses Festungsstädtchens zu schließen, dürfte das Fleisch, selbst bei einem Wolfshunger der Bürger, einen Monat und länger reichen.«

»Keine Fragen, Fremder!« knurrte der Brythunier.

Unter den buschigen Brauen wanderten Conans Augen verstohlen nach links und rechts. Nirgendwo war ein Viehhof zu sehen, in den man die Rinder gebracht haben konnte, aber er sah auch keine Weiden, und nur ein paar Pferdeställe. Alles andere schienen Wohnhäuser, Läden und Werkstätten aller Arten zu sein.

Schließlich erreichten sie den Tempelbezirk. Conan riß die Augen weit auf und starrte mit offenem Mund auf das größte Bauwerk, das er je gesehen hatte und das noch beeindruckender war als die Tempel und Paläste in Shadizar und Aghrapur. Es war aus gewaltigen Blöcken leicht schillernden Marmors errichtet, den die Morgensonne golden färbte. Von dem riesigen Hauptgebäude in der Mitte gingen acht Flügel aus, jeder mit mosaikverzierten Säulen und Pfeilern. Außer an der Stelle, wo der breite Treppenaufgang hochführte, verbanden Wände aus poliertem Granit das äußere

Ende jedes Flügels mit dem nächsten. Die titanische Kuppel in der Mitte überragte alles, und die Sonne brach sich mit blendendem Schein auf ihrer Goldzier.

Vor dem Hauptportal – einer mächtigen Flügeltür mit Bronzereliefs – standen zwei Brythunier in strammer Haltung Posten. Ihre rote Uniform war makellos sauber, ihr Kettenhemd glitzerte, die Spitzen ihrer kerzengerade gehaltenen Hellebarden berührten die rechte große Zehe. Morcant meldete:

»Dieser Mann möchte zum Vikar.«

Ein Posten öffnete eine kleine Tür im rechten Bronzeflügel des Portals. Conan mußte sich ducken, um sich nicht den Kopf anzustoßen. Er gelangte in einen riesigen Vorraum, von dem Gänge nach links und rechts abzweigten. Unmittelbar dem Portal gegenüber war eine weitere große Flügeltür mit kunstvollen, vergoldeten Reliefs. Auch hier stand ein mit Hellebarden bewaffnetes Postenpaar Wache.

Morcant nickte den beiden zu und führte Conan in einen der Seitengänge. Als sie tiefer ins Innere gelangten, stieg Conan ein schwacher Aasgeruch in die Nase. Aber er wußte, daß das in Tempeln nicht ungewöhnlich war, wo Tiere entweder den Göttern geopfert oder zu Wahrsagungszwecken ausgeweidet wurden. Deshalb achtete er nicht weiter auf diesen unangenehmen Verwesungsgeruch.

Nachdem er den Cimmerier durch ein verwirrendes Labyrinth von Korridoren geführt hatte, hielt Morcant an einer Eichentür an, vor der ein einzelner brythunischer Söldner Wache hielt, und klopfte. Auf das »Herein« öffnete er die Tür und bedeutete Conan einzutreten.

Hinter einem kunstvoll verzierten Schreibtisch saß ein Mann in weißem Turban und beschäftigte sich im Licht einer Öllampe mit den Papyri vor sich. Als Conan vor ihm stramm stand, hob der Mann den Kopf. »Ja, mein Sohn?« sagte er.

Conan zuckte unwillkürlich, aber kaum merklich zusammen und wollte nach dem Säbel greifen, der nicht mehr von seinem Gürtel hing, denn der Mann war kein anderer als Harpagus, der ihn in den Marschen von Mehar in hypnotischen Schlaf geschickt hatte.

Harpagus schien ihn nicht zu erkennen. Conan faßte sich. Ihm wurde bewußt, daß von seinem Gesicht kaum etwas zu sehen gewesen war, als er die Zamorier in den Marschen traf, denn er hatte das Helmturbantuch als Hakkiyyah über den Kopf gewunden und ins Gesicht gezogen gehabt. Selbst beim Essen mit Harpagus und seinen Männern hatte er es nicht abgenommen, sondern lediglich den Teil um Mund und Kinn hochgehoben und in die Seitenfalten geschoben, weil er sich vor den lästigen Insekten schützen wollte.

Mühsam unterdrückte er den Haß auf den Mann, der ihn hereingelegt und ausgeraubt hatte, und sagte mit ruhiger Stimme: »Ich bin Nial, ein Söldner aus dem Grenzkönigreich. Da ich hörte, daß der Tempel Soldaten anwirbt, kam ich in der Hoffnung hierher, daß Ihr Verwendung für mich habt.«

Der Beturbante schüttelte sanft den Kopf. »Ihr kommt um vierzehn Tage zu spät, mein Sohn. Auch Hauptmann Catigern erfuhr, daß wir Soldaten suchten, und da es in Brythunien zur Zeit friedlich zugeht, kam er mit seinen Freien Kameraden hierher.«

»Das hörte ich. Aber, Eure Eminenz, ich brauche eine Stellung, denn mein Säckel ist so gut wie leer und ich muß ihn wieder füllen, ehe ich anderswo einen Posten suchen kann.«

Harpagus strich sich über das schmale Kinn. »Der Tempel brauchte einen tüchtigen Buchhalter. Versteht Ihr etwas von dieser Art von Arbeit?«

Nun schüttelte Conan den Kopf. »Ich kann keine Zahlenreihe zweimal zusammenzählen, ohne nicht zu verschiedenen Ergebnissen zu kommen.«

»Nun, denn – ah! Wir hätten auch für einen Hufschmied Arbeit, zumindest eine Zeitlang. Unserer liegt an einem schlimmen Fieber danieder. Versteht Ihr davon etwas?«

Jetzt blitzten Conans Zähne in einem breiten Grinsen. »Mein Vater war Schmied und ich jahrelang sein Geselle, als ich noch zu Hause war.«

»Gut! Ausgezeichnet! Zweifellos habt Ihr die Kraft dazu. Ihr könnt gleich heute zu arbeiten anfangen. Der Brythunier wird Euch in die Schmiede bringen, um die sich einstweilen Pariskas Lehrling gekümmert hat, er kann auch für Euch den Blasebalg treten und dergleichen tun.«

Nachdem Lohn und Unterkunft für Conan und Unterbringung für Ymir ausgemacht waren, sagte Harpagus: »Wir sind uns also einig. Doch noch eines, mein Sohn. Ihr müßt verstehen, daß für jene, die im heiligen Yezud leben, dreierlei nicht gestattet werden kann: berauschende Getränke, Glücksspiele und Weibergeschichten. Und alle müssen versprechen, wenigstens alle zehn Tage an den Gottesdiensten für den heiligen Zath teilzunehmen.« Der Vikar hielt inne und runzelte die Stirn. »Bin ich Euch nicht schon irgendwann zuvor einmal begegnet?«

Conan spürte, wie sich ihm die Nackenhärchen aufstellten, aber er antwortete scheinbar gleichmütig: »Ich glaube nicht, Eure Eminenz – außer zufällig in Nemedien oder Brythunien, wo ich als Söldner diente.«

Harpagus schüttelte den Kopf. »Nein, in diesen Ländern war ich noch nie. Trotzdem, Eure Stimme erinnert mich an jemanden, den ich flüchtig kannte . . . Aber es ist unwichtig. Geht jetzt mit dem Posten zu Eurer neuen Unterkunft und dann in die Schmiede. Ihr werdet feststellen, daß sich genug Arbeit angesammelt hat, um keine Langeweile aufkommen zu lassen.«

»Etwas noch, Eure Eminenz. Ich hätte gern meinen Säbel zurück, den ich am Tor abgeben mußte.«

Harpagus lächelte dünn. »Ihr bekommt ihn wieder. Einem Schmied die Waffe zu verbieten, wäre genauso, als nähme man einem Dichter die Verse weg – er würde neue schmieden.«

Als der Brythunier Conan durch die schmalen Straßen führte, fragte der Cimmerier: »Ist des Vikars Name Harpagus?«

»Ja.«

»Das dachte ich. Habe ich recht verstanden, daß es in Yezud weder Wein noch Bier gibt, auch keine Würfel oder käufliche Liebe?«

Morcant grinste. Er war nun freundlich zu Conan, seit er wußte, daß auch der Cimmerier für den Tempel arbeiten würde. »Der Hohepriester Feridun ist ein sittenstrenger Mann, und er ist darauf bedacht, seine Einstellung allen aufzudrängen. Wir von den Freien Kameraden gehen unseren sündhaften Vergnügungen, so wie er es sieht, unten in Bartakes Wirtschaft nach. Nur zu gern würde Feridun sie schließen lassen, doch er wagt es nicht, weil er weiß, daß die Freien Kameraden schnell von hier aufbrächen, wären wir diesem Zwang unterworfen.«

Conan grinste breit, denn er wußte nur zu gut, welcher Beschäftigung Söldner in ihrer Freizeit nachgingen, doch selten wurde es so offen zugegeben.

»Ich weiß nicht, was dich daran so erheitert«, sagte Morcant mit tadelnder Miene.

»Es war durchaus nicht beleidigend gemeint«, versicherte ihm Conan. »Aber ich war selbst Söldner und kenne ihre Lebensweise.«

Die Schmiede war ein einfaches, langgestrecktes Haus ohne Obergeschoß. Der größere, zur Straße offene Teil war die

Schmiede, und der kleinere, links davon, diente als Unterkunft für den Schmied.

Als Conan die Schmiede betrat, sprang ein etwa zwölfjähriger zamorianischer Junge auf. Er hatte auf dem Amboß gesessen und an einem Stock geschnitzt. Conan erklärte ihm, weshalb er hier war.

»Ich bin Lar, Yazdates Sohn«, sagte der Junge. »Mein Herr Nial, ich wäre glücklich, wenn Ihr mir ein bißchen etwas Eures Handwerks beibrächtet, während ich für Euch arbeite. Der alte Schmied gestattete nie, daß ich sein Werkzeug auch nur anrühre. Vielleicht befürchtete er, ich könnte ihm seine Stellung wegnehmen, wenn ich erwachsen bin.«

»Wir werden sehen«, antwortete Conan. »Es hängt davon ab, wie tüchtig du mit den Händen bist.«

»Oh, für mein Alter recht tüchtig, Sir. Ich habe es heimlich ausprobiert, wenn der alte Pariskas es nicht sehen konnte. Doch hin und wieder erwischte er mich, und dann setzte es Prügel.« Ein wenig ängstlich blickte der Junge zu dem Riesen hoch, der sein neuer Meister sein sollte.

»Wenn ich dich je schlage, dann bestimmt nicht, weil du versuchst, etwas zu lernen«, brummte Conan. »Sehen wir uns mal das Handwerkszeug an.«

Conan hatte nicht mehr als Schmied gearbeitet, seit ihn vor Jahren eine Fehde aus seinem heimatlichen Cimmerien vertrieben hatte. Doch als er die schweren Hämmer schlug und mit den Zangen hantierte, spürte er, wie vertraut ihm alles noch war. Er war sicher, er würde nicht lange brauchen, bis er seine frühere Geschicklichkeit zurückgewonnen hatte.

»Lar«, sagte er, »ich gehe hinunter nach Khesron, um mein Pferd und meine Sachen zu holen. Du heizt einstweilen die Esse, und dann packen wir die Arbeit gemeinsam an. Ach übrigens, wohin sind all die Rinder verschwunden, die gestern hierher getrieben wurden, wie ich selbst sah?«

»Sie wurden durch das Tor an der Westseite des Tempels geschafft«, antwortete Lar.

»Eine so kleine Stadt braucht doch nicht so viel Rindfleisch«, murmelte Conan nachdenklich.

»Oh, Sir, Sie dienen nicht als Fleisch für die Bevölkerung, ja nicht einmal für die Priester! Sie sind für Zath!«

»Wahrhaftig?« brummte Conan. »Das kann ich mir gar nicht vorstellen. Ich habe schon viele Tempel gesehen und kenne mich aus, auch mit den Priestern. Wo immer Tieropfer dargebracht wurden, töteten die Priester die Tiere, opferten Fell, Knochen und Eingeweide ihrem Gott und aßen das gute Fleisch selbst. Wieso glaubst du, daß eure Priester nicht das gleiche tun?«

»Aber Sir! Jeder in Yezud weiß, daß Zath die Rinder verschlingt! Wart Ihr je im Allerheiligsten des Tempels?«

»Noch nicht. Was ist dort?«

»Ihr werdet alles sehen, wenn Ihr dort an Eurem ersten Gottesdienst teilnehmt. Die Statue Zaths in Gestalt einer aus schwarzem Stein gehauenen ungeheuerlichen Spinne steht dort. Ihr Körper ist riesig und ihre Beine – ihre Beine ...« Der Junge schüttelte sich und konnte nicht mehr weitersprechen.

»Eine Statue kann keine Rinder fressen«, sagte Conan, der sich über des Jungen offensichtliche Furcht wunderte.

»Jede Nacht erwacht die Statue zum Leben«, fuhr der Junge fort, nachdem er sich wieder gefaßt hatte. »Sie steigt durch eine Falltür im Allerheiligsten hinunter in die Tunnels, wo sie sich der Tiere bemächtigt, die dort hineingetrieben wurden, damit sie ihren Appetit daran stille. Das sagen die Priester.«

»Ich habe während meiner Wanderschaft schon viel Seltsames gesehen«, sagte Conan nachdenklich. »Aber nie eine Statue, die zum Leben erwacht. Doch selbst wenn es so ist, was macht eine Spinne mit hundert Rindern gleichzeitig? Ich habe mir noch nie eine Spinne als Haustier gehalten, aber ich kenne mich bei anderen Raubtieren aus. Man sollte meinen, ein Ochse müßte einer Kreatur wie Zath vierzehn Tage oder länger Futter bieten.«

»O mein Herr, das sind heilige Geheimnisse! Ihr dürft Euch nicht mit etwas befassen, das die Götter uns Sterblichen verbergen wollen.« Während er das sagte, beugte der Junge tief den Kopf und berührte mit den Fingerspitzen die Stirn.

»Sei es, wie es mag«, brummte Conan. »Heiz jetzt die Esse an, Junge, während ich mein Zeug aus der Wirtschaft hole.«

Einige Zeit später brachte Conan Ymir in die städtischen Stallungen, wo man ihm für sein Pferd eine Box zugeteilt hatte. Während er den Stallburschen in der Behandlung Ymirs unterwies, kam es zu beachtlicher Aufregung in einer entfernteren Box. Ein Pferd bäumte sich auf, schlug mit den Vorderbeinen in der Luft herum und wieherte schrill.

»Was ist da los?« erkundigte sich Conan.

Der Stallbursche drehte sich um. »Es ist der verdammte Rapphengst, den der Vikar aus Turan mitbrachte«, antwortete er. »Wir konnten ihn noch nicht richtig ausreiten, weil sich keiner lange auf seinem Rücken halten kann, und nun wagt sich niemand mehr an ihn heran.«

»Hm«, brummte Conan. »Ich sehe ihn mir an.« Er ging auf die Box des widerspenstigen Pferdes zu und erkannte Egil. Der Hengst wieherte erfreut auf und stupste ihn sanft mit der Nase.

Da er es nicht wagen konnte, dem Pferd seine Wiedersehensfreude zu zeigen, drehte Conan sich zu dem Stallburschen um. »Er scheint mich zu mögen. Weshalb, wissen die Götter.«

Der Stallknecht lehnte sich auf seine Schaufel, während seine trägen Gedanken allmählich Form annahmen. Schließlich murmelte er: »Vielleicht läßt er sich von Euch reiten, Sir. Würdet Ihr es tun – sofern die Priester damit einverstanden sind, natürlich nur.«

Conan wollte schon ja sagen, da wurde ihm bewußt, daß der Vikar möglicherweise Verdacht schöpfen würde, daß sein neuer Hufschmied und der ehemalige Besitzer Egils ein und derselbe waren – falls er von seiner schnellen Bereitwilligkeit erfuhr. So antwortete er statt dessen:

»Ich weiß nicht recht, ich habe ja kaum Zeit, meinen eigenen Hengst auszureiten.«

6

DER TEMPEL DER SPINNE

Da es in Yezud keine Schenken oder Eßstuben gab und Conan nicht für jede Mahlzeit nach Khesron hinunterstiefeln wollte, vereinbarte er mit Lars Mutter, daß sie für ihn mitkochte. Bei Sonnenuntergang wusch Conan den Ruß von Gesicht und Armen und begleitete Lar zu dem Häuschen, in dem der Junge mit seiner verwitweten Mutter wohnte.

Amytis, eine Frau mittleren Alters mit müdem Gesicht und ergrauendem Haar, kochte gut und reichlich, aber Conan fehlte das Bier dazu, mit dem er das Essen hätte hinunterspülen können. Schweigend und mit unbewegtem Gesicht hörte er Amytis zu, die über ihre Herkunft, ihre Verwandtschaft und ihren allzu früh verstorbenen Mann plauderte.

»Es waren bittere, harte Zeiten für uns nach seinem Tod«, sagte sie seufzend. »Doch mit dem Lohn, den Ihr meinem Lar zahlt, der Vergütung, die meine Tochter im Tempel bekommt, und den paar Kupferstücken, die ich durch Wäschewaschen verdiene, kommen wir schon zurecht.«

»Ihr habt auch eine Tochter?« fragte Conan und betrachtete die Frau zum erstenmal mit einer Spur Interesse.

»Ja, Rudabeh ist die erste Tempeltänzerin, und sie ist für die anderen Mädchen verantwortlich. Sie hat auch sonst noch einige Pflichten. Ja, sie ist ein sehr tüchtiges Mädchen. Der Mann, der sie einst zur Frau bekommt, kann sich glücklich preisen.«

»Die Tempeltänzerinnen dürfen heiraten?«

»Nachdem sie aus ihren Diensten entlassen sind. Die Priester sind sogar dafür. Jedes Mädchen erhält am Ende ihrer Dienstzeit eine Mitgift – das heißt, wenn sie sich anständig benommen hat.«

»Wie werden die Tempeltänzerinnen denn ausgewählt?« erkundigte Conan sich beiläufig, während er sich eine Portion Pudding nahm.

»Es findet jedes Jahr ein Wettbewerb statt«, erklärte Amytis, »damit die Priester sich die zwei geeignetsten Mädchen aussuchen können. Manche Familien kommen bis von Shadizar hierher und bringen ihre hübschesten Töchter zu diesem Wettbewerb, doch die meisten sind von näheren Städten. Es wird als große Ehre erachtet, eine Tochter in Zaths Diensten zu haben.«

»Und wie lange müssen sie im Tempel dienen?«

»Fünf Jahre.«

Conan blickte den jungen Lar an. »Warum hast du mir nicht gesagt, daß du eine Schwester hast?«

Der Junge verzog das Gesicht. »Ich habe nicht gedacht, daß ein so großer Mann wie Ihr, sich für ein *Mädchen* interessiert.«

Conan wandte das Gesicht wieder Amytis zu, um sein Grinsen vor dem Jungen zu verbergen, der ihn sichtlich verehrte. Er fragte: »Besucht Eure Tochter Euch je?«

»O ja. Viermal im Monat bekommt sie Ausgang, dann ißt sie mit uns. Vor drei Tagen erst verbrachte sie den Abend mit uns.«

Um seine scheinbare Gleichgültigkeit zu zeigen, gähnte Conan, streckte und erhob sich. »Lar« sagte er gleichmütig. »Du mußt mich einmal in den Tempel mitnehmen und mir die Rituale erklären. Der Vikar befahl mir, mindestens dreimal im Monat an einem Gottesdienst teilzunehmen, da bleibt mir nichts übrig, als ihm zu gehorchen.«

Conan bat Amytis, ihn zu entschuldigen, und kehrte in die Schmiede zurück. Er hatte eigentlich vorgehabt, sich einen vergnügten Abend in Bartakes Wirtschaft zu gönnen, aber nach einem Nachmittag schwerer Arbeit in der Schmiede sehnte er sich nur noch nach seinem Bett.

Den nächsten Tag verbrachte er ganz an Esse und Amboß. Während Lar den Blasebalg trat, beschlug Conan mehrere Pferde, schweißte ein gebrochenes Sensenblatt, hämmerte die Dellen aus dem Helm eines brythunischen Söldners und schmiedete zwischendurch mehrere Dutzend Nägel. Er freute sich, daß er mit allem, was er in seiner frühen Jugend gelernt hatte, wieder so gut zurechtkam.

Am nächsten Morgen begleitete Conan Lar in den Zathtempel, in den viele Bewohner der Zitadelle strömten. Nun waren nicht nur die äußeren Portalflügel für die Besucher offen, sondern auch die Flügel der inneren Tür. Die Wachen standen mit ihren Hellebarden stramm, aber ihre begehrlichen Blicke folgten so mancher schönen Frau, die ihre Frömmigkeit mit einem Lächeln belebte.

Conan, der über alle anderen herausragte, betrat das Allerheiligste. Der Verwesungsgeruch hier war stark. Einem, der nicht so an den Geruch des Todes gewöhnt war wie der Cimmerier, hätte sich vielleicht der Magen umgedreht. Der kreisrunde Raum, der die Nabe des gewaltigen Tempelkomplexes war, konnte gut tausend Andächtige aufnehmen. Doch da heute kein Feiertag war, hatten sich lediglich ein paar hundert hier eingefunden.

Conan sah, daß er ganze Boden mit einem kunstvollen Mosaik in Form zusammenhängender Spinngeweben ausgelegt war. Jede Spinnwebe war etwa schulterbreit. Lar stellte sich in die Mitte eines solchen Spinngewebes und bedeutete Conan, es ihm gleichzutun.

Conans Blick folgte den vergoldeten Säulen, die in regelmäßigen Abständen die hohe Kuppeldecke hielten. Überall fand sich das Spinnwebmuster: an den verputzten Wänden, rings um die Säulen und in größerem Maßstab an der vergoldeten Decke. Die Muster waren in verschiedenen Farben gehalten: hier Schwarz auf Weiß, dort Weiß auf Schwarz, da Rot auf Blau, anderswo Gold auf Grün, Purpur auf Silber und in anderen Zusammenstellungen.

Auf goldener Zier spiegelte sich der Schein Hunderter vergoldeter Lampen wider, die an Bronzeketten von den Schatten der Decken herabhingen. Die stete Wiederholung des Spinnwebmusters führte irgendwie zu hypnotischer Reglosigkeit. Conan schloß die Augen, um die schwankenden Lichter nicht mehr sehen zu müssen und die gemalten Muster. Er zwang sich, sich den friedlichen Garten des Sehers Kushad vorzustellen und an nichts anderes mehr zu denken.

Als Conan es wagte, die Augen wieder zu öffnen, befaßte er sich mit der Szene vor sich. Zum Teil in die Wand des kreisrunden Tempelraums eingelassen und zum Teil in den Ring des Allerheiligsten ragend, stand eine rechteckige Plattform mit drei breiten Marmorstufen, die um die ganze Vorderseite führten. Ein durchbrochenes Messinggeländer, etwa taillenhoch, führte rund um die unterste Stufe, um dieses Allerheiligste vom Rest des Raumes abzutrennen, der für die Andächtigen bestimmt war.

Auf der rechten Seite der Plattform stand eine sichtlich schwere alte Ebenholztruhe mit grünspanüberzogenen Beschlägen. Auch an der Truhe fand sich, geschickt mit Silberdrähten im Holz eingelegt, das Spinnwebmuster. Als Gegenstück zu dieser alten Truhe erhob sich links auf der Plattform ein gewaltiger, goldschimmernder Marmorblock wie ein Altar, in den Hieroglyphen in der alten zamorianischen Schrift eingehauen waren. Auf dem Marmorblock ruhte eine Chalzedonschale, in der eine ewige Flamme loderte. Wie sie mit dem Glauben des Spinnengotts zusammenhing, wußte Conan nicht.

In der Mitte der Plattform, deren hintere Seite mit einem blutroten Teppich behangen war, erhob sich die Statue Zaths, und dahinter in der linken Ecke bildete die Wand eine Nische. Das Idol war mit solcher Lebensechtheit aus schwarzem Onyx gehauen, daß Conan fast tatsächlich glauben konnte, daß es des Nachts wandelte. Der schwere, eiförmige Körper, der offenbar durch irgendein Gestell oder einen Tisch gehalten wurde und in grellroten Samt gehüllt war, so daß er zu dem Teppich dahinter paßte, sah in dem flackernden Licht aus, als stünde er ohne Stütze. Jedes der vielgelenkigen acht Beine der Spinne, die kräftiger als ein Galeerenruder waren, standen auf dem Marmorboden. Die Statue erinnerte Conan auf unangenehme Weise an die Riesenspinne, gegen die er vor einigen Jahren im Turm des Elefanten gekämpft hatte*, nur daß diese Statue hier von der doppelten Größe jenes Ungeheuers war.

An der Gesichtsseite des Kopfes – oder was man Kopf nennen könnte, wenn Spinnen Köpfe hätten, die sich vom vorderen Teil ihres Körpers abhoben –, leuchtete eine Reihe von vier großen Augen bläulich im Lampenschein. Von seinem Platz aus konnte Conan sehen, daß Zath noch vier weitere Augen hatte: je eines an den beiden Körperseiten und ein Paar auf dem Rücken. Der Anblick weckte seinen Beutesinn. Er flüsterte Lar zu:

»Woraus sind diese Augen, Junge?«

»Psst!« mahnte Lar. »Die Priester kommen.«

Die Wände der Allerheiligstenplattform hatten zwei Türen, je eine an der Seite neben der Truhe und der neben dem Marmorblockaltar. Eine gesetzte Prozession wandelte aus

---

* Siehe DER TURM DES ELEFANTEN in *Conan*, Heyne-Band Nr. 06/3202.

der linken Tür: ein Dutzend Männer in Seidenturbanen, Brokatgewändern, und jeder mit einem Stab, dessen Knauf aus juwelenbestecktem Gold oder Silber war. Voran schritt einer von größerer Gestalt als die anderen. Er trug ein wallendes weißes Gewand, dazu einen nachtschwarzen Turban. Er hatte buschige schwarze Brauen, eine scharfe Adlernase und einen gewaltigen, gepflegten weißen Bart.

Die Gewänder der anderen schillerten in den verschiedenen Regenbogenfarben. Einer trug zu einem scharlachroten Gewand einen azurblauen Turban, ein anderer zu einem saphirblauen Gewand einen Turban in blassem Gelb. Conan erkannte Harpagus, den Vikar, an seinem schwarzen Gewand und dem schneeweißen Turban.

Die zwölf Priester bildeten eine gerade Reihe vor dem Spinnengott. Auf eine auffordernde Gebärde Harpagus' hin hoben die Versammelten die Arme und riefen einstimmig: »Heil, Zath, Gott aller Götter! Heil, Feridun, Zathapostel!«

Als nächstes sangen die Anwesenden unter Anleitung eines jungen Priesters, dessen lange, spitz zulaufende Finger den Takt in der Verwesungsluft beschrieben, eine Hymne. Conan verstand nur ein paar Worte des Weihegesangs, aber er schloß daraus, daß der Refrain Zaths Reinheit verherrlichte, die sich wie ein gewaltiges Spinnengewebe schützend über Zamora ausbreitete.

Dann traten vier Priester in majestätischer Haltung vor und stellten sich um die ewige Flamme. Jeder brachte aus den weiten Ärmeln seines Gewandes einen Gegenstand zum Vorschein. Conan sah einen Silberkelch, einen Dolch mit juwelenbesetztem Griff, einen Bronzespiegel und einen goldenen Schlüssel. Die Priester führten ein komplexes Ritual durch. Rauch kräuselte wie eine Säule aus der Chalzedonschale. Die vier hielten die symbolhaften Gegenstände in den Rauch und murmelten dazu Worte, die Conan nicht verstand.

Dann bildeten die Priester, wieder gemessenen Schrittes, zwei Reihen entlang der Seiten des Allerheiligsten, während aus der rechten Tür sich acht Tänzerinnen dem Spinnengott näherten. Die Mädchen waren nackt, wenn man von dicken Schnüren aus aufgereihten pechschwarzen Edelsteinen absah, die sie so um ihre Körper geschlungen trugen, daß sie einem Spinnennetz ähnelten. Juwelen blitzten in ihrem schwarzen Haar und an ihren schlanken Fingern wie Tautropfen in der Morgensonne.

Der Priester im saphirblauen Gewand blies eine melancholische Weise auf einer Flöte, zu der die Mädchen gemessen um den gigantischen Götzen tanzten. Die Edelsteinschnüre klingelten aneinander, während die schlanken geschmeidigen Körper sich wiegten und drehten. Conan flüsterte:

»Ich dachte, Zath sei ein Gott der Reinheit. Diese Mädchen sehen mir nicht wie ein Vorbild an Keuschheit aus.«

»Psst, Sir! Ihr versteht nicht!« hauchte der Junge, dessen Augen in religiösem Feuer brannten. »Das ist ein heiliger Tanz, uralt und ehrenhaft. Die Tugend unserer Tempeltänzerinnen wird bestens behütet.«

Conans innerer Teufel wisperte ihm zu, sich doch einer dieser Maiden zu bemächtigen und sie zu seiner Buhle zu machen, denn das wäre eine Tat, mit der er später angeben konnte. »Welche ist denn deine Schwester?« fragte der Cimmerier.

»Die dort – die links von der Mitte – jetzt ist sie hinter der Statue. Sie ist größer als die anderen.«

Ein hübsches Ding, dachte Conan, wenn sie die ist, die ich meine. Das Mädchen war tatsächlich größer und von üppigerer Figur als die meisten Zamorierinnen, die gewöhnlich klein und überschlank waren. Conan spürte, wie sein Blut heißer durch die Adern floß, während er sie beobachtete.

Am Ende des Tanzes legten die Mädchen sich flach auf den Bauch rund um den Götzen, jede an eines der Beine. Dann erhoben sie sich, bildeten eine Kette, indem sie die Hand ihrer Nachbarin hielten, und verließen das Allerheiligste, während der Hohepriester Feridun an die alte Truhe trat und seine zur Faust geballte linke Hand darauf legte. Schweigen gebietend hob er die Rechte und begann mit seiner Predigt.

»Kinder Zaths! Nicht zum erstenmal sprechen wir über die bedauerliche Lage, in die unsere einst große Nation Zamora geraten ist. Wir Priester kämpfen – bisher leider ohne großen Erfolg – gegen die Sittenlosigkeit und Verderbtheit des Volkes an. Korruption breitet sich unter euch aus, ihre Quelle ist der Thron eurer Könige, und verwandelt unsere einst so stolze Nation in einen Hexenkessel des Verbrechens, der Intrige und anderer unschöner Dinge. Rings um uns nichts als Diebereien, Morde, Bestechungen, Suff und Unzucht. Die Kulte der anderen Götter, die behaupten, gegen diese Mißstände zu kämpfen, vernachlässigen entweder ihre Pflicht oder – wehe dir, Zamora – schlossen sich der Jagd nach verbotenen Gütern an und dulden, daß die Menschen sich in Sinnlichkeit suhlen.«

Die anklagende Stimme des alten Priesters reizte Conan, weckte in ihm den Wunsch, laut zu rufen, daß das Volk von Zamora zwar sittenlos war, doch auch nicht so viel schlimmer als das anderer Länder. Doch da ihm klar war, daß ein einzelner nicht gegen Hunderte aufkam, die religiöser Fanatismus gepackt hatte, hielt er seine Zunge in Zaum. Der Hohepriester Feridun fuhr fort:

»Nur der einzig wahre Glauben Zaths hat seine Integrität sowohl in Theorie als auch Praxis bewahrt. Nur der einzig wahre Glauben Zaths kann die Nation läutern und Zamora seine einstige Größe zurückgeben. Wir versichern euch, Geliebte in Zath, daß der Tag der Läuterung nicht mehr fern ist. Alle, die ihr gläubig hier an diesem Gottesdienst teilnehmt, werdet Zeuge sein. Es wird zu einem gewaltigen Umsturz kommen, zu einer Vernichtung der Sündigen, wie die Welt es noch nie erlebt hat – doch ihr werdet es sehen! Die Flamme der Läuterung wird aber das Land fegen, wird die Sündigen wie Insekten in der Feuersbrunst verschlingen. Der Tag naht! Seid bereit, Kinder Zaths, um dem einzig wahren Gott als Soldaten zu dienen ...«

Conan wurde kribbelig vor Ungeduld, als der Hohepriester schier endlos ins gleiche Horn stieß. Doch endlich sprach er das Schlußgebet, in das die Andächtigen einstimmten. Die acht Tänzerinnen kamen zurück, diesmal in wallenden Schleiergewändern in allen Regenbogenfarben, und sangen ein Weihelied. Der Priester im saphirblauen Gewand und gelben Turban begleitete sie wieder auf der wimmernden Flöte. Nun zwängten Akoluthen sich durch die Andächtigen und streckten jedem die Opferschale entgegen, damit er sein Scherflein spende. Auch das Klingeln der Münzen begleitete – wenn auch weniger rhythmisch – den Gesang der Mädchen.

Ein Akoluth hielt seine Opferschale dicht unter des Cimmeriers Nase. Conan betrachtete das Häufchen Münzen aller Art, dann fischte er widerwillig ein Kupferstück aus seinem mageren Säckel und ließ es in die Opferschale fallen.

»Sehr großzügig seid Ihr aber wahrlich nicht, Fremder«, sagte er von oben herab.

»Wenn die Priester meinen Lohn erhöhen, spende ich mehr«, knurrte Conan. Der Akoluth öffnete die Lippen zu einer scharfen Erwiderung, aber Conans drohende Miene ließ ihn sie wieder zusammenkneifen und sich an den nächsten wenden.

Als die Akoluthen jeden angehalten hatten, endete auch der Lobgesang der Maiden, und sie zogen sich wieder zurück. Der Hohepriester Feridun schloß zeremoniös die Truhe auf und hob den Deckel. Die Akoluthen paradierten herbei, und jeder leerte seine Opferschale hinein, daß das Klingeln der Münzen vom hohen vergoldeten Kuppeldach echote.

Feridun leierte ein weiteres Gebet, segnete das Opfergeld und drehte den Schlüssel in der Truhe. Mit einem neuen »Heil Zath« bei erhobenen Armen endete der Gottesdienst.

Vor jugendlicher Begeisterung ging Lars' Mund über, als er mit Conan den Tempel verließ. »Ist der Hohepriester Feridun nicht ein wunderbarer Mann?« rief er. »Erfüllt er nicht auch Euer Herz mit heiliger Eingebung?«

Conan nahm sich Zeit für seine Antwort. »Nach meiner Erfahrung«, sagte er schließlich, »sind Priester nicht anders als normale Sterbliche auch. Alle sind darauf bedacht, reich und mächtig zu werden, wie sehr sie ihren Ehrgeiz auch hinter frömmlichem Gerede zu verbergen trachten.«

»O Sir!« rief der Junge entsetzt. »Laßt solche Lästerungen nicht an die Ohren der Priester gelangen! Gewiß, sie würden Euch vergeben, da Ihr nur ein unwissender Fremder seid, doch solltet Ihr wahrlich nicht so unüberlegt von Gott und seinen Geistlichen im heiligen Yezud sprechen – außer Ihr wollt es darauf anlegen, dem Spinnengott als Nahrung zu dienen.«

»Ist das das Schicksal der Unverbesserlichen hier?« fragte der Cimmerier.

»Ja, Sir, das ist die übliche Art der Hinrichtung.«

»Und wie geht sie vor sich?«

»Die Akoluthen werfen den Verbrecher in die Schächte unter dem Tempel. Wenn der unsterbliche Zath dann des Nachts seine sterbliche Gestalt annimmt, steigt er hinunter, um den Missetäter zu verschlingen.«

»Und wer hat Zath dabei schon gesehen?«

»Nur die Priester, Sir.«

»Keiner der einfachen Bürger Yezuds?«

»N-nein, Sir. Niemand wagt es, sich in die Jagdgründe des Spinnengottes zu begeben, außer den höheren Priestern. Voriges Jahr ging jedoch das Gerücht um, daß ein gottloser Schurke sich in die Schächte gestohlen hatte, weil er hoffte, dort Kleinodien an sich zu bringen. Wißt Ihr, was man von den zamorianischen Dieben sagt?«

»Daß sie die geschicktesten auf der ganzen Welt sind und das größte Zutrauen zu sich haben. Was geschah mit dem wagemutigen Burschen? Hat Zath ihn verschlungen?«

»Nein, es gelang dem Dieb, ihm zu entkommen.« Der Junge schüttelte sich schaudernd. »Aber er kehrte vom Wahnsinn besessen zurück und starb ein paar Tage später.«

»Hm, also keine sehr gesunde Luft dort unten. Sag mir, Lar, aus welcher Substanz sind Zaths Augen?«

»Aus derselben wie Eure oder meine, nehme ich an. Erst wenn er auf sein Piedestal zurückkehrt und seine Steingestalt wieder annimmt, müssen sie wohl zu einer Art blauem Mineral werden. Aber so genau weiß ich das nicht.«

Den weiteren Weg zur Lars Zuhause und seinem Mittagsmahl legte Conan stumm zurück. In Gedanken beschäftigte er sich bereits mit einem Plan. Ohne Zweifel waren die Augen der Zathstatue irgendwelche Edelsteine. Gelang es ihm, ein paar davon an sich zu bringen, würde er für den Rest seines Lebens ausgesorgt haben. Gewöhnlich empfand Conan zumindest ein wenig Ehrfurcht vor fremden Göttern, doch fiel es ihm schwer, einer Spinne, auch wenn sie noch so gewaltig war, Göttlichkeit zuzuschreiben, selbst dann nicht, wenn diese spezielle Spinne sich tatsächlich aus einer Statue in ein lebendes Wesen verwandeln und herumstreifen konnte. Er zweifelte nicht im geringsten daran, daß die Priester Zaths die Leichtgläubigkeit der Zamorier zu ihrer eigenen Bereicherung nutzten, und es lediglich ausgleichende Gerechtigkeit sein würde, wenn er sie um ein wenig ihres erschwindelten Reichtums erleichterte.

Conan mußte ein wenig aus dieser gesetzten, frömmelnden Atmosphäre herauskommen, deshalb schnallte er sich nach dem Abendessen den Waffengürtel um und stiefelte den schmalen Steilpfad hinunter zu Bartakes Wirtschaft in Khesron. Er war froh, daß nicht allzu viele Gäste in der Wirtsstube saßen, denn er wollte in Ruhe seinen Gedanken nachhängen.

An der Theke holte er sich einen Becher Wein und ließ sich damit in einer Ecke nieder. Er bedauerte es nun, daß er dem jungen Lar gegenüber so zynisch über Götter und Priester gesprochen hatte, denn es war ihm klar geworden, daß seine unvorsichtigen Worte ihn dem frommen und leicht empfänglichen Jungen in die Hand geliefert hatten. Sollten sie je streiten, oder würde Conan die Hand ausrutschen, wenn Lar etwas Dummes tat, mochte es durchaus sein, daß Lar mit einer ausgeschmückten Version der Ketzereien des Schmiedes zu den Priestern rannte. Von den vielen Lektionen, die sich Conan zu lernen gezwungen sah, um seinen Weg in den zivilisierten Ländern zu machen, fiel es ihm am schwersten, sein Temperament zu zügeln und sich seine Worte reiflich zu überlegen, ehe er sie über die Lippen ließ.

Scharfe Worte von einem entfernteren Tisch rissen Conan aus seinen düsteren Gedanken. Er blickte hoch und sah einen Mann und eine Frau mit einer leeren Kanne Wein zwischen sich an dem Tisch sitzen. Die Frau trug ein rot-weiß-kariertes enganliegendes Kleid mit sehr großzügigem Ausschnitt. Conan erkannte sie. Sie war Mandana, die Tochter des Wirts. Der Mann – Conan ärgerte sich darüber, daß ihm der drahtige rote Schnurrbart nicht gleich beim Betreten der Wirtsstube aufgefallen war – war Hauptmann Catigern. So sehr war Conan in seine Gedanken vertieft gewesen, daß er den Söldneroffizier überhaupt nicht bemerkt hatte.

Offenbar hatte Catigern mehr getrunken, als er vertrug, und die Frau schalt ihn seines Zustands wegen aus. Während ihres Gekeifes rülpste er laut, sein Kopf sank auf seine Arme auf dem Tisch, und er begann zu schnarchen.

Die Frau schob ihren Stuhl zurück, sah sich unverhohlen in der Wirtsstube um und trippelte zu Conans Tisch. »Darf ich mich zu Euch setzen, Meister Nial?«

»Aber gern«, antwortete der Cimmerier. »Was habt Ihr für Kummer, Mädchen?«

»Ach, seht selbst.« Sie deutete mit dem Daumen auf den schlafenden Catigern. »Er versprach mir einen unterhaltsamen Abend. Und was tut er? Er besäuft sich sinnlos. Ich bin sicher, daß zumindest Ihr nicht einschlafen würdet, wenn es darum geht, Eure Erwählte glücklich zu machen.« Sie lächelte ihm herausfordernd zu und zupfte an ihrem Mieder, so daß die üppigen Brüste beinah aus dem knappen Stoff zu quellen drohten.

Conan hob die buschigen Brauen. »Oho!« murmelte er mit erwachendem Verlangen. »Wenn das die Unterhaltung ist, die Ihr begehrt, bin ich genau der Richtige! Ihr braucht mir nur Ort und Zeit zu nennen.«

»In Kürze, in meiner Kammer oben. Doch laßt uns erst ein wenig trinken, und dann müßt Ihr meinem Vater den Entgelt für meine Zärtlichkeiten bezahlen.« Mit einem Kopfnicken deutete sie auf die Theke, hinter der Bartake stand.

Conan wurde vorsichtig. »Wieviel verlangt er denn?«

»Zehn Kupferstücke. Ach ja, da fällt mir ein, Ihr seid nach der einen Nacht, die Ihr hier geschlafen habt, gar nicht zurückgekehrt. So habt Ihr wohl eine Anstellung bei den Priestern gefunden?«

»Ja, ich bin jetzt der Tempelschmied«, antwortete Conan.

Er kramte in seinem Säckel und zählte die Münzen auf den Tisch. »Für ein friedliches Handwerk ist es gar nicht so schlecht ...«

Conan beendete den Satz nicht, denn Hauptmann Catigern war erwacht und zu ihnen herübergetorkelt. Er schaute nun auf Conan herab und brüllte:

»Was machst du mit meinem Mädchen, Tölpel?«

Conan musterte den Hauptmann mit halbgeschlossenen Lidern und versuchte abzuschätzen, wie betrunken er war. »Schert Euch zum Teufel, Hauptmann«, sagte er mit ruhiger Stimme. »Die Frau kam aus eigenem freien Willen zu mir, als Ihr angefangen habt, wenig unterhaltsam vor Euch hinzuschnarchen.« Er griff nach seinem Becher und nahm einen tiefen Schluck.

»Japsender Köter!« brauste Catigern auf und wollte Conan mit dem Handrücken ins Gesicht schlagen. Die Fingerknöchel trafen Conans erhobenen Unterarm, so daß der Becher ins Schwanken geriet und der Wein überschwappte. Mit gefährlicher Ruhe setzte der Cimmerier den Becher ab, sprang geschmeidig wie eine Dschungelkatze hoch und schlug Catigern die Faust ins Gesicht. Des Hauptmanns Kopf flog zurück, er selbst taumelte und fiel schwer auf den Boden. So manchem anderen hätte dieser Fausthieb das Bewußtsein geraubt, wenn er nicht gar schlimmeres Unheil angerichtet hätte, doch Catigern war ein ungewöhnlich großer und kräftiger Mann. Er kam erstaunlich schnell wieder auf die Füße und zerrte sein Schwert aus der Scheide.

»Dafür hack ich mir deine Leber heraus und verfüttere sie an die Hunde!« keuchte er und stürzte sich auf Conan.

Auch der Cimmerier hatte inzwischen die Waffe gezogen. Genau wie Catigern achtete er nicht auf die flehenden Rufe des Wirtes, ihren Kampf anderswo auszutragen, und schon blitzten ihre klirrenden Klingen im gelben Lampenschein. Mehrere Gäste kauerten sich unter ihre Tische, als die beiden Riesen sich drehten, hieben und parierten. Das Klingen des Stahles vermischte sich mit den anspornenden Rufen der Zuschauer und brach die bisher so friedliche Stille.

Nach dem ersten Blitzangriff und heftigem Klingenwechsel, als Hauptmann Catigerns Atem gequälter kam, änderte er seine Taktik. Seine Klinge, wie im Westen üblich, war gerade, im Gegensatz zu Conans Säbel, der zwar etwas schwerer als die meisten turanischen Klingen, aber wie fast alle im Osten benutzten leicht geschwungen und deshalb zum Stoß ungeeignet war. Statt zu schlagen, begann der Brythunier nun zwischen hastigem Parieren zuzustoßen.

Zwar hatte Conan auch früher mit geraden Klingen, wie sein Vater sie geschmiedet hatte, gekämpft, aber in den letzten zwei Jahren war er ausschließlich mit Krummsäbeln ausgebildet worden. Dreimal rettete nur seine panthergleiche Flinkheit und Geschmeidigkeit, vereint mit verzweifelten Paraden, ihn davor, von Catigerns scharfer, spitzer Klinge aufgespießt zu werden. Ein Stoß, wie der einer angreifenden Schlange, riß Conans Wams auf und zeichnete eine blutige Streifwunde quer über seine Schulter.

Der Brythunier, das hatte Conan inzwischen erkannt, war ein erfahrener Fechter, der selbst im Suff nicht so leicht zu schlagen war. Obgleich Conan größer, kräftiger, flinker und jünger war, dankte er den Göttern, daß Catigern durch den im Übermaß genossenen Wein nicht mehr ganz so sicher war.

Verzweifelt hüpfte Bartake händeringend um die beiden herum und winselte: »Ich flehe euch an, meine Herren, kämpft draußen weiter! Ihr ruiniert mir die ganze Stube!«

Die beiden achteten überhaupt nicht auf ihn. Da glitt aus einer dunklen Ecke der Wirtsstube eine kleine schattenhafte Gestalt von hinten auf Catigern zu. Im Lampenschein blitzte ein Dolch auf.

Ohne Bedenken hätte Conan seinen Gegner im fairen Kampf getötet, aber ein Stich in den Rücken eines Mannes, der gegen einen anderen kämpfte, ging gegen sein Ehrgefühl. Doch wenn er eine Warnung ausstieß, würde der Brythunier sie lediglich für ein Ablenkmanöver halten.

All das ging Conan schneller durch den Kopf, als er benötigte, um seine Klinge zu schwingen. Er machte einen gewaltigen Satz rückwärts und senkte gleichzeitig den Säbel.

»Hinter dir!« brüllte er. »Meuchelmörder!«

Catigern sah, daß Conan ihn im Augenblick nicht erreichen konnte. Er wirbelte herum. Im gleichen Moment hob der Unbekannte den Dolch, um ihn dem Brythunier in den Rücken zu stoßen. Mit einem wilden Fluch hieb Catigern mit einem Rückhandschwung zu. Das Schwert drang zwischen Rippen und Hüften in des Fremden Seite und durchtrennte fast seine Wirbelsäule. Die Wucht schleuderte den schmalen Mann gegen einen Tisch, und er sackte blutspritzend auf den Boden. Er stöhnte kurz, dann rührte er sich nicht mehr.

»Ein gewaltiger Hieb«, bemerkte Conan und hielt seine Säbelspitze weiter auf den Boden. »Willst du den Kampf fortsetzen?«

»Wenn ihr beiden Riesennarren ...«, begann Bartake, aber auch jetzt achteten die beiden Männer nicht auf ihn.

»Nein, nein«, antwortete Catigern. Er säuberte seine Klinge am Hemd des Toten und machte sich daran, sie in die Scheide zurückzuschieben, doch dann hielt er inne, aber nur so lange, bis er sich vergewissert hatte, daß der Cimmerier das gleiche tat. »Ich kann doch keinen Mann töten, der mir gerade das Leben gerettet hat, auch wenn er einen Augenblick zuvor versuchte, es mir zu nehmen. Was das Mädchen betrifft – wo, zum Teufel, ist die Dirne?«

Bartake antwortete: »Während ihr beide mit Kämpfen

beschäftigt wart, zog sie sich in ihre Kammer zurück – mit einem Eurer Leute, glaube ich, Hauptmann.« Der Wirt drehte sich um und rief nach seinen Söhnen, damit sie die Leiche forträumten und den Boden von Blut säuberten. Kopfschüttelnd murmelte er: »Zath behüte mich vor einem weiteren Paar solcher Narren!«

Catigern lächelte trocken. »Du hast recht, mein Freund. Wir waren wahrhaftig Dummköpfe, unsere Leben einer käuflichen Frau wegen aufs Spiel zu setzen.« Er gähnte. »Was mich betrifft ...«

»Warte«, hielt Conan den Hauptmann zurück, der aufbrechen wollte. »Schauen wir doch erst einmal nach, wer dir das Messer in den Rücken stechen wollte. Holt eine Lampe, Wirt!«

Conan drehte den Toten um und sah, daß der Mann ein typischer Zamorier war: klein, dünn und dunkel. »Kennt Ihr ihn, Bartake?« erkundigte er sich.

»Sicher«, antwortete der Wirt. »Er kam heute auf einem Maultier an, verlangte ein Bett und nannte seinen Namen: Varathran aus Shadizar.«

»Habt Ihr ihn schon früher einmal gesehen?«

»Nein. Aber Menschen aus jedem Winkel Zamoras kommen hierher, um den Spinnengott anzubeten.«

Conan untersuchte den Mann mit geschickten Händen. Vom Gürtel Varathrans hing ein Säckel mit einer Handvoll Silber- und Kupfermünzen, daneben steckte eine kleine Schriftrolle. Conan öffnete sie und betrachtete sie stirnrunzelnd. Schließlich fragte er:

»Catigern, kannst du Zamorianisch lesen?«

»Nein. Ich habe schon mit Brythunisch Schwierigkeiten. Und du?«

»Ich habe einmal die zamorianischen Schriftzeichen gelernt, aber das bißchen, was ich kannte, wieder vergessen.«

»Laßt mich sehen«, mischte der Wirt sich ein. Er hielt das Pergament dicht an eine Lampe und bewegte stumm die Lippen, während er sich bemühte, die spinnenfeinen Glyphen zu lesen. Schließlich zuckte er hilflos die Schultern und gab Conan die Schriftrolle zurück.

»Es ist in altzamorianisch verfaßt«, erklärte er. »Eine Schriftart, wie sie nicht mehr benutzt wird, seit Mithridates I eine verbesserte einführte. Vielleicht käme ein Priester in Yezud damit klar, ich leider nicht.«

»Darf ich einen Blick darauf werfen?« erkundigte sich eine weiche, hohe Stimme mit eigenartigem Akzent. Der Stygier, den Conan am Abend seiner Ankunft, über seine Schriften gebeugt, bemerkt hatte, stand erwartungsvoll neben ihm. »Vielleicht kann ich Euch behilflich sein, mein Herr.«

Conan runzelte die Stirn. »Und wer seid Ihr, wenn ich fragen darf?«

Der Mann mit dem kahlgeschorenen Schädel lächelte: »Psamitek aus Luxur, ein armer Wissenssuchender der geheimen Künste.«

Brummelnd gab Conan ihm die Schriftrolle. Der Stygier studierte sie im flackernden Lampenschein. »Laßt mich sehen: ›Ich – Tughril – Hoherpriester – Erliks – schwöre hiermit – bei meinem Gott – zehntausend Goldstücke – für den Kopf . . .‹ Hmm, wie soll das heißen? Ah ja. ›. . . Conans, des Cimmeriers, – zu bezahlen.‹ Was haltet ihr davon, meine Herren? Wer ist dieser Conan? Heißt hier jemand so?«

Catigern schaute sich flüchtig um, dann schüttelten er und Conan den Kopf. Bartake überlegte. »Ich erinnere mich, daß ich vor zwei Jahren, als ich Shadizar besuchte, von einem berüchtigten Dieb hörte, der Conan hieß. Ich habe nicht mehr daran gedacht, bis ich jetzt seinen Namen wiederhörte. Man sagte, des Burschen Einbrüche waren so unverschämt, daß jeder Soldat und jeder Stadtwächter in Zamora beauftragt wurde, die Augen nach ihm offenzuhalten. Schließlich verließ er jedoch offenbar das Land und ward nicht mehr gesehen.«

Der Stygier murmelte: »So? Ich bezweifle nicht, daß es irgendeine Verbindung gibt, so rätselhaft sie auch scheinen mag. Dieser Conan muß etwas ganz besonders Schlimmes angestellt haben, daß ein turanischer Priester bereit ist, ein solches Vermögen für seine Ergreifung auszugeben. Mit einer derartigen Summe könnte man sich die größte Bibliothek okkulter Werke in ganz Stygien leisten.« Seufzend rollte er das Pergament zusammen und schob es in seinen Beutel. »Da die Nachricht niemanden hier betrifft, hat bestimmt keiner etwas dagegen, wenn ich die Schriftrolle behalte. Gutes Pergament ist teuer, und dieses hier kann ich ausradieren und wieder benutzen. Eine gute Nacht allen.«

Der Stygier verbeugte sich tief und zog sich zurück. Conan öffnete schon den Mund, um die Rückgabe der Schriftrolle zu verlangen, doch dann wurde ihm klar, daß er es nicht fordern konnte, ohne Mißtrauen zu erwecken. Also biß er nur verärgert die Zähne zusammen. Um sein Unbehagen zu verbergen, wandte er sich an Catigern. »Trinken wir noch einen Becher zusammen, während unser Wirt saubermacht. Ich denke, wir haben es uns verdient, und was gäbe es für eine bessere Gelegenheit, diesen kleinen Schatz auszugeben?«

»Einverstanden!« brummte Catigern. »Morgen werde ich den Vorfall dem Vikar melden müssen. Vermutlich wirst du gerufen werden, um meine Aussage zu bezeugen.«

»Diese Zivilisation!« brummte der Cimmerier. »Man kann nicht einmal einen Mann in ehrlicher Selbstverteidigung töten, ohne dafür irgendeinem neugierigen Beamten Rechenschaft ablegen zu müssen!«

In dieser Nacht staunten die Männer der Freien Kameraden, die am Tor von Yezud Wache hielten, als sie im Sternenlicht ihren Hauptmann und den Tempelschmied mit dem Arm um des anderen Schulter den steilen Pfad herauftorkeln sahen. Und dazu grölten die beiden in mächtigem Baß – und zwar jeder ein anderes Lied!

7

WEIN AUS KYROS

Drei Tage später, als Conan Lar zum Abendessen nach Hause begleitete, fand er dort Rudabeh vor. Lar sagte: »Heil, Schwester! Das ist unser neuer Schmied, der mächtige Meister Nial. Er läßt mich die Sachen an den Amboß halten, während er sie schmiedet, damit ich das richtige Gespür dafür bekomme. Und heute hat er mir die Farbveränderungen des Metalls, während es erhitzt wird und abkühlt, erklärt. Ich werde doch noch ein Schmied werden.«

»Das ist sehr freundlich von Euch, Meister Nial«, sagte Rudabeth mit strahlendem Lächeln.

Conans Augen leuchteten in tiefem Blau, während er das Mädchen betrachtete. Sie war groß für eine Zamorierin und sah gut aus, doch war ihre Schönheit nicht die der Frauen, die die Könige für ihren Harem erwählten, sondern rein, gesund und offen. Selbst der einfache Kittel und die Pluderhose – die übliche Straßenkleidung der Zamorierin – vermochten nicht die geschmeidige, wohlgerundete und doch feste Figur der Tänzerin zu vertuschen. Sie fuhr fort:

»Mutter erzählte mir von einigen Eurer Abenteuer, mit denen Ihr sie unterhalten habt. Habt Ihr sie wirklich alle selbst erlebt?«

»Ja, aber möglicherweise habe ich sie ein wenig ausgeschmückt. Ihr wißt ja, ein guter Geschichtenerzähler muß das tun, um die Spannung zu heben. Sah ich Euch nicht beim letzten Gottesdienst vor Zath im Tempel tanzen?«

»Wenn Ihr unter den Andächtigen wart, dann sicher.«

»Ihr seid ein wenig wärmer gekleidet als zu dem Zeitpunkt, Mädchen.«

Sie lächelte sichtlich ungerührt. »Allerdings. Aber laßt Euch durch mein Tempelkostüm nicht zu lüsternen Gedanken verleiten. Ich habe nicht die Absicht, einer kurzen Sinnesfreude nachzugeben, nur um dann Zaths Appetit zu stillen.«

Conan knurrte: »Jeder, der versuchte, Euch diesem etwas zu groß geratenen Insekt zum Fraß vorzuwerfen, hätte mit mir zu rechnen!«

»Eure Worte sind edel und mutig, Meister Nial, doch Ihr könntet mein Geschick nicht verhindern, wenn die Priester es so beschließen würden.« Sie seufzte. »Manchmal denke ich, die heiligen Väter gehen mit der Tugend so weit, daß ein Laster aus ihr wird. Aber da ich mich für meinen Weg entschieden habe, muß ich ihn auch zu Ende gehen.«

»Wann endet Euer Tempeldienst?«

»In acht Monaten.«

»Was werdet Ihr dann tun?« erkundigte sich Conan, während Amytis den Fleischtopf auf den Tisch stellte und jedem einen großen Schöpflöffel voll Gulasch daraus auf den Teller gab.

»Irgendeinen der hiesigen jungen Männer heiraten, vermutlich. Einige bekommen jedesmal Schafsaugen, wenn sie mich sehen, aber ich habe mir noch keine großen Gedanken darüber gemacht. Meine Tempelpflichten beanspruchen meine ganze Zeit.«

»Was macht Ihr denn so, Tag für Tag?«

»Als Leiterin der Tänzerinnen übe ich die heiligen Lieder und Tänze mit ihnen und bilde die neuen Mädchen aus. Wenn wir weder tanzen noch singen, bedienen wir die Priester und reinigen die Tempelräume.

Aber das ist nicht alles. Seit der alte Verwalter starb, ernannten sie mich zur Verwalterin. Die Priester konnten sich auf keinen in ihren Reihen einigen, also wälzten sie die zusätzliche Arbeit auf mich ab.«

»Und was müßt Ihr als Verwalterin tun?«

»Ich bin für die Tempelräume über dem Erdboden mit allem darin verantwortlich. Ich zähle und poliere die Ornamente und Möbelstücke und heiligen Gefäße und dergleichen und führe Buch. Es ist so viel Arbeit, daß ich es mir kaum leisten kann, Mutter alle vierzehn Tage zu besuchen.«

»Bleibt Ihr dann bei diesen Gelegenheiten über Nacht zu Hause?«

»Nein, ich muß spätestens um Mitternacht im Tempel zurück sein.«

Eine Weile aß Conan schweigend. Als Amytis den Tisch abdeckte und Lar um Wasser zum Geschirrspülen zum Brunnen schickte, fragte Conan:

»Wart Ihr schon einmal in Bartakes Wirtshaus in Khesron, Rudabeh?«

»O ja, einmal, vor vielen Jahren, als Vater noch lebte. Er nahm uns alle dorthin mit. Aber ich erinnere mich nicht mehr sehr gut daran.«

»Sie haben einen neuen Harfenspieler, der recht gut sein soll. Darf ich Euch heute abend dorthin einladen? Ich bringe Euch bestimmt rechtzeitig zum Tempel zurück.«

Wieder seufzte sie. »Wie gern ich ja sagen würde! Aber solange ich im Tempeldienst bin, darf ich Yezud nicht verlassen, außer in Begleitung eines Priesters. Ich würde ausgepeitscht werden, gehorchte ich nicht.«

»Na na! Tragt einen Schleier oder einen Kapuzenumhang und verbergt Euer Gesicht. Ein Mädchen wie Ihr sollte doch ein bißchen Ablenkung haben.«

»Ihr führt mich in Versuchung, mein Herr. Ich habe in den letzten Jahren so wenig außerhalb des Tempels gesehen. Aber trotzdem ...«

Conan bemühte sich weiter, sie zu überreden, und schließlich gab sie nach. »Entschuldigt mich kurz«, bat sie.

Als sie zurückkehrte, war sie so vermummt, daß nur noch ihre Augen zu sehen waren. »Crom!« entfuhr es Conan. »Ihr seht aus wie eine der stygischen Mumien, von denen man sich erzählt. Aber kommt jetzt, es wird immer später.«

In Bartakes Wirtsstube herrschte lebhaftes Stimmengewirr. Conan blickte sich scharf um, um festzustellen, ob vielleicht jemand hier war, der aussah, als würde er ihm oder dem Mädchen Schwierigkeiten machen, ehe er die dicht verschleierte Rudabeh in eine Ecke führte und ihr einen Stuhl zurechtrückte.

Der stygische Wissenssucher saß allein an einem Tisch und studierte die vor sich ausgebreiteten Schriftrollen, Papyri und Tafeln wie am ersten Abend. Eine Gesellschaft Neuankömmlinge hatte sich an einem Nachbartisch niedergelassen. Es waren vier Männer in hyrkanischer Reisekleidung. Sie hatten die Hosenbeine in die festen Stiefelschäfte gesteckt und trugen ihre Schafpelzmützen mit den hochgeschlagenen Krempen verwegen schief auf den kahlgeschorenen Schädeln. Sie waren recht lebhaft beim Würfelspiel und nahmen immer wieder einen Schluck aus den großen Bierkrügen.

Turaner, vermutlich, dachte Conan. Der fünfte Neuankömmling, der allein an einem Tisch saß, war ganz sicher aus Turan. Gerade die Turaner, weil sie sich durch ihre Zivilisation für besser hielten, blickten auf ihre nomadischen Brüder herab, die durch die schier endlosen Steppen östlich der Vilayet streiften. Trotzdem waren ihr Gesichtsschnitt und Körperbau, genau wie viele ihrer Sitten und Gebräuche kaum anders als die ihrer barbarischen Vorfahren und Nomadenbrüder.

Der einzelne Turaner, der über einige Pergamentblätter

gebückt saß, war gedrungen und hatte einen gepflegten kurzen grauen Bart. Seine Gewandung war weit vornehmer als die der anderen vier, und eine bestickte schwarze Samtkappe, großzügig mit schimmernden Perlen besetzt, schmückte sein kurz gestutztes ergrauendes Haar. Er hatte den Teller mit den erkalteten Überresten seines Abendessens zur Seite geschoben, um Platz für seine Schriftstücke zu haben, denen er seine ganze Aufmerksamkeit widmete.

Conan war, als hätte er den Mann schon einmal gesehen, konnte sich jedoch nicht entsinnen, wann und wo. Da er zumindest sicher war, daß es nicht in Yezud gewesen war, versuchte er gar nicht, sich zu erinnern. Er schnippte mit den Fingern, um die Aufmerksamkeit der Wirtstochter, Mandana, auf sich zu lenken, die im Augenblick hinter der Theke stand. Gerade laut genug, daß sie ihn noch verstehen konnte, sagte er:

»Wein für die Dame und mich – einen erlesenen Tropfen, nicht das übliche Gesöff. Was habt ihr zu bieten?«

Mandana warf einen gehässigen Blick auf die Verschleierte und antwortete: »Numalianischen und ianthischen Roten und akharischen Weißen.«

»Sind das die besten des Hauses?«

Mandana rümpfte ein wenig von oben herab die Nase. »Nun, wir haben zwar ein Faß Weißen von Kyros, aber dieser Wein ist nur etwas für hochgeborene Damen und Herren. *Ihr* könntet ihn Euch nie leisten ...«

»Der Inhalt meines Säckels hat Euch nicht zu kümmern!« knurrte Conan und legte eine Handvoll Silber auf den Tisch. »Bringt Kyroswein!«

Mandana trippelte davon. Gegenwärtig konnte Conan sich nicht über Geldmangel beklagen. Seine Arbeit machte sich über den Lohn hinaus bezahlt, den der Tempel mit ihm vereinbart hatte. Während Pariskas Erkrankung hatte die Arbeit sich so gehäuft, daß die Kunden ungebeten mehr bezahlten, um ihre Reparaturen schneller ausgeführt zu bekommen.

Bald standen zwei Kelche mit dem goldenen Kyroswein auf dem Tisch. Statt seinen Kelch auf drei Schluck hinunterzugießen, wie er es üblicherweise tat, kostete er erst auf zivilisierte Weise die Blume und trank ganz langsam und genießerisch. Obwohl er gewöhnlich nicht auf sein Geld achtete, wollte er diesmal doch, bei dem hohen Preis dieses edlen Getränks, jeden Schluck auskosten.

»Ein auserlesener Wein!« wisperte Rudabeh, die ihren Schleier ein wenig gehoben hatte. »Dergleichen habe ich noch nie getrunken.«

»Ich dachte mir, daß er Euch munden würde«, sagte Conan. »Wie sieht es mit den Intrigen bei Euch im Te ... ich meine, an Eurem Arbeitsplatz aus?«

»Etwas tut sich zweifellos«, antwortete Rudabeh nachdenklich. »Wenn mein Herr davon spricht, das Königreich zu läutern, steckt mehr dahinter als nur Worte. Er hat einen schrecklichen Plan ins Auge gefaßt und deutet an, daß er ihn in Kürze durchführen wird – vielleicht schon innerhalb eines Monats.«

Conan beugte sich vor und murmelte: »Was ist dieser Hohepriester für ein Mensch?«

Rudabeh schüttelte sich unwillkürlich. »Wir alle fürchten ihn!« hauchte sie. »Er ist streng und unnachgiebig – gerecht auf seine eigene Weise, aber ohne Erbarmen, wenn er sich im Recht fühlt, und das tut er fast immer.«

Conan blickte das Mädchen durch leicht zusammengekniffene Lider an. »Was hat er vor?«

»Ich weiß es nicht. Und dann ist da dieser Besuch ...« Sie deutete verstohlen auf die Tische, wo die vier Männer in Schafspelzmützen und wo der einzelne Gelehrte saß.

»Was wißt Ihr über diese Männer?« erkundigte sich Conan.

»Sie kommen aus Aghrapur, im Auftrag von König Yildiz. Die Namen der vier Rohlinge kenne ich nicht, aber der vornehmere Mann ist Lord Parvez, ein turanischer Diplomat.«

Conan schlug eine Prankenhand auf seine Stirn. »Natürlich! Ich ...« Hastig unterbrach er sich, ehe er herausplatzte, daß er Parvez ja selbst in Yildizs Palast gesehen hatte, wo er jedoch nach seiner gegenwärtigen Geschichte nie gewesen war. Um seine Verlegenheit zu überbrücken, bedeutete er Mandana, die Kelche nachzufüllen. Rudabeh, der Conans Verwirrung aufgefallen war, wisperte:

»Oh, kennt Ihr diesen Parvez?«

»Nein, aber ich hörte von ihm in Shadizar«, antwortete er. »Was kann er von Feridun wollen? Gewöhnlich schicken Könige ihre Abgesandten zu anderen Königen, nicht zu Priestern in fremden Landen.«

»Auch das weiß ich nicht, aber es könnte etwas mit der verschleierten Frau zu tun haben.«

»Verschleierte Frau? Was für eine verschleierte Frau?« Unwillkürlich war Conans Stimme scharf geworden. Am Rand des Unterbewußtseins formte sich ein Plan.

»Ehe Ihr nach Yezud kamt, kehrte der Vikar von einer längeren Reise zurück, von der er eine in bunte Schleiergewänder gehüllte Frau mitbrachte. Er hält sie im Tempel in einem verschlossenen Gemach, das nur die höchsten Priester und eine einzige Sklavin betreten dürfen. Diese Dienerin, ein dunkelhäutiges Mädchen, kommt aus einem fernen Land und spricht eine Zunge, die ich nicht verstehe.«

Conan zweifelte nicht, daß die Verschleierte Jamilah war, König Yildizs Lieblingsfrau. Er preßte die Lippen zusammen, um nicht damit herauszuplatzen und die Entführung zu erwähnen. So gleichmütig wie möglich fragte er: »Diese Frau – könnte euer Priester sie vielleicht um eines Lösegelds wegen entführt haben?«

Rudabeh schüttelte den Kopf. »Nein, Zath und alle, die ihm dienen, sind über alle Maßen reich. Die Münzen in der Opfertruhe sind nur ein geringer Teil des ungeheuren Tempelvermögens. Die wahren Schätze Zaths – die Kelche und anderen Gefäße aus Gold und Silber und mit Diamanten und Smaragden und Rubinen besetzt, die Stapel Barren aus kostbaren Metallen, die Haufen ungeschliffener Edelsteine – werden in dreifach verschlossenen und gut bewachten Kellergewölben aufbewahrt. Neben dem Zehnten der Gläubigen und den Geschenken des Königs hat der Tempel auch die Alleinrechte über das Bitumen, das in der Gegend aus dem Boden sprudelt und sich in gewaltigen Tümpeln sammelt. Nein, so gewaltig ist der Reichtum Zaths, daß nicht einmal das Lösegeld eines Königs die Priester zu einer solch häßlichen Tat verleiten könnte. Vielleicht ist die Frau von hohem Stand und einem grausamen Gemahl geflohen.«

»Oder sie hat ihn vergiftet und sucht nun hier Asyl«, meinte Conan.

Obgleich Rudabehs Worte Conan ungemein beschäftigten, und seine Augen vor Verlangen nach dem erwähnten Reichtum glänzten, verfolgte er das Thema nicht weiter, um nicht den Argwohn seiner Begleiterin oder der Gäste ringsum zu erwecken. Zur Tarnung seiner Gedanken bemühte er sich um ein sorgloses Lächeln, leerte seinen Kelch und winkte Mandana zu, die Kelche erneut nachzufüllen. Ehe die Wirtstochter sich wieder zurückzog, starrte sie Rudabeh unverschämt an. Die Tänzerin zog erschrocken den Schleier wieder ganz über das Gesicht und drückte sich tiefer in die Ecke. Conan sagte:

»Achtet nicht auf die Dirne. Sie giftet sich vor Neid über Euren kostbaren Umhang, nichts weiter. Erzählt mir doch, wie Euer Tagesplan aussieht.«

Rudabeh, stellte er fest, wußte anschaulich zu berichten. Sie war intelligent, sah den Dingen auf den Grund und hatte

Humor. Die Frauen, die er kennengelernt hatte, seit er von Cimmerien fort war, hatten bloß töricht dahergeredet und ein Gespräch nur als Zeitvertreib erachtet, bis sie mit ihm ins Bett steigen konnten, oder bis sie ihm klar machten, daß sie es nicht tun würden, je nachdem. Rudabehs Unterhaltung dagegen genoß er als solche. Das war für ihn eine neue und reizvolle Erfahrung. Leise sagte sie:

»Zu meinen Aufgaben gehört auch, mich um den Behälter zu kümmern, aus dem die heilige Flamme gespeist wird.«

»Wie geschieht das?«

»Die Flamme verbrennt Bitumen durch einen Docht aus geflochtener Faser. Dieser Docht steckt in Öl in einem ausgehöhlten Marmorblock unter der Chalzedonschale. In einer Nische an der Tür, durch die die Priester das Allerheiligste zum Gottesdienst betreten, ist eine Zuleitung mit Bronzerad. Wenn ich das Rad nach links drehe, fließt Öl nach, drehe ich es nach rechts, hörte der Zustrom auf.«

»Wie praktisch!« staunte Conan. »Diese Erfindung würde sich für so manchen Königspalast bezahlt machen. Und wie wird der Behälter gefüllt?«

Rudabeh fuhr fort: »Jeden Tag muß ich ihn nachsehen, um festzustellen, wieviel Öl er enthält. Wenn nur noch der Boden bedeckt ist — das ist gewöhnlich drei Tage nach der Füllung der Fall —, gebe ich dem Priester Bescheid, der dafür zuständig ist. Er füllt eine Kanne an der Leitung und gießt das Bitumen in den Behälter.

Voriges Jahr beauftragten die Priester mich es zu tun — unter dem Vorwand, daß sie selbst viel zu beschäftigt dafür wären. Aber als ich es das erstemal versuchte, verschüttete ich ein wenig des Bitumens, eben weil ich keine Erfahrung hatte. Oh, war der Hohepriester da wütend! Man hätte meinen können, ich hätte ein Auge Zaths gestohlen, so führte er sich auf! Später, als des Priester Mirzes' Gewand Feuer fing, beschuldigte Feridun mich, ich hätte das Öl nicht sorgfältig aufgewischt, und Mirzes wäre darum auf dem Marmor ausgerutscht.«

»Wieso konnte deshalb Feuer entstehen?« fragte Conan.

»Mirzes war während der Präsentation der Symbole unvorsichtig – wenn sie den heiligen Schlüssel, Spiegel und so weiter bringen – und fuchtelte mit dem Arm über der heiligen Flamme, da loderte sein Ärmel auf. Das war eine Aufregung, bis sie die Flammen gelöscht hatten!«

»Wie ging es aus?«

»Es dauerte vierzehn Tage, bis Mirzes' Brandwunden verheilten, dann übertrug der Hohepriester ihm die Aufgabe, für die Nachfüllung des Behälters zu sorgen. Er sagte, weil er jetzt besser als jeder andere verstünde, wie wichtig hier Sorgfalt war. Ich war nicht traurig, daß er mich dieser Arbeit entband, doch gefielen mir seine spitzen Bemerkungen über die Dummheit und Ungeschicktheit der Frauen gar nicht.«

»Woher kommt dieses Öl?«

»Genau weiß ich es nicht, aber jemand sagte mir, die Leitung liegt unterhalb der Oberfläche und führt am Tempel entlang zu einer Gruft, wo das Erdöl aus dem Boden quillt und einen Teich bildet.«

»Ich verstehe.« Conan nickte. »Und da Ihr von den Augen Zath spracht, sie sind wohl Edelsteine – zumindest von dem Zath in seiner Steingestalt –, habt Ihr eine Ahnung welche?«

»Man sagt, es seien acht makellose, unvergleichliche kambujanische Feueropale. Sie sollen von solchem Wert sein, wie der Rest der Tempelschätze zusammen.« Rudabeh, die aufgeblickt hatte, erstarrte und umklammerte Conans Hand. »Nial! Wir müssen weg!«

»Warum? Was ist denn, Mädchen?«

»Seht Ihr den Mann, der soeben eintrat?« Verstohlen deutete sie mit dem Kopf. »Nein, schaut nicht hin. Es ist

Darius, einer der Priester. Wenn er mich sieht, bedeutet das mein Ende!«

Der Neuankömmling war einer der jüngeren Priester, ein hagerer, asketisch wirkender Mann, nicht viel älter als Conan. Er trug ein bernsteinfarbenes Gewand und einen smaragdfarbenen Turban. Ohne den anderen Gästen auch nur einen Blick zu widmen, durchquerte er die Wirtsstube zu dem stygischen Gelehrten. Die beiden begrüßten einander mit Verbeugungen und gemessenen Gebärden, ehe der Priester sich einen Stuhl zurechtrückte und sich Psamitek gegenüber niederließ.

Priester und Stygier unterhielten sich leise, und Psamitek machte sich Notizen auf einer wachsüberzogenen Holztafel.

»Ich hörte von diesem Stygier«, wisperte Rudabeh. »Er reist weit herum und studiert die Kulte vieler Götter. Nun möchte er offenbar etwas über den Zathismus erfahren und Darius weist ihn ein. Gehen wir jetzt?«

Conan schüttelte leicht den Kopf. »Wenn wir so plötzlich in aller Eile das Wirtshaus verlassen, würde es auffallen. Außerdem scheint dieser Darius völlig in das vertieft zu sein, was er dem Stygier erzählt.«

»Zumindest ist Darius einer, von dem ich vermutlich am wenigsten zu befürchten habe«, hauchte Rudabeh. »Er ist völlig weltentrückt und idealistisch und, wie man im Tempel klatscht, steht nicht gerade in der Gunst des Hohenpriesters und des Vikars. Ah, seht, hier kommt der Harfenspieler. Dürfen wir es wagen, ihm noch zuzuhören?«

»Sicher«, antwortete Conan. »Ich bestelle noch je einen Kelch Wein für uns, ehe er anfängt.« Er winkte Mandana zu.

Rudabeh gähnte, dann lächelte sie durch den Schleier. »Ich sollte nicht so viel trinken, aber dieser Wein ist so erfrischend. Wie heißt er denn?«

»Es ist Wein aus Kyros. Kyros liegt an der Küste von

Shem. Man sagt, durch das Klima und die besondere Erde dort wächst er zum besten der Welt. Und wenn es einen besseren geben sollte, habe ich ihn zumindest noch nicht gekostet.«

Der Harfenspieler setzte sich auf seinen Hocker und stimmte sein Instrument. Mit feinfühligen Fingern strich er über die Saiten und sang mit einer Stimme, die vor Verzweiflung zitterte, ein Klagelied. Als es endete, bedankten die Zuhörer sich mit flüchtigem Applaus. Der Musikant verbeugte sich, dann nahm er seine Kappe und ging damit, um klingenden Dank bittend, von Tisch zu Tisch.

Als nächstes sang er eine übermütige Ballade von einem sagenhaften Räuber, der die Reichen bestahl, um den Armen zu geben. Aber mitten im Lied begannen die vier Turaner sich zu streiten. Ihre wütenden Stimmen übertönten fast die weichen Akkorde der Harfe und die sanfte Stimme des Harfenspielers. Mehrere Gäste mahnten die Turaner zur Ruhe, aber die achteten überhaupt nicht auf sie. Da sie Hyrkanisch sprachen, vermochte Conan ihre Auseinandersetzung zu verfolgen.

Sie konnten sich nicht darüber einigen, wem die Gunst Mandanas für die Nacht zustand. Conan gefiel es nicht, daß Bartake seine Tochter verkuppelte. Obwohl er inzwischen viel der strengen Moralbegriffe seiner barbarischen Heimat abgelegt hatte, empfand er es immer noch als unehrenhaft für einen Mann, sich als Zuhälter für seine Verwandten zu betätigen. Aber was konnte man schon von den entarteten Zamoriern erwarten? sagte er sich. Ganz abgesehen davon, hatte er ja selbst beabsichtigt gehabt, die Dienste der Schenkdirne in Anspruch zu nehmen, ehe er Rudabeh kennengelernt hatte.

Die vier Streithähne beschlossen schließlich, die Würfel entscheiden zu lassen, und so machte eine Weile das Rattern der Würfel der Harfe Konkurrenz. Endlich stand der Sieger fest, und die anderen drei gratulierten ihm laut und machten unflätige Witze.

Rudabeh nippte an ihrem Kelch und murmelte: »Es ist – es ist eine Schande, daß wir die Musik nicht hören können. Nial, läßt sich denn nichts tun, daß diese Grobiane sich leiser verhalten?«

Conan hatte sich vorgenommen, sich an diesem Abend in keinerlei Streitigkeiten verwickeln zu lassen, denn er befürchtete, daß er dadurch möglicherweise die Aufdeckung seiner Identität oder die seiner Begleiterin heraufbeschwören würde oder – wenn nichts Schlimmeres –, daß Bartake ihm sein Wirtshaus verbieten könnte. Andererseits aber ging es ihm gegen den Strich, tatenlos sitzenzubleiben, wenn eine Frau ihn um etwas ersuchte.

Ehe er zu einem Entschluß kam, erhob einer der Turaner sich schwankend und torkelte auf Conans Tisch zu. Er schlug dem Cimmerier kameradschaftlich auf die Schulter und sagte laut in gebrochenem Zamorianisch:

»He, Freund! Wieviel verlangst du dafür, daß du mir deine Frau heute nacht überläßt?«

Conan bemühte sich, nicht aufzubrausen. »Meine Frau, wie du sie nennst«, sagte er, »ist weder verkäuflich noch verleihbar. Außerdem dachte ich, du hättest soeben die Wirtstochter mit den Würfeln gewonnen?«

Schwankend spuckte der Turaner auf den Boden. »Das war Tutush, nicht ich. Aber ich bin brünftig wie ein Bock und hab' keine Frau. Wieviel willst du haben? Ich bin nicht kleinlich und zahle gutes Geld.«

»Ich habe es bereits gesagt«, knurrte Conan. »Die Dame ist nicht verkäuflich.«

Wieder schlug der Turaner Conan auf die Schulter. Diesmal war es schon weniger freundschaftlich als drohend. »Komm, spiel nicht den großen Herrn bei mir. Ich bin

Chagor, ein mächtiger Krieger. Bei Erlik, wenn ich etwas will, nehme ...«

Conan sprang auf und seine Faust schwang aus. Ein heftiger Kinnhaken schmetterte den Turaner wie einen gefällten Baum rückwärts auf den Boden. Mit ausdrucksloser Miene setzte der Cimmerier sich wieder und nahm einen Schluck Wein.

Der Turaner kam schnell zu sich. Er tastete stützend um sich, um auf die Füße zu kommen. Conan stand wieder auf, drehte Chagor mit dem Stiefel um, packte ihn am Kragen und Hosenboden und trug ihn zur Tür. Mit dem Fuß stieß er sie auf, ging hinaus und warf den Turaner in die Pferdetränke. Nachdem er ihn herausgefischt und ein paarmal wieder untergetaucht hatte, ließ er ihn in den Schlamm fallen und kehrte in die Wirtschaft zurück.

Kaum hatte er die Tür hinter sich geschlossen, sah er sich Chagors drei Kameraden gegenüber. Sie hielten die Säbel blank in der Hand. Mit der Wendigkeit eines springenden Panthers zog Conan seine eigene Waffe. Er wollte gerade auf die drei einstürmen, denn er wußte, daß er nur mit tigerhafter Flinkheit hoffen konnte, seine drei Gegner davon abzuhalten, ihn zu umringen und niederzumachen, da hörte er hinter den Turanern eine Stimme, die auf hyrkanisch befahl:

»Haltet ein! Die Säbel in die Scheide! Und zurück an euren Tisch, Rüpel!«

Der Graubart mit der perlenverzierten Mütze hatte sich von seinem Tisch erhoben. Seine Stimme klang wie Peitschenknall. Zu Conans Staunen gehorchten die Turaner sofort. Sie wichen zurück, schoben den Säbel in die Hülle und kehrten mürrisch und brummelnd an ihren Tisch zurück.

Auch Conan steckte seinen Säbel ein und ging an seinen Tisch. Dort stellte er fest, daß Rudabeh in die Ecke gelehnt eingeschlafen war und offenbar die ganze lautstarke Auseinandersetzung nicht mitbekommen hatte.

Der Harfenspieler war verschwunden. Der junge Priester, der sich mit dem stygischen Gelehrten unterhalten hatte, erhob sich verabschiedend und verließ die Wirtsstube.

Conan trank von seinem Wein und blickte auf, als Parvez an seinen Tisch kam. Der Diplomat sagte: »Guten Abend, Hauptmann Conan. Wie geht es Euch in Yezud?«

Conan brummte: »Ich danke Euch, daß Ihr die Burschen zurückgehalten habt, Sir, aber ich bin Nial, der Schmied.«

Lächelnd zog der Turaner einen Stuhl heran und setzte sich. »Ah, diesen Namen habt Ihr Euch jetzt gegeben, eh? Nun, dann seid Ihr auch für mich Nial. Aber glaubt nicht, daß ich Euch nicht erkenne. Übrigens, was habt Ihr mit Chagor gemacht?«

»Ich verhalf ihm zu einem dringend benötigten Bad – man konnte ihn ja schon eine Meile gegen den Wind riechen. Ah, da kommt er ja.«

Chagor kam triefend hereingestolpert. Er schaute sich mit wild funkelnden Augen rachsüchtig um, doch als Parvez mit einem Finger streng deutete, kehrte er widerspruchslos an den Tisch zu seinen Kameraden zurück.

»Ich bin froh, daß Ihr ihm keinen dauernden Schaden zugefügt habt«, sagte Parvez zu Conan. »Sie sind keine üblen Burschen, aber hin und wieder sticht sie der Hafer.«

Conan schob Parvez Rudabehs Kelch zu. »Trinkt Ihr ihn aus, meine Begleiterin schläft.«

Parvez sog die liebliche Blume ein und nahm einen Schluck. »Kyrier, hm? Ihr müßt gut betucht sein.«

»Was macht Ihr hier?« entgegnete Conan.

»Ich bin auf diplomatischer Mission.« Parvez senkte die Stimme und blickte sich um. »Vielleicht können wir uns gegenseitig behilflich sein. Ich werde Euch einiges erzählen, weil ich glaube, daß ich Euch weiter trauen kann, als fast allen anderen hier. Und da ich im Notfall einen leichten Druck auf Euch ausüben kann und mehr von Euch weiß, als Ihr ahnt, bin ich der Meinung, daß wir einander vertrauen sollten. In Aghrapur hielt man Euch für einen Mann von Wort, trotz Eurer Neigung zur Gewalttätigkeit.«

Angespannt knirschte Conan zwischen den Zähnen. »Ich werde Eure Geheimnisse hüten, als wären sie meine eigenen.«

»Dann sind wir uns also einig. Was wißt Ihr von der Entführung der Prinzessin Jamilah?«

Conan erzählte Parvez von seiner Begegnung mit Harpagus in den Marschen von Mehar. Dann wiederholte er, was Rudabeh ihm von der Verschleierten erzählt hatte, und fragte schließlich: »Wie konntet Ihr die Lady hierherverfolgen?«

»Das war nicht schwierig. Der Hohepriester von Zath sandte Seiner Majestät eine Botschaft, daß Ihre Königliche Hoheit in Sicherheit sei und sich wohlbefinde und in seinen Händen bliebe, bis seine Pläne Früchte getragen haben.«

»Ich verstehe nicht«, brummte Conan. »Was, bei den neun Höllen, will der Tempel mit der Prinzessin? Die Priester haben doch allen Reichtum, den ein Sterblicher sich nur ersehnen kann. Wollen Sie den Zarthismus auf das Königreich Turan ausdehnen?«

»Nein, jedenfalls nicht im Augenblick. Ich besuchte den Hohenpriester heute, um ihn genau das zu fragen. Von oben herab lehnte er jegliches Lösegeld ab. Im Laufe unseres Gesprächs verriet er mir durch das, was er zu sagen unterließ, mehr als durch das, was er sagte. Jedenfalls schließe ich aus allem, daß er eine Art Aufstand in Zamora vorhat und den Monarchen stürzen will, den er als korrupt und schwächlich bezeichnet. Offenbar entführte er die Prinzessin, um sicher zu gehen, daß König Yildiz sich nicht einmischt, um dem zamorianischen Herrscher beizustehen, wie er aufgrund eines alten Paktes verpflichtet wäre. Er versicherte mir, daß die Lady bei ihm gut aufgehoben sei, bis die große ›Säuberung‹ durchgeführt ist.«

»Ich hatte nichts mit dieser Entführung zu tun, wie manche offenbar denken«, sagte Conan barsch. »Ich benutze Frauen nicht als Figuren in einem Spiel.«

Lord Parvez hob die Brauen. »Ich selbst dachte ursprünglich, daß Ihr bei der Entführung geholfen hättet, da Ihr zum gleichen Zeitpunkt verschwunden seid. Ich war es auch, der den Haftbefehl gegen Euch ausstellte. Nur gut, daß Euch die Flucht gelang, denn nun glaube ich nicht mehr, daß Ihr an der Entführung beteiligt gewesen seid – was Euch natürlich auch nicht schuldlos am Tod von Orkhan macht.«

»Es war reine Notwehr«, versicherte ihm Conan. »Was immer diese Dirne Narkia auch behauptet.«

Parvez zuckte die Schultern. »Was immer, es betrifft mich nicht. Der Hohepriester Tughril dagegen will Euch seines Sohnes wegen an den Kragen, aber das ist seine Sache – und Eure.« Parvez rieb nachdenklich sein Kinn.

»Auch das weiß ich«, sagte Conan und erzählte von des Meuchlers Varathran heimtückischem Angriff auf Catigern, und auch von der Belohnung, die auf Conans Kopf ausgesetzt war.

»Ich verstehe nicht«, fuhr der Cimmerier fort, »wieso dieser Bursche sich den Brythunier vornahm, und nicht mich. Wir sehen uns doch überhaupt nicht ähnlich.«

»Ich kann es mir schon denken«, sagte Parvez. »Angenommen, Tughril hat einen Vertrauten ausgeschickt, um einen Mörder anzuwerben. Dieser Vertraute hat in der Keule von Shadizar Varathran gefunden und zu ihm gesagt: ›Töte Conan, den Cimmerier. Er ist ein riesenhafter kräftiger Bursche, der nach Yezud geflohen ist, um sich als Tempelwache zu bewerben.‹ Ohne weitere Beschreibung kommt

Varathran hier an und sieht zwei riesenhafte kräftige Männer miteinander kämpfen. Einer ist ganz offensichtlich ein Zivilist, während der andere die Uniform eines Söldnerhauptmanns trägt. Natürlich hält er Catigern für sein Opfer.«

»Ihr scheint über jeden meiner Schritte hierher Bescheid zu wissen«, sagte Conan unbehaglich.

»Information zusammenzutragen gehört zu meinem Geschäft, genau wie Kämpfen zu Eurem. Und jetzt, Freund – ah – Nial, möchte ich Euch einen Vorschlag machen.«

»Der wäre?« erkundigte sich Conan. Seine blauen Augen blickten den Diplomaten interessiert an.

»Ich hätte Jamilah gern wohlbehalten zurück. Euch traue ich zu, sie zu befreien.«

Conan dachte nach, dann sagte er: »Und wie stellt Ihr Euch das vor? Die Lady wird irgendwo in dem Korridorlabyrinth im Tempel festgehalten, wo genau, weiß ich nicht. Und selbst wenn ich es herausfände, wie könnte ich sie an den brythunischen Wachen vorbeischmuggeln? Zumindest zwanzig dieser Burschen tun Tag und Nacht ihren Dienst.«

Gleichmütig hob Parvez eine Hand. »Früher, zu Eurer weniger ehrenhaften Zeit, und glaubt nicht, daß ich davon nichts weiß, habt Ihr Leistungen vollbracht, die nicht weniger Geschick und Wagemut benötigten.«

»Doch selbst damals lernte ich nicht, wie man Schlösser öffnet. Die anderen Die ..., ich meine, meine Kameraden, sagten, meine Finger wären zu plump, als daß es sich lohnte, es mir beizubringen. Wie sollte ich also in ihr verschlossenes Gemach gelangen? Ich bin kein Schwächling, aber diese dicken Eichentüren lassen sich nicht so einfach einbrechen. Ich brauchte dazu eine Axt, doch schon nach dem ersten Hieb würden die Wachen herbeistürmen.«

Der Turaner lächelte. »Was das betrifft, kann ich Euch helfen. Ich kam im Auftrag Seiner Majestät hierher, die

Lady zurückzubringen – selbst wenn ich sie eigenhändig aus dem Tempel befreien müßte –, falls ich nicht meinen Kopf verlieren wollte. In seinem eigenen Interesse veranlaßte er seinen Hofzauberer, mir dieses Spielzeug auszuhändigen.«

Er brachte einen juwelenbesetzten Silberpfeil von Fingerlänge zum Vorschein. »Das«, sagte er, »ist Gazriks Schlüssel – eines der magischen Hilfsmittel aus der königlichen Schatztruhe. Mit ihm läßt sich jedes Schloß öffnen. Da ich absolut keine Erfahrung im Einbrechen habe, graute mir vor diesem Unternehmen, doch Euer Auftauchen vereinfacht die Dinge.«

»Wie funktioniert dieser ›Schlüssel‹?« erkundigte sich Conan.

»Ihr braucht nur die Pfeilspitze an das Schloß zu halten. Sobald Ihr *kapinin achilir genishi!* sagt, öffnet es sich von selbst. Dieser Zauberschlüssel läßt sogar einen Riegel zurückgleiten, wenn er nicht zu schwer ist. Ich stelle ihn Euch zur Verfügung, bis Ihr den Auftrag durchgeführt habt.«

»Hm. Was bekomme ich dafür?«

»Laßt mich überlegen«, antwortete der Turaner. »Aus dem Säckel, das ich an mir trage, kann ich Euch fünfzig Goldstücke bezahlen. Ihr müßt verstehen, daß ich auch noch etwas brauche, um mit der Lady nach Turan zurückkehren zu können.«

»Was!« rief Conan. »Fünfzig Goldstücke für ein so gefährliches Unterfangen? Nein, mein Lord, da müßt Ihr schon mit mehr, mit viel mehr herausrücken.«

»Ich könnte Euch zusätzlich für einen hohen Posten vorschlagen und Euch außerdem noch eine größere Entschädigung zukommen lassen, sobald ich zu Hause bin. Mit meinem Einfluß dürfte es mir auch nicht allzu schwer fallen, dafür zu sorgen, daß Ihr zumindest zum Oberhauptmann befördert werdet.«

Conan schüttelte den Kopf. »Vor dem bedauernswerten Vorfall mit Tughrils Sohn hätte ich gewiß nicht nein gesagt ... Aber so wie die Dinge aussehen, hat Tughril bereits einen Meuchelmörder auf mich angesetzt, und vermutlich nicht nur einen. Nach allem, was ich von seiner Geschicklichkeit mit niedlichen Fallen und wirkungsvollen Giften gehört habe, hätte ich in Turan keine größere Überlebenschance als ein Schneeball in Kush.«

»Nun, junger Mann, was wollt Ihr dann, was ich Euch auch wirklich geben kann?«

Conans Augen blitzten wie die Sonne auf blauem Gletschereis. »Ich nehme Eure fünfzig Goldstücke – als Vorauszahlung, wohlgemerkt – und den Silberpfeil, doch nicht als Leihgabe, sondern um ihn zu behalten.«

Parvez wollte ihm Gazriks Schlüssel verweigern, doch Conan ließ nicht locker, bis der Ältere nachgab. »Gut, er sei Euer«, sagte er schließlich. »Seine Majestät wird darüber nicht erfreut sein, aber seine Dankbarkeit für die Wiederkehr Jamilahs wird vermutlich seinen Ärger über den Verlust dieses Spielzeugs überwiegen.« Er händigte Conan den Pfeil aus und zählte die Goldstücke ab. »Ich nehme an, Ihr habt weitere Pläne für die Benutzung des Schlüssels. König Yildiz würde bestimmt nicht schlecht für Zaths Augen bezahlen.«

Er zwinkerte Conan verschmitzt zu und streckte ihm eine Hand entgegen. Conan nahm sie, um den Handel zu besiegeln. Mit einem Blick auf die schlafende Rudabeh fügte Parvez hinzu: »Wie wollt Ihr Eure schöne Begleiterin heimbekommen? Zumindest nehme ich an, daß sie schön ist, auch wenn das durch die Vermummung schlecht festzustellen ist.«

Conan legte eine Hand auf die Schulter des Mädchens und schüttelte sie, ja, er versetzte ihr sogar einen leichten Klaps auf die Wange, aber sie erwachte nicht.

»Ich werde sie tragen«, erklärte Conan und erhob sich. Er hob die Tänzerin auf die Arme und wünschte Parvez eine gute Nacht. Als er an dem Tisch mit den vier Turanern vorbeikam, die zu Parvezs Gefolge gehörten, spuckte Chagor auf den Boden und brummte etwas, das wie eine Drohung klang, aber Conan achtete nicht darauf und trat hinaus in die sternenhelle Nacht.

Selbst die kühlere Luft vermochte Rudabeh nicht zu wekken. Also stapfte Conan mit dem Mädchen auf den Armen den steilen Pfad nach Yezud hoch und durch das Tor. Stumm ließ er die derben Scherze der Brythunier über sich ergehen, die die kleine Tür im großen Tor für ihn öffneten. Er befürchtete nicht, daß sie darüber zu den Priestern sprechen würden, denn damit verdarben sie sich möglicherweise nur ihre eigenen Freizeitvergnügen.

Der Cimmerier hatte beabsichtigt gehabt, Rudabeh direkt zur Hintertür des Tempels zu bringen, aber er dachte, wenn er sie in diesem Zustand dort ablieferte, würde er sie nur in Schwierigkeiten bringen, und vermutlich würden die Priester auch ihm unangenehme Fragen stellen. Nach kurzem Überlegen trug er sie zur Schmiede und in seine eigene Behausung.

In dieser mondlosen Nacht war Conans Gemach stockdunkel, wenn man von den paar noch schwelenden Kohlen im Feuerbecken absah. Er tastete sich zum Bett, legte Rudabeh darauf und löste ihre Schleier. Sie rührte sich leicht, erwachte jedoch nicht.

Conan zündete an den Kohlen einen Kienspan an und damit eine Kerze. Als er damit wieder ans Bett trat und der Kerzenschein auf Rudabehs Gesicht fiel, sah er erneut bewundernd, welch ein schönes Mädchen sie doch war. Seine Leidenschaft erwachte bei ihrem Anblick. Das Blut pochte in seinen Schläfen. Er stellte die Kerze ab und machte sich daran, die Gewänder des Mädchens zu öffnen. Er legte den Umhang auf einen Stuhl, denn schnürte er das Mieder auf und entblößte so Rudabehs pralle Brüste.

Der nur schwach erhellte Raum verschwamm schier vor Conans Augen, als er das Mädchen bewunderte. Er wollte damit beginnen, sich selbst auszuziehen, als ein plötzlicher Gedanke ihn innehalten ließ.

Er war stolz darauf, daß er noch nie eine Frau gegen ihren Willen genommen oder betrogen hatte. Bot sich ihm eine an, sagte er selten nein, doch nie zwang er sich einer auf oder betörte sie mit falschen Versprechungen. Rudabehs gegenwärtigen Zustand auszunutzen, wäre ein so großer Verstoß gegen seine Ehre wie eine regelrechte Vergewaltigung.

Aber seine Leidenschaft war gewaltig. Er kämpfte mit sich selbst. Als sich plötzlich das Bild seiner Mutter vor seine Augen schob, fiel seine Entscheidung. Es würde auch noch andere Chancen geben, und es war jedenfalls anständiger, Rudabehs Liebe offen und ehrlich zu gewinnen. Er beugte sich über sie und war gerade dabei ihr Mieder wieder zu verschnüren, als sie sich plötzlich rührte und die Augen öffnete.

»Was macht Ihr da?« murmelte sie.

»Oh!« sagte Conan. »Mitra sei Dank, Ihr lebt! Ich wollte gerade an Eurem Herzen horchen, ob es noch schlägt.«

»Ich glaube, Ihr hattet etwas anderes im Sinn«, flüsterte sie, als er ihr hoch half. »Uhh – mir ist übel!«

»Nicht auf den Boden«, bat Conan. »Kommt her.« Er führte sie zur Waschschüssel und half ihr, sich darüber zu beugen.

Eine halbe Stunde später, kurz vor Mitternacht, lieferte Conan Rudabeh rein und nüchtern an der nördlichen Hintertür des Tempels ab. »Ich danke Euch«, sagte das Mädchen. »Ihr hättet nur nicht ganz so großzügig mit dem Kyroswein sein sollen.«

»Das nächstemal werde ich geiziger damit sein. Wann darf ich Euch wiedersehen?«

Rudabeh seufzte. »Ehe Feridun Hoherpriester wurde, hättet Ihr nur viermal an diese Tür zu klopfen brauchen, dann hätte der alte Oxythrates aufgemacht und Ihr hättet ihm sagen können, mit welcher Tänzerin Ihr sprechen möchtet. Eine kleine Münze in seine Hand und er hätte sie geholt. Doch damit und mit vielem anderen hat Feridun ein Ende gemacht. Jetzt müßt Ihr warten, bis die Priester mir erlauben, einen Abend zu Hause zu verbringen. Wann das ist, vermöchte nicht einmal der beste Astrologe vorherzusagen. Wir werden uns durch Zufall in meiner Mutter Haus wiedertreffen.«

»Hättet Ihr dann Lust, wieder Bartakes Wirtshaus zu besuchen?«

»O nein! Ich wage mich nicht noch einmal aus der Stadt. Es war ohnedies ein ungeheures Glück, daß der Priester Darius mich nicht bemerkte. Ein solches Risiko möchte ich kein zweitesmal eingehen.«

Sie küßte ihn schnell und war auch schon verschwunden. Conan kehrte vor sich hinbrummelnd zur Schmiede zurück. Er fragte sich, ob er sich noch dümmer vorkommen würde, als er es jetzt tat, wenn er die Situation doch ausgenutzt hätte.

8

DIE ACHT AUGEN ZATHS

Mehrere Tage arbeitete Conan schwer in der Schmiede. Er wartete darauf, Rudabeh im Haus ihrer Mutter wiederzusehen, aber die Tänzerin kam nicht.

»Da die Priester das arme Mädchen so mit Arbeit überlasten«, sagte Amytis, »weiß man nie, wann sie wieder einmal heimkommt. Zwar stehen ihr pro Monat vier freie Abende zu, doch sie kann schon von Glück reden, wenn sie drei bekommt.«

Nachdem er all die Reparaturen, die sich vor seiner Zeit in der Schmiede angesammelt hatten, ausgeführt hatte, blieb Conan, trotz der auch nicht wenigen täglichen Arbeitslast, ein bißchen Muße für sich, und er kam dazu, sein Pferd ein wenig auszureiten. Einmal machte er sich auch nach Khesron auf, um mit Parvez zu sprechen, der seine Ungeduld kaum noch zu beherrschen vermochte.

»Ich kann die Frau nicht befreien, ehe ich weiß, wo sie eingesperrt ist!« sagte Conan.

»Dann müßt Ihr eben Eure Anstrengungen verdoppeln, um es herauszufinden!« Parvezs Stimme klang scharf. »Wenn die Gerüchte stimmen, wird der Hohepriester noch innerhalb von vierzehn Tagen zuschlagen.«

»Da habt Ihr möglicherweise recht«, brummte Conan. »Ich werde mein möglichstes tun.«

Am nächsten Tag besuchte Conan einen weiteren Gottesdienst im Zathtempel, erstens, um bei den Priestern nicht in

Ungnade zu fallen, zweitens, um sich umzusehen. Notgedrungen hörte er sich Feriduns Hetzpredigt und die Ankündigung seiner Läuterungsrevolution an. Als die Tänzerinnen kamen, ließ er keinen Blick von Rudabeh. Er zitterte vor Verlangen, als er sie sich wiegen und drehen sah, mit nichts bekleidet als einem Spinnengewebe aus schwarzen Perlenschnüren. Diesmal warf er eine etwas größere Münze in die Opferschale, um vor dem Akoluthen den Eindruck zu erwecken, er begänne sich für den Zathkult zu interessieren.

Mit verstohlenem, wenn deshalb auch nicht weniger gierigem Blick betrachtete er die großen Edelsteine, die die Statue des Spinnengotts zierten: acht kostbare Opale, jeder so groß wie eine Kinderfaust, vier in einer Reihe vorn, an jeder Seite einer und zwei oben. Wenn er sie stehlen würde und ungeschoren damit weg käme, könnte er sich in einem fernen Reich einen hohen Titel in den Reihen der Edlen kaufen oder auch einen hohen Rang in einer Armee, und hätte für den Rest seines Lebens ausgesorgt. Nicht daß er deshalb aufhören würde, sich in der Welt nach Abenteuern umzusehen, o nein, aber es wäre ein angenehmes Gefühl, zu wissen, daß er ein Zuhause hatte, zu dem er jederzeit heimkehren und wo er sich während seiner kühnen Unterfangen ausruhen und sein Leben genießen konnte.

Nach dem Gottesdienst blieb er in der Vorhalle stehen und tat, als wolle er ein Steinchen aus seinem Stiefel fischen. Als der Rest der Besucher hinausgeströmt war, betrat er, statt den Andächtigen zu folgen, einen Korridor, der rechts, wenn man von draußen kam, vom Vestibül abzweigte, also gegenüber demjenigen, den Morcant an Conans erstem Tag hier eingeschlagen hatte. Er schlich den Gang entlang und blickte scharf nach links und rechts, um sich beim nächstenmal zurechtzufinden und vielleicht auch auf Hinweise zu stoßen, was hinter den schweren Eichentüren lag.

Der Korridor machte eine Biegung. Als Conan um die

Ecke trat, sah er sich einem brythunischen Wachtposten gegenüber. Er stand an einer Stelle, wo ein weiterer Korridor in die Halbdunkelheit rechts abzweigte. Nach der Bauweise des Tempels von außen zu schließen, war Conan ziemlich sicher, daß dieser Gang in den ersten der vier Flügel auf dieser Seite führte.

Das unmittelbare Problem war, das Mißtrauen des Postens zu stillen. Beiläufig sagte Conan: »Heil, Urien. Hast du deinen Sold wieder einmal beim Würfelspiel verloren?«

Der Posten runzelte die Stirn. »Ich gewinne ja schließlich auch hin und wieder. Aber was suchst du hier, Nial? Als Laie dürftest du nur in Begleitung eines Priesters oder Akoluthen hierher kommen.«

»Es gibt Arbeit für mich im Tempel ...«, begann Conan, hielt jedoch inne, als er bemerkte, daß Urien an ihm vorbeiblickte. Er drehte sich um und sah, daß Harpagus, der Vikar, in seinem schwarzen Gewand und weißen Turban unhörbar herangekommen war. Conan sagte:

»Ich glaube, daß einige der Metallteile im Tempel dringend nachgesehen werden müßten, Vikar. Wenn Ihr gestattet, sehe ich mir alle Türangeln und Beschläge an. Wenn die Reparaturen jetzt durchgeführt werden, solange der Schaden noch gering ist, läßt sich für später viel Zeit und Mühe ersparen.«

Harpagus lächelte kalt. »Es zeugt von Eurem Fleiß, daß Ihr an dergleichen denkt, Nial. Doch die Diener Zaths achten gerade auf solche Dinge besonders sorgfältig. Sobald etwas der Reparatur bedarf, werdet Ihr davon sofort unterrichtet. Wie geht es in Eurer Schmiede?«

»Danke, recht gut«, antwortete Conan. »Ich habe genug zu tun.«

»Schön. Einer Eurer Kunden beschwerte sich, daß Eure Arbeit etwas grob ist, verglichen mit der Eures Vorgängers. Ich erklärte ihm, daß Ihr in den vergangenen Jahren als

Söldner beschäftigt wart und deshalb ein wenig mit dem Schmieden außer Übung seid. Ich hoffe, Ihr findet Euch bald wieder zurecht.«

Conan unterdrückte den Wunsch, dem Vikar zu sagen, was der unzufriedene Kunde mit dem von ihm angefertigten Stück tun konnte, und sagte statt dessen: »Ich werde mein Bestes tun, Eure Eminenz. Ich bin gerade auf dem Weg, ein Eisenornament für jemandes Tür fertigzustellen.«

»Noch einen Moment, Meister Nial. Ich möchte mich gern in meinem Gemach mit Euch unterhalten, doch zuvor habe ich noch eine Kleinigkeit zu tun. Begleitet mich, wenn ich Euch bitten darf.«

Nachdenklich folgte Conan dem Priester zurück zur Vorhalle und durch die Eingangstür. Statt sich inzwischen an ihre Arbeitsstätten oder nach Hause zurückbegeben zu haben, standen die Gläubigen noch alle auf der Aufgangstreppe, da die brythunischen Wachen sie zurückhielten. Der Grund dafür war eine Herde Schafe, die durch das Stadttor herein und hier vorbei zur Westseite des Tempels getrieben wurde, und zwar von zwei in Fellen gehüllten Hirten und einem Hund.

Als die Brythunier den Weg freigaben, schritt der Vikar um die Ecke hinter den Schafen her, und Conan folgte dem Vikar. Die Schafe hatten sich an der Tür am Ende des ersten Tempelflügels, von dieser Seite aus, zusammengedrängt. Dieser Flügel, genau wie sein Gegenstück auf der anderen Seite, hatte an seinem Ende ein schweres Tor.

Der Hund rannte um die Herde und jagte die Schafe zurück, die sich von der Menge entfernen wollten. Die Schäfer hatten sich auf ihre Stäbe gestützt und sahen ihm zu. Der Vikar bahnte sich einen Weg durch die Schafe zum Tor. Hier schob er den schweren Außenriegel zurück, schloß das Tor auf und öffnete es. Dann trat er zur Seite und bedeutete den Schäfern, die Tiere hindurch zu treiben.

Mit Hilfe des kläffenden Hundes drängten die Hirten die Schafe durch das Tor. Als die Tiere fast alle hindurch waren, benahm der Hund sich sehr merkwürdig. Mit aufgestelltem Nackenfell wich er knurrend vom Tor zurück, als hätte er dahinter etwas Bedrohliches gerochen. Die Hirten trieben die restlichen Schafe mit ihren Stäben hindurch.

Harpagus schloß das Tor wieder zu und schob den Riegel vor. Dann drehte er sich um, steckte den Schlüssel ein und brachte einen kleinen Beutel aus seinem wallenden Gewand zum Vorschein, den er dem älteren Hirten aushändigte. Die beiden Schäfer verbeugten sich, bedankten sich in ihrem Dialekt und machten sich mit ihrem Hund auf den Weg.

»Jetzt, Meister Nial«, sagte der Vikar, »begeben wir uns in mein Arbeitsgemach.«

Da ihm keine Ausrede einfiel, sich zurückzuziehen, folgte er Harpagus in das Gemach, in dem dieser ihn als Schmied angestellt hatte. Der Vikar setzte sich hinter seinen Schreibtisch und forderte Conan auf: »Schaut mir in die Augen, Nial!«

Der Priester hob die Hand, an der er den Ring mit dem riesigen Edelstein trug. Seine durchdringenden Augen fesselten die Conans, während er die ringgeschmückte Hand vor dem Gesicht des Cimmeriers bewegte. Mit leiernder Stimme murmelte er:

»Ihr werdet jetzt müde – müde – müde und verliert Euren Willen, selbständig zu denken. Ihr werdet mir nun wahrheitsgetreu alles sagen, was ich von Euch wissen will ...«

Die Augen des Priesters schienen zu wachsen, die Wände des Gemach's zu verschwimmen, und Conan war, als stünde er in dichtem Nebel, in dem nichts zu erkennen war als die riesigen Augen des Priesters.

Gerade noch rechtzeitig erinnerte Conan sich an die Lektionen Kushads, des blinden Sehers aus Sultanapur. Mit aller Willenskraft wandte er den Blick von Harpagus' Augen und konzentrierte sich auf das geistige Bild des Gemachs, in dem er stand, während er sich in Gedanken mit dem kleinen Einmaleins beschäftigte.

Nach und nach löste der Nebel sich auf, und Conan sah jetzt auch vor den Augen seines Körpers das Arbeitsgemach des Vikars wieder. Stumm blickte er Harpagus ins Gesicht, der nun sagte: »Sagt mir jetzt, Nial, was Ihr tatsächlich im Tempel gesucht habt, nachdem der Gottesdienst beendet war und Ihr ihn nicht mit den anderen verlassen hattet.«

»Ich hatte ein Steinchen im Stiefel, Eure Eminenz. Als ich es endlich herausgefischt hatte, kam mir plötzlich der Gedanke, daß ich mich als Schmied viel nützlicher machen könnte, wenn ich mir die Metallbeschläge im Tempel ansehe und wo nötig ausbessere.«

Harpagus runzelte sichtlich verwirrt die Stirn. Er wiederholte die Frage und erhielt die gleiche Antwort.

»Steht Ihr nun wirklich unter meinem Bann?« fragte der Vikar, »oder täuscht Ihr es nur vor?«

»Fragt, was Ihr wollt, Eure Eminenz, ich werde wahrheitsgetreu antworten.«

»Dumme Frage von mir«, murmelte Harpagus. »Versuchen wir eine andere. Erzählt mir, was Ihr für die Tänzerin Rudabeh empfindet und in welcher Beziehung Ihr zu ihr steht – aber in allen Einzelheiten.«

»Rudabeh ist die Tochter der Frau, die für mich kocht«, antwortete Conan. »Ich aß mit dem Mädchen, als sie das letztemal zu Hause war, das ist alles.«

»Ihr seid nie irgendwo mit ihr hingegangen – beispielsweise in Bartakes Wirtschaft in Khesron?«

»Nein, Eure Eminenz, das Mädchen sagte, das sei ihr als Tempeltänzerin verboten.«

»Worüber habt Ihr euch mit ihr in ihrer Mutter Haus unterhalten?«

»Über den Klatsch hier in Yezud, und ich erzählte ihr ein wenig von meinen Abenteuern.«

»Hattet Ihr intime Beziehungen zu der Tänzerin?«

»Nein, Eure Eminenz, ich hätte sie damit, dem Tempel gegenüber, in Ungelegenheiten gebracht.«

Harpagus blieb kurze Zeit sitzen und trommelte mit dem Zeigefinger leicht auf die Schreibtischplatte. Schließlich sagte er: »Gut. Wenn ich mit den Fingern schnippe, werdet Ihr erwachen und Euch nicht an diese Unterhaltung erinnern. Dann dürft Ihr gehen.«

Der Priester schnalzte mit den Fingern. Conan holte tief Luft, straffte die mächtigen Schultern und fragte: »Worüber wolltet Ihr mit mir sprechen, Eure Eminenz?«

»Oh – jetzt habe ich es doch vergessen. Kehrt an Eure Arbeit zurück.«

Conan nickte, drehte sich um und wollte das Gemach verlassen, aber der Vikar hielt ihn zurück. »Eldoc!« rief er.

Der Brythunier, der vor Harpagus' Tür Wache stand, steckte den Kopf herein. »Eure Eminenz?«

»Führt Meister Nial hinaus. Und Ihr, Nial«, fügte Harpagus streng hinzu, »scheint ständig zu vergessen, daß wir Laien nicht gestatten können, ohne Begleitung durch den Tempel zu wandern. Gebt mir keinen Grund mehr, Euch erneut darauf aufmerksam machen zu müssen.«

Auf dem Korridor fuhr sich Conan mit dem Ärmel über die schweißglitzernde Stirn und biß in unterdrückter Wut die Zähne zusammen. Er hoffte zumindest, daß er den Vikar, mit seiner Vortäuschung, hypnotisiert zu sein, hereingelegt hatte.

Als Conan an diesem Tag Amytis' Haus betrat, war Rudabeh schon vor ihm da. Da es fast Hochsommer und lange hell war, setzten sie sich nach dem Abendessen in den

Garten hinter dem Haus. »Paßt auf, daß Ihr nicht auf unseren Kohl tretet«, bat Rudabeh.

Als Conan einige seiner Abenteuer zum besten gegeben hatte, fragte er: »Was ist das eigentlich, das der Hohepriester immer droht, auf die Sündigen loszulassen?«

»Ich weiß es nicht«, antwortete Rudabeh. »Der innere Kreis hütet seine Geheimnisse.«

»Man könnte meinen, es handle sich um eine Seuche. Ich habe schon von Krankheiten gehört, die durch Zauberei hervorgerufen wurden.«

Sie zuckte die Schultern. »Es wird sich bestimmt noch alles herausstellen.«

»Zauber kann der Kontrolle des Zauberers leicht entgleiten«, gab Conan zu bedenken. »Wer weiß, ob nicht auch wir bedroht sind.«

»Ihr könnt jederzeit anderswohin fliehen«, sagte Rudabeh.

»Und Ihr?«

Sie zuckte die Schultern. »Ich muß es nehmen, wie es kommt. Yezud ist mein Zuhause, ich bin kein Wanderer wie Ihr, dem ein Ort wie der andere ist.«

»Wenn es in Yezud zu einer Seuche kommt, habt Ihr vielleicht bald keine Verwandten mehr.«

»Dann ist das mein Kismet«, murmelte sie.

»Oh, Euer östlicher Fatalismus sei verflucht«, ärgerte Conan sich. »Warum flieht Ihr nicht mit mir?«

Sie blickte ihn fest an. »Ich fragte mich schon, wann Ihr damit kommen würdet. Wisset, Nial, daß ich nicht das Spielzeug eines Mannes sein möchte. Wenn meine Dienstzeit abgelaufen ist, werde ich einen gutaussehenden jungen Mann heiraten, für uns haushalten und unsere Kinder großziehen.«

Conan verzog das Gesicht. »Das ist ein genauso stumpfsinniges Leben, wie das in meinem Heimatdorf. Ich könnte Euch das echte Leben zeigen.«

»Zweifellos, aber die Dirne eines herumziehenden Abenteurers zu sein, liegt mir nicht.«

»Woher wollt Ihr das wissen, Mädchen, wenn Ihr es nie ausprobiert habt?«

»Wenn es sich herausstellte, daß ich das Leben als Hausfrau unerträglich finde, wäre es schon möglich, daß ich mit einem wie Euch fliehen würde. Doch wenn ich jetzt mit Euch ginge, könnte ich nie nach Yezud zurückkehren, denn die Priester würden mich Zath zum Fraß vorwerfen.«

Conan hob beide Hände. »Mitra beschütze mich vor intelligenten Frauen, die ihr Leben planen wie ein General eine Schlacht. Zur Würze des Lebens gehört, nicht zu wissen, was der morgige Tag bringt – ja nicht einmal, ob man sein Ende sehen wird. Aber trotzdem habe ich Euch lieber als jede andere Frau, die ich je kannte, obgleich Ihr kalt wie Eis zu mir seid.«

»Auch ich mag Euch, Nial, doch nicht so sehr, daß ich Euretwegen eine nie wieder gutzumachende Dummheit beginge. Natürlich, wenn Ihr Eure Lebensweise ändern würdet, Euch häuslich niederließet, wie man so schön sagt – aber ich will keine überstürzten Versprechungen machen. Begleitet Ihr mich jetzt zum Tempel zurück?«

Nachdem er sich von Rudabeh verabschiedet hatte, kehrte Conan in die Schmiede zurück. Aber weil ihm langweilig war und er sich unruhig fühlte, ging er schließlich hinunter nach Khesron, wo Parvez in Bartakes Wirtshaus über eine Karte gebeugt saß. Conan wandte sich an ihn:

»Mir scheint, damit unser Unternehmen gelingt, muß es von außen angepackt werden. Das Tempelinnere ist zu gut bewacht.« Er erzählte von seinem Versuch, sich in den Korridoren umzusehen und von seiner Befragung unter vermeintlicher Hypnose durch Harpagus. »Dazu«, schloß er,

»brauche ich ein Seil – etwa vierzig bis fünfzig Ellen lang. Wißt Ihr, wo ich eines bekommen könnte?«

»Nein«, antwortete der Diplomat. »Aber der Wirt, vermutlich. He, Bartake!«

Der Wirt erklärte ihnen, daß es die nächste Seilerei in Kharshoi gebe, eine Ortschaft etwa acht Meilen weiter im Tal.

»Gut«, brummte Conan. »Wieviel kosten fünfzig Ellen ungefähr?« Als Bartake nach kurzem Überlegen eine Summe nannte, streckte der Cimmerier eine Hand aus und wandte sich an Parvez. »Geld für das Seil, mein Lord.«

»Ihr seid ein geschäftstüchtiger Mann«, brummte der Diplomat und kramte in seinem Säckel. »Ihr müßt mich jetzt entschuldigen.«

Mit einem säuerlichen Blick erhob sich Parvez und zog sich zurück. Conan blickte sich in der Wirtsstube um. In diesem Augenblick trat Hauptmann Catigern ein, und Conan winkte ihm zu. Sie bestellten Wein, den üblichen billigen, denn Conan sah keinen Grund, sich mit dem kyrischen an den Bettelstab zu bringen, wenn er keine holde Begleiterin hatte, mit dem er ihn hätte genießen können. Er und Catigern knobelten um kleine Summen.

Obgleich Conan mehr Wein als sonst trank, schien er keine Wirkung zu zeitigen. Nach mehreren Bechern fühlte Conan sich immer noch so ruhelos und gelangweilt wie zuvor.

Die Wirtstochter trippelte herbei, um beim Knobeln zuzusehen. Conan gähnte und sagte: »Mir reicht's, Hauptmann. Ich glaub, ich geh ins Bett.«

»Ganz allein?« fragte Mandana aufreizend. Als Conan hochblickte, blinzelte sie ihm zu und räkelte sich.

Der Cimmerier blickte sie ohne Interesse an. »Schmiedearbeit ist schwer«, brummte er. »Eine Schwertklinge zu hämmern, ist nicht weniger anstrengend, als diese Klinge im

Kampf zu schwingen. Mein Beruf verlangt meine ganze Kraft.«

»Pah!« spottete Mandana. »Es gehört mehr dazu, einen Mann Eurer Statur zu ermüden. Die Wahrheit ist, daß diese Tempeltänzerin Euch den Kopf verdreht hat. Bildet Euch nicht ein, daß ich sie nicht erkannte, als Ihr sie hierhergebracht habt, auch wenn sie sich noch so sehr vermummte. Zumindest hüpfe *ich* nicht mit nur ein paar Perlenschnüren herum und stelle mich so zur Schau.«

Ein würgender Laut erklang von der anderen Tischseite, wo Catigern sich bemühte, nicht schallend aufzulachen. Conan funkelte den Hauptmann wütend an, dann Bartakes Tochter, knurrte ein flüchtiges gute Nacht und verließ die Wirtschaft.

Conan konnte einfach nicht einschlafen, denn Rudabeh ging ihm nicht aus dem Sinn. Ihr Bild ließ sich nicht vertreiben, obwohl er sich immer und immer wieder sagte, daß es besser wäre, nichts mehr mit ihr zu tun zu haben, weil sie eine Bedrohung für seine Freiheit und Unabhängigkeit war, die ihm über alles gingen.

Mit ihr wäre er der Welt als Kämpfer verloren. Sie würde ihn in einem klebrigen Netz der Häuslichkeit festhalten, aus dem er nicht auf ehrenhafte Weise entkommen könnte. War nicht gerade das Spinnengewebe das Symbol Yezuds? Er wäre an einen Ort und an ein Handwerk gefesselt – sein ganzes Leben lang, bis er alt und grau war und nur noch Suppe löffeln konnte, weil er keine Zähne mehr zum Beißen hatte. Und das, wo es doch noch so viel auf dieser Welt gab, das er noch nicht gesehen hatte, und so viele Abenteuer, die noch seiner harrten!

Aber obgleich er voll Grauen vor dem Gedanken zurückscheute, den Rest seines Lebens als Yezuds Schmied zubringen zu müssen, brannte doch das Verlangen wild in ihm,

Rudabeh wiederzusehen, in ihr hübsches Gesicht zu blicken, ihre weiche Stimme zu hören, ihre stolze Tänzerinnenfigur zu bewundern, ihre feste Hand zu halten. Es war nicht allein Leidenschaft, obwohl es ihm daran gewiß nicht mangelte!

Auch war sein Verlangen nicht einfach der Hunger nach einer Frau – irgendeiner Frau. Er hätte jederzeit, wenn es ihm danach gewesen wäre und er ihrem Vater die Gebühr bezahlt hatte, mit Mandana die Nacht verbringen können. Aber er begehrte nur eine Frau, keine andere.

Dieses Verlangen, diese Abhängigkeit, waren Conan neu, und es gefiel ihm nicht. Immer wieder mahnte er sich, dieses unsichtbare Netz zu zerreißen, ehe es zu spät war. Doch jedesmal, wenn er daran dachte, wurde er schwach, wurde ihm klar, daß er Rudabeh genausowenig einfach vergessen konnte, wie er es fertigbrächte, einen greisen Bettler zu berauben.

Außerdem hatte er Parvez versprochen, Jamilah zu befreien, denn schließlich hatte er ja den Schlüssel bekommen, der ihm Zutritt zum Tempel verschaffen würde, wo er die Augen Zaths zu stehlen hoffte. Doch wenn er die Augen nahm, würde er so schnell aus Yezud fliehen müssen, wie sein Pferd ihn tragen konnte. Das wäre nicht schlimm, wenn Rudabeh ihn begleitete – aber angenommen, sie weigerte sich? Würde er sein Vorhaben, die Augen zu rauben, aufgeben, um sich für ständig in Yezud niederzulassen? Und tat er es, würden dann sowohl er als auch das Mädchen Feriduns Seuche, oder was immer es war, entgehen? Es wäre absurd, die Mühe und Gefahr, Jamilah zu befreien, auf sich zu nehmen und dann den Schlüssel von Gazrik nicht zu nutzen.

Seine Gedanken überschlugen sich und wirbelten wie Milch in einem Butterfaß, ohne daß er zu einem Entschluß gekommen wäre. Schließlich gab er es auf, einschlafen zu wollen, und stand wieder auf.

Einige Zeit nach Mitternacht, als Hauptmann Catigern seine brythunischen Wachen inspizierte, sah er von der Stadtmauer, daß sich auf der Straße von Shadizar etwas bewegte. Er beobachtete es eine Weile, und schließlich wurde der Punkt, den er gesichtet hatte, zu einem Mann, der durch Khesron rannte und dann den Pfad zur Festung hoch. Catigern drehte sich scharf zu dem wachhabenden Offizier um.

»Wer ist das? Ein Kurier vom König?«

»Nein«, antwortete der Leutnant. »Wenn ich mich nicht irre, ist es bloß Nial, der Schmied. Er verließ Yezud vor einer guten Weile und sagte, er müsse sich so richtig auslaufen.«

Heftig atmend wartete Conan darauf, daß man ihm die kleine Tür im Tor öffne. Keuchend trottete er hindurch, bedankte sich knapp bei den Brythuniern und verschwand.

»Ich frage mich«, murmelte der Leutnant nachdenklich, »ob unser Schmied wohl den Verstand verloren hat. Noch nie habe ich einen Mann so laufen sehen, außer er versuchte, seinen Feinden zu entgehen.«

Catigern grinste. »Ja, vielleicht hat er wirklich den Verstand verloren – eines Mädchens wegen. Die Liebe hat Menschen schon zu Verrückterem veranlaßt, als wie wild unter den Sternen dahinzurasen.«

9

DAS PULVER DES VERGESSENS

Während er Rudabeh den Hof machte, wenn man es so nennen konnte, traf Conan Vorbereitungen für eine mögliche plötzliche Flucht, obgleich er selbst noch nicht wußte, wozu er sich schließlich entscheiden würde. Er, der gewohnt war, schnelle Entschlüsse zu fassen, ob nun richtig oder falsch, fühlte sich bei dieser quälenden Unentschlossenheit gar nicht wohl.

Jeden Tag machte er eine längere Arbeitspause, um sein Pferd auszureiten. Er schliff die Säbelklinge. Er besserte seine Stiefel, das Zaumzeug, den Sattel und seine sonstige Ausrüstung aus. Er legte haltbaren Proviant zur Seite: gepökeltes Fleisch, Dörrfleisch, Zwieback und einen Sack Datteln, den Händler aus Zuagir verkauft hatten. Er lieh sich Parvezs Karte aus und studierte sie.

Wenn er mit den Augen Zaths aus Yezud fliehen wollte, wohin sollte er sich wenden? Nach Turan zurückzukehren wäre Selbstmord, solange Tughril es auf ihn abgesehen hatte. Er beging nicht den Fehler, die Zauberkräfte und den Rachedurst des Hohenpriesters von Erlik zu unterschätzen, dessen Sohn er bedauerlicherweise getötet hatte.

Im Westen Yezuds schlängelte sich der Mittelkamm der Karphasen viele Meilen von Nord nach Süd. Conan, der in den Bergen aufgewachsen war, zweifelte nicht daran, daß er die steilen Felswände zu Fuß erklimmen konnte, doch genauso sicher war er, daß kein Pferd es schaffen würde. Aber er wollte nicht über die Berge fliehen und dann ohne

Reittier in einem fremden Land dastehen. Und sollte Rudabeh sich entschließen, doch mit ihm zu kommen, würde er sogar zwei Pferde brauchen.

Er könnte den Weg nordwärts, zum Ende des Mittelkamms, nehmen und dann weiter westwärts nach Oberbrythunien. Nach allem, was er darüber gehört hatte, war es ein karges, dünnbesiedeltes Land, in dem selbst großer Reichtum einem nicht viel weiterhelfen würde, weil es nichts gab, wofür man ihn ausgeben konnte, außer vielleicht für einen Bauernhof, falls man bereit war, Land zu bestellen. Doch Bauer zu werden, war Conans letzter Wunsch. Er wußte aus seiner Heimat, wie sehr die Landleute sich abplagten.

Er könnte es natürlich auch südwärts versuchen, zum anderen Ende der Karpashen, und von dort aus weiter südwärts nach Khauran, oder westwärts nach Corinthien. Diese Route würde ihn durch Shadizar bringen, wo ein befreundeter Hehler ihm zweifellos eine beachtliche Summe für die Beute gäbe. Andererseits gab es viel zuviele Zamorier, von König Mithridates angefangen, die sich an seine früheren Diebereien erinnerten und gern Hand an ihn gelegt hätten. In Zamora konnte er schlecht unterschlüpfen, da er mit seiner Statur unter den kleinen Zamoriern viel zu auffällig war.

Eine Woche nach seinem Mitternachtslauf und nach einer dreitägigen Abwesenheit von seiner Schmiede ritt Conan das Tal unterhalb Yezud hoch. Er war auf dem Rückweg von Kharshoi, wo er eine Rolle Seil erstanden hatte, die nun von seinem Sattel hing.

Friedlich kanterte er über den schmalen Weg, der sich an der Seite der engen Schlucht unterhalb des breiteren Tales entlangwand, in dem Khesron lag. Felswände hoben sich zu beiden Seiten des Tales. Wind und Wetter hatten sie zerklüftet, und in Geröllawinen herabgerolltes Gestein lag in einzelnen Blöcken und auch wirren Haufen herum. Der richtige Ort für einen Hinterhalt, dachte Conan und sah sich wachsam um. Diese Felsenwirrnis bot zahllose Verstecke, gestattete andererseits jedoch keinem Pferd, sie zu durchdringen, wollte der Reiter es nicht in Gefahr bringen, sich ein Bein zu brechen.

Noch während diese Überlegungen ihm durch den Kopf gingen, ließ ein Geräusch ihn aufhorchen, das ihm durch seinen Dienst in der turanischen Armee ungemein vertraut war: das kurze Sirren einer Sehne und gleich darauf das Schwirren eines Pfeiles.

Sofort warf Conan sich nach vorn und drückte sich an die Seite des Pferdes, da der Laut von links über die Schlucht kam. Mit einem Bein über dem Sattel und einem Arm um Ymirs Hals bot er dem unbekannten Bogenschützen ein schlechtes Ziel. Und schon pfiff der Pfeil genau da über das Pferd hinweg, wo Conan noch einen Augenblick früher im Sattel gesessen hatte, und zerschmetterte an dem Felsen links.

Wütend hob sich Conan wieder in den Sattel und zog seinen Säbel. Er wendete Ymir, und sein Blick wanderte suchend über das Felsgewirr, das den verhinderten Meuchler verbarg. Seine Erregung übertrug sich auf Ymir, der zu tänzeln und schnauben begann. Doch nichts bewegte sich auf dem felsigen Hang vor ihnen.

Conan hätte das Pferd zur Talsohle und über den Bach lenken können, doch das würde bedeuten, daß er dann absitzen und den gegenüberliegenden Hang zu Fuß erklimmen müßte. Ohne Schild und Rüstung käme das, einem geschickten Bogenschützen gegenüber, Selbstmord gleich. Seinen eigenen Bogen hatte Conan in Yezud zurückgelassen. Ein paar Herzschläge lang suchte sein Blick erneut nach dem Attentäter, ohne ihn entdecken zu können.

Schließlich wendete Conan Ymir wieder in seine ursprüngliche Richtung. Wenn er den heimtückischen Angreifer nicht aufspüren konnte, mußte er zusehen, daß er schleunigst außer Schußweite kam.

Kaum fing das Tier zu kantern an, da sirrte der Bogen erneut. Wieder duckte sich Conan an die Seite, doch das lenkte den Pfeil nicht ab. Mit hörbarem Aufschlag bohrte er sich Ymir in die Flanke. Das Tier machte einen heftigen Satz und brach am Rand des Weges zusammen, dann begann es den Hang hinunterzurollen.

Noch ehe Ymir zusammensackte, sprang Conan herunter. Mit katzengleicher Behendigkeit landete er auf den Füßen, doch der Hang war so steil, daß auch er fiel und zu rollen anfing. Erst nach mehreren Ellen fing er sich, kletterte auf die Füße, griff nach dem Säbel, der ihm entglitten war, und brachte den Rest des Hanges in zwei mächtigen Sätzen hinter sich. Im Tal angekommen, sprang er über den plätschernden Bach und hastete die andere Hangseite hoch, indem er von Felsblock zu Felsblock hüpfte. Erst nachdem seine Wut ein wenig abkühlte, ließ er wieder Vorsicht walten und suchte im Aufstieg Deckung, schaute sich wachsam um, ehe er ungeschützt weiterhastete.

Bald war er höher, als der Pfad am gegenüberliegenden Hang gelegen hatte. Von hier aus konnte er auf das zerklüftete Gestein hinuntersehen, das seinen Angreifer verborgen hatte, aber er entdeckte ihn nicht, auch nicht, als er im oberen Tal angekommen war.

Hier erstreckte sich ein begrenztes, grasüberwuchertes Plateau etwa auf Bogenschußlänge waagrecht, ehe es weiteren Felswänden und zerklüftetem Gestein – den Vorläufern der Karphasen – Platz machte. Stirnrunzelnd stapfte Conan über diese Hochebene. Plötzlich entdeckte er etwas: einen Hufabdruck in einem Flecken sandigen Bodens. Er sah sich näher um. Weitere Hufabdrücke waren zu sehen und ein in das Gras gehauener Pflock. Offenbar war jemand erst vor kurzem hier herauf geritten und hatte den Pflock mitgebracht, um sein Pferd daran anzubinden, während er seinem Geschäft nachging, das vermutlich nichts anderes war, als Conan mit einem Pfeil ein Ende zu machen. Als ihm das nicht gelungen war, war er zu seinem Tier zurückgekehrt und in solcher Hast davongeritten, daß er vergessen hatte, den Pflock mitzunehmen.

Wie ein Spürhund suchte Conan nach einem Hinweis, in welche Richtung der Meuchelmörder sich zurückgezogen hatte. Doch das Plateau war entweder zu grasüberwuchert oder zu steinig, als daß Spuren zu lesen gewesen wären.

Schließlich gab Conan es auf und kehrte über den Bach zu seinem toten Pferd zurück. Er nahm ihm Sattel und Zaumzeug ab und machte sich grimmig zu Fuß auf den Weg den Hang hoch zur Straße und dann nordwärts nach Yezud. Sattel und Seil hatte er sich über die Schultern geworfen. Während er so dahin stapfte, fragte er sich, wie der Attentäter den Kamm erreicht haben konnte, ohne von ihm gesehen zu werden – wenn nicht Magie im Spiel war.

Ja, Magie war höchstwahrscheinlich die Erklärung. Doch war es nicht so mächtige Magie gewesen, daß sie Conan allein durch einen Zauberspruch hätte töten können, sondern wohl eher eine der Art wie die hypnotische Beeinflussung des Vikars. Für die eigentliche Tat hatte der Angreifer sich auf übliche Waffen verlassen müssen, seine Magie hatte ihn lediglich davor geschützt, von Conan gesehen zu werden.

Conans Wut und schlechte Laune über den Verlust seines Pferdes und darüber, daß er den Missetäter nicht hatte zur Rechenschaft ziehen können, minderten sich, als er Rudabeh an diesem Abend im Haus ihrer Mutter vorfand.

Aber das Mädchen sah nicht sehr glücklich aus. »Kommt

mit mir in den Garten, Nial«, sagte sie angespannt. »Ich muß Euch etwas sagen.«

Conan folgte ihr hinter die Kohlbeete und blickte Rudabeh fragend an.

»Ihr kennt doch den Vikar, Harpagus? Er hat erfahren, daß wir in Keshron waren.«

»Wie das?«

»Er rief mich zu sich und sagte, jemand – er nannte keinen Namen, doch nach seinen Worten muß sein Informant eine Frau gewesen sein – habe ihm über uns berichtet.«

»Bei Set!« knurrte Conan. »Ich wette, es war diese Schenkdirne Mandana!«

»Warum sollte sie so was tun? Ich habe ihr doch nie etwas Böses zugefügt?«

»Ich glaube, sie ist eifersüchtig auf Euch. Ihr wißt doch, wie Weiber sind. Was hat Harpagus nun vor?«

»Er will, daß ich ihm das zugestehe, was ich Euch verweigerte. Wenn nicht, drohte er, würde Lord Feridun von unserem Ausflug erfahren.«

Conans Stimme ähnelte dem Knurren eines jagenden Leoparden. »Noch ein Grund mehr, mit ihm abzurechnen! Ich will ein Stygier sein, wenn er nicht hinter dem heimtückischen Anschlag heute auf der Straße steckt!«

»Wovon sprecht Ihr?«

Mit kurzen Worten erzählte ihr Conan, was ihm auf dem Rückweg von Kharshoi zugestoßen war.

»Oh, es tut mir leid, daß Ihr Euer Pferd verloren habt«, sagte Rudabeh. »Aber wenigstens ist Euch nichts passiert, das ist viel wichtiger.«

»Wichtiger ist im Augenblick, was Harpagus tun wird, wenn Ihr ihm Euch versagt.«

»Es wäre mein Tod durch den Spinnengott«, antwortete das Mädchen düster. Conan bemerkte im Schein der untergehenden Sonne, wie bleich sie war. »Oder zumindest würde ich ausgepeitscht und zum untersten Rang im Tempeldienst erniedrigt werden. Wie ich es sehe, kann ich zwischen drei Möglichkeiten wählen: Erstens, mich Harpagus hingeben, und wenn ihm dann irgend etwas nicht gefällt, ende ich trotzdem in Zaths Bauch. Zweitens, mich dem Vikar widersetzen und ihn warnen, daß ich dem Hohenpriester von seiner Lüsternheit erzähle. Drittens, direkt zu Feridun gehen und ihm alles sagen. Aber ich bin sicher, wenn mein Wort gegen das des Vikars steht, wird er Harpagus eher glauben als mir.«

»Ihr habt eine vierte Möglichkeit außer acht gelassen«, sagte Conan. »Nämlich, mit mir von hier fortzugehen.«

Sie schüttelte den Kopf. »Darüber haben wir doch bereits gesprochen. Ich glaube, eher würde ich mich Zath stellen, als mich in ein Leben zu stürzen, wie Ihr es ausgemalt habt. Übrigens ist die Lage auch für Euch nicht ungefährlich, denn wenn Feridun glaubt, Ihr hättet eine Tempeljungfrau geschändet, wäre Euer Schicksal das gleiche wie meines.«

»Geschändet!« schnaubte Conan. »Eure Priester, wie andere Herrscher auch, machen strenge Gesetze für ihre Untertanen, während sie selbst tun, was ihnen beliebt.«

»Unter Feriduns Vorgänger, einem nimmersatten Lüstling, wurden die Gesetze kaum geachtet. Aber Feridun hält auf so strikte Sitten, daß allein schon der Anblick eines anderen, der sein Leben genießt, ihm als Unmoral erscheint. Doch was Harpagus betrifft – habt Ihr schon einen Entschluß für Eure eigene Zukunft gefaßt?«

Sie meinte damit: Willst du dein Abenteuerleben aufgeben und mein zahmer Gatte werden? Conan ballte die Fäuste und knirschte in seiner quälenden Leidenschaft mit den Zähnen, bis ihm ein Einfall kam, der ihm die nicht mehr gutzumachende Entscheidung aufschieben ließ. Er sagte:

»Kennt Ihr das Pulver des Vergessens?«

»Nein. Was ist es?«

»Ein Zaubermittel. Eine Hexe gab mir ein wenig davon. Staubt eine Prise davon Eurem Feind ins Gesicht, und er wird alles über Euch vergessen, als hätte er nie von Euch gehört. Wenn Ihr mit in mein Gemach kommt ...« Er unterbrach sich, als sie abwehrend die Hand hob. »Nein, ich verstehe. Ihr dürft dort nicht gesehen werden. Wartet hier.«

Bald kehrte er mit dem kleinen Beutel zurück, den Nyssa ihm geschenkt hatte. Er gab ihn dem Mädchen und sagte seufzend: »Ich könnte Euch wahrscheinlich lieben, Euch mit Zärtlichkeiten erfreuen, an die diese Tölpel hier überhaupt nicht denken.«

»Und was wird aus mir, wenn Ihr zu einer neuen Liebe und zu wilderen Abenteuern davongaloppiert und mich vielleicht auch noch mit einem vaterlosen Kind zurückläßt?«

»Meine Dame«, schnaubte Conan, »Ihr könntet mit den Weisen auf Tempel- und Königshöfen debattieren – sie würden nicht gegen Euch ankommen. Wenn es ums Argumentieren geht, bin ich Euch gegenüber ganz klein.«

»Ihr habt einen schärferen Verstand, als Ihr glaubt. Euch fehlt nur die Ausbildung.«

»Ich bin im Umgang mit Klingen, Bogen und Pferden ausgebildet, nicht im Fechten mit Worten.«

»Dagegen läßt sich etwas tun. Darius, der junge Priester, unterrichtet Kinder. Er würde auch Euch als Schüler aufnehmen.«

»Bei Crom, Mädchen!« fluchte Conan. »Versucht Ihr, mich umzukrempeln? Das werde ich nicht dulden!«

Als sie des Streitens müde wurden, begleitete Conan Rudabeh zur Tempeltür. Die nächtlichen Straßen waren verlassen, da drückte Conan das Mädchen plötzlich wild an sich und küßte sie heiß. »Komm mit mir!« bat er mit leidenschaftlicher Stimme.

Sanft sagte sie, nachdem er sie losgelassen hatte: »Ich muß zugeben, Nial, daß es mir nicht schwerfallen würde, dich zu lieben – nur täte ich es bloß, wenn du mir gestattetest, dich ›umzukrempeln‹, wie du es nennst. Damit meine ich, daß du dein wildes Leben, deine Abenteuerlust aufgeben und dich als gesetzter Ehemann und Familienvater in Yezud niederlassen müßtest.«

»Für keine andere würde ich auch nur einen Gedanken daran verschwenden. Aber für dich – nun, ich werde es mir überlegen.«

Am nächsten Morgen gab Conan Lar den Tag frei, denn er wollte an etwas arbeiten, von dem der Junge nichts wissen sollte. Am Nachmittag hatte er sein Enterwerkzeug mit drei Haken fertiggestellt und befestigte gerade das in Kharshoi erstandene Seil daran, als eine angespannte Stimme seinen Namen rief.

Eine Frau stand vor der offenen Schmiede. Trotz der dichten Schleier erkannte Conan Rudabeh. Er legte seine Arbeit zur Seite und öffnete die Tür zu seinem Gemach.

»Komm herein«, forderte er die Tänzerin auf. »Wir können uns nicht unterhalten, wo jeder uns zu sehen vermag. Und hab keine Angst um deine verdammte Tugend.« Als sie beide in dem Gemach waren, schloß er die Tür. »Was ist passiert?«

»Es herrscht solche Aufregung im Tempel, daß ich niemandem dort fehlen werde.«

»Gut, gut, aber was ist los?«

»Dein Pulver funktionierte – zu gut, vielleicht. Harpagus kam heute in meine Schlafkammer, verriegelte die Tür und wurde zudringlich. Als ich mir gar nicht mehr zu helfen wußte, hob ich den Beutel und warf ihm den Inhalt ins Gesicht.«

»Eine Prise hätte genügt.«

Das Mädchen zuckte die Schultern. »Das bezweifle ich nicht, aber in der Aufregung konnte ich die Dosis nicht so genau abmessen. Er nieste und hustete und rieb sich die Augen. Als er damit fertig war, blickte er mich so unschuldig an wie ein neugeborenes Baby und fragte mich, wer und wo er sei. Hier hast du deinen leeren Beutel zurück.«

Conan griff danach. »Crom! Das Pulver hat ihm ganz schön zugesetzt! Was dann?«

»Ich schob ihn aus meiner Kammer, und er begann vor sich hinmurmelnd im Tempel herumzustiefeln. Ich hörte, daß andere Priester ihn fanden und zum Hohenpriester brachten, der mit seinen Zauberkräften versuchte, ihm das Gedächtnis zurückzugeben, doch als ich den Tempel verließ, war es ihm noch nicht geglückt. Ich bin dir zutiefst dankbar, mein lieber Nial ...«

Conan unterbrach sie. »Dann könntest du vielleicht mir einen Gefallen erweisen – oh, nicht, was du schon wieder denkst«, fügte er hastig hinzu, als sie zurückwich. »Obgleich ich hoffe, daß wir auch dazu noch kommen werden. Doch jetzt möchte ich eigentlich nur wissen, wo man die Turanerin eingesperrt hält.«

»Ich darf keine Tempelgeheimnisse verraten ...«, sagte Rudabeh.

»Unsinn!« knurrte Conan. »Hast du noch immer nicht eingesehen, daß die Priester genauso auf ihre eigenen Vergnügen erpicht sind, wie andere Menschen auch? Und daß auch sie nicht von Lastern verschont bleiben? Die Dame ist nichts weiter als ein Pfand in Feriduns Spiel um unbeschränkte Macht. Ich muß wissen, wo die Turanerin ist. Außerdem bin ich ja kein Fremder. Ich arbeite genauso für den Tempel wie du, Mädchen. Wirst du es mir jetzt verraten?«

»Hm – ah – kennst du den ersten Stock am Nordende des Tempels?«

»Aus der Ferne habe ich Fenster in der Höhe rund um den Tempelbau gesehen.«

»Die Lady ist in einem Gemach auf diesem Geschoß, zwischen dem Nordende des Westflügels und dem anschließenden Flügel.«

»Hier?« Conan kauerte sich auf den Boden und zeichnete eine Skizze in den Staub.

»Ja, richtig! Die Mauer verläuft von einem Flügel zum nächsten und umschließt so eine Dreiecksfläche unterhalb ihres Gemachs.«

»Was ist denn hinter der Mauer? Ein Lustgarten?«

»Nein, Feridun hält dort seinen hyrkanischen Tiger, an dem er sehr hängt. Kirmizi nennt er ihn. Wenn die Priester sich vergewissern wollen, daß ein Gast den Tempel nicht ohne ihr Wissen verläßt, bringen sie ihn in den Gemächern dort unter.«

»Ein Tiger, hm«, brummte Conan. »Ein gezähmtes Haustier?«

»O nein! Er ist wild, wie nur eine Raubkatze sein kann. Bloß der Hohepriester vermag mit ihm umzugehen, denn seine magischen Kräfte wirken auf Tiere. Es mag natürlich nur Zufall sein, daß Zariadris seinerzeit etwas zustieß. Das war, als Feridun und Zariadris sich um den Posten als Hoherpriester bewarben. Als Feridun gewählt wurde, machte Zariadris sich auf den Weg nach Shadizar, um sich beim König über die Wahl zu beschweren, die seiner Meinung nach manipuliert worden war. Auf der Straße wurde er von Wölfen überfallen, vom Pferd gezerrt und verschlungen. Aber ich bin vom Thema abgewichen. Du hast doch nicht gar vor ...«

»Mach dir darüber lieber keine Gedanken«, brummte Conan. »Geh jetzt zum Haus deiner Mutter. Ich komme später nach.«

Spät in der folgenden Nacht blickte das bleiche Antlitz des Mondes auf Conan von Cimmerien herab, als er wachsam um die Tempelmauer schlich. An der Stelle um das Dreieck unterhalb von Jamilahs Fenster angekommen, nahm er das Seil und warf den Enterhaken über die Mauerkrone. Beim zweiten Versuch fanden die Haken Halt.

Der Cimmerier brauchte nicht lange, bis er am Seil hochgeklettert war und auf der Mauerkrone stand. Er schaute sich um. Die Straßen von Yezud waren verlassen. Da es keine Tavernen, Schenken und ähnliches hier gab, ging der Großteil der Bürger gewöhnlich früh schlafen. Die Stadtwache hatte bereits ihre letzte nächtliche Runde gemacht und sich zurückgezogen, und Catigerns Brythunier standen Posten an der Stadtmauer und im Tempelinnern. Verbrechen gab es in Yezud so gut wie keine, so daß auch keine größeren Vorkehrungen dagegen nötig waren.

Als nächstes studierte Conan das Dreieck, das durch die Mauer und die aneinander anschließenden Tempelflügel gebildet wurde. Bäume und Sträucher warfen im Mondschein weiche Schatten. Conans scharfe Augen wanderten über den Boden, bis er etwas Dunkles unter einem Baum ausgestreckt sah.

Als spüre das Tier Conans Blick, erhob es sich und machte einen Schritt auf die Mauer zu, auf der Conan rittlings saß. Der Tiger begann anhaltend zu knurren – es hörte sich wie eine Säge an, die einen dicken Stamm durchschnitt.

Das Fenster von Jamilahs Gemach befand sich in etwa dreifacher Mannshöhe über Kirmizis Zwinger. Als der Tiger näherkam, zerrte Conan den Enterhaken aus dem Mauerwerk und sprang hinunter auf die Straße. Er rollte das Seil wieder zusammen und kehrte zur Schmiede zurück.

10

DES TIGERS ZAHN

Am folgenden Mittag betrat Conan Bartakes Wirtschaft. Parvez saß über ein Brettspiel gebeugt mit Psamitek, dem Stygier, an einem Tisch. Außer zwei Mann vom Gefolge des Diplomaten und einem Händler aus dem Süden, hielt sich niemand in der Wirtsstube auf. Als Conan näherkam, blickten Parvez und der Stygier auf.

»Seid gegrüßt, Freund Nial«, sagte Parvez. »Habt Ihr Euer Pferd ausgeritten?«

»Das hätte ich«, antwortete der Cimmerier. »Aber vor zwei Tagen hat mir so ein Schuft das arme Tier unter dem Hintern totgeschossen. Doch nicht um Euch das zu berichten, kam ich hierher.« Er blickte bedeutungsvoll auf Psamitek.

»Ihr müßt mich entschuldigen«, wandte Parvez sich an den Stygier. »Laßt Chagor an meiner Stelle weiterspielen.«

Psamitek erhob und verbeugte sich und nahm das Brett mit. Vorsichtig trug er es, damit die Figuren nicht verrutschten. Schließlich beugten er und Chagor sich über das Brett, runzelten überlegend die Stirn und machten ihre Züge.

Conan setzte sich an Parvezs Tisch und sagte leise. »Ich weiß jetzt, in welchem Gemach Eure entführte Prinzessin festgehalten wird.« Er berichtete dem Turaner von seiner flüchtigen Erkundung in der vergangenen Nacht.

»Ein Tiger, hm?« murmelte der Turaner nachdenklich.

»Für einen von Eurer Körperkraft dürfte es nicht schwer sein, ein solches Tier zu töten.«

»Nein, danke«, knurrte Conan. »Ich habe einmal einen Löwen unter ähnlichen Umständen umbringen müssen – im Garten eines Zauberers, der solche Katzen als Wachhunde hielt. Aber ich verdankte es mehr meinem Glück als meiner Geschicklichkeit, daß ich ihn unschädlich machen konnte. In keiner Schlacht und keiner Tavernenrauferei war ich so nahe daran, ins Land der Schatten einzuziehen, als zu dem Zeitpunkt.«

»Nun, was schlagt Ihr dann vor?« fragte Parvez. »Wollt Ihr etwa durch den Tempel ins Gemach der Lady gelangen?«

»Nicht, wenn die Korridore Tag und Nacht von Wachen wimmeln. Habt Ihr nicht vielleicht ein Zaubermittel, mit dem sich der Tiger töten oder zumindest in Schlummer versetzen läßt?«

»O nein! Mit Zauber habe ich nichts zu tun. Ich hatte nur den Pfeil bei mir, den Ihr mir abgenötigt habt. Aber wartet! Wenn ich recht überlege, habe ich doch etwas, das Feriduns gestreiftes Schoßhündchen ausschalten kann.« Er tastete in seinem Gewand und brachte ein winziges Fläschchen mit grüner Flüssigkeit zum Vorschein. »Kein Zauber, sondern ein Mittel, wie ich es in meinem Beruf benötige. Drei Tropfen in das Getränk eines Mannes und er sinkt längere Zeit in das Land der Träume. Aber ich weiß nicht, wie wir den Tiger dazu überreden könnten, das Mittel einzunehmen ...«

»Das ist einfach«, versicherte ihm Conan. »Wartet hier.«

Er schwang die Tür zur Küche auf, wo Bartake sich gerade mit den Vorbereitungen für das Abendessen abplagte. Als er hochblickte, fragte Conan: »Herr Wirt, habt Ihr vielleicht eine Rinderlende, die Ihr mir roh verkaufen könnt?«

»Wozu in den neun Höllen braucht Ihr ...«, begann

Bartake, aber Conans finsterer Blick ließ ihn verstummen. »Ja«, brummte er. »Sie kostet Euch ...«

»Lord Parvez wird sie bezahlen«, sagte Conan. »Holt die Lende. Der Turaner und ich wollen ein Überraschungsessen für einen Freund geben.«

Bartake verschwand und kehrte mit einem Tablett zurück. Eine Riesenlende lag darauf, die zur Verköstigung von einem Dutzend Krieger ausgereicht hätte. Er setzte das Tablett auf einem leeren Tisch ab und ging in die Wirtsstube, um sich das Geld von Parvez zu holen.

Conan zog seinen Säbel und schnitt mehrmals klingenbreit ins Fleisch, dann spritzte er den Inhalt des Fläschchens in die klaffenden Schnitte. Bartake, der zurückkam, überraschte ihn dabei.

»Was ist das?« erkundigte er sich. »Ein Gewürz?«

»Ja, ein sehr seltenes aus einem fernen Land. Habt Ihr vielleicht auch noch einen Sack oder dergleichen, in das ich das Fleisch packen kann?«

Als die Lende eingewickelt war, kehrte er mit dem Bündel auf der Schulter in die Wirtsstube zurück und blieb kurz an Parvezs Tisch stehen. »Wann wollt Ihr die Sache angehen?« fragte der Diplomat flüsternd.

»Heute nacht. Wir haben keine Zeit mehr zu verlieren. Ich habe bereits das Mißtrauen der Priester erweckt. Habt Ihr irgend etwas, das ich der Lady zeigen kann, um ihr zu beweisen, daß ich nicht ebenfalls ein Entführer bin?«

»Nehmt das«, sagte Parvez und zog seinen Siegelring vom Finger.

Conan zwängte ihn über den kleinen Finger und verließ mit dem Sack Fleisch über der Schulter das Wirtshaus.

Der nicht mehr ganz volle Mond lugte durch Risse in der Wolkendecke. Er stand noch nicht ganz im Zenit, als Conan die Mauer um Kirmizis Zwinger erreichte. Er blieb stehen, nahm das rohe Fleisch mit beiden Händen und wirbelte es zweimal über den Kopf, ehe er es mit heftigem Schwung über die Mauer schleuderte. Mit einem schweren Plumps landete es in dem Dreieck. Der derart aufgescheuchte Tiger knurrte, doch bald darauf hörte Conan, daß er das unerwartete Futter geräuschvoll genoß.

Conan drückte sich da an die Mauer, wo die Schatten am tiefsten waren. Mit der Geduld einer lauernden Katze wartete er dort fast reglos ab, während der Mond seinen wolkenverhüllten Pfad zum westlichen Horizont weiterzog.

Als endlich die Geräusche eines gewaltigen Gähnens an Conans Ohr drangen, schlüpfte er aus seinen Stiefeln und rückte den Waffengürtel so zurecht, daß sein Säbel am Rücken hing. Er wartete nicht länger, sondern wickelte das Seil auf, warf den Enterhaken über die Mauer und kletterte hoch.

Eine kurze Weile vermochte er in der nächtlichen Dunkelheit unter sich überhaupt nichts zu sehen, denn eine riesige dichte Wolke warf ihren mächtigen Schatten über den Tempel und seine nähere Umgebung. Als der Mond flüchtig durch einen Riß schien, zeigte er den Tiger, der friedlich mit dem Kopf auf den Pfoten liegend schlief. Conan blickte zum Himmel hoch und wurde kurz an die Nacht erinnert, da er die Wand zu Narkias Gemächern hochgeklettert war. Er fragte sich, ob die Ähnlichkeit des Himmelsbilds ein Omen sein sollte.

Schließlich pfiff er leise und wartete. Als das Tier sich auch jetzt nicht rührte, löste Conan den Enterhaken und ließ sich an der Mauer innen hinunter, bis er nur noch an seinen mächtigen Prankenhänden hing. Dann sprang er. Kirmizi schlummerte weiter.

Vorsichtig betrachtete Conan das Raubtier. Vom langsamen Heben und Senken der Rippenpartie abgesehen, lag es reglos. Ganz deutlich waren die schwarzen Streifen zu erkennen, während das Rotgold seines Felles im fahlen Mondschein wie brüniertes Silber wirkte.

Hinter dem schlafenden Tiger erhob sich das schmale Mauerwerk, das die inneren Enden der beiden anschließenden Flügel des Tempels trennte. Ein eisernes Tor in der Mauer in Bodenhöhe gestattete dem Wärter des Tigers Zutritt. Unmittelbar darüber befand sich das Fenster von Jamilahs Gemach, dessen in der warmen Sommernacht offene Läden ein schwarzes Rechteck im schwach schimmernden Marmor der Tempelwand bildeten. Es brannte kein Licht.

Wie ein huschender Schatten stahl Conan sich an dem schlafenden Tiger vorbei. Wieder rollte er sein Seil auf, wirbelte den Dreifachhaken über den Kopf und warf ihn zu der dunklen Öffnung hoch. Beim erstenmal prallte der Enterhaken mit metallischem Klicken, das in der Stille ungemein laut klang, von der Wand ab und fiel zu Boden. Beim zweitenmal war es nicht anders.

Als er das Seil zum drittenmal schleuderte, verfluchte sich Conan, weil er das Enterhakenwerfen mit dem Seil nicht zuvor geübt hatte. Beim dritten Wurf landete das Seil zwar im Gemach, aber die Haken hielten nicht, als Conan zog. Erst beim viertenmal hatte er Glück.

Er zog sich Hand über Hand hoch, und seine Muskeln quollen wie mächtige Schlangen unter der Haut. Er kletterte über das Sims und landete mit einem schwachen Klatschen der Füße auf dem Holzboden.

Wieder blinzelte der Mond kurz durch die Wolkendecke, und sein Silberstrahl fiel schräg auf die seidenen Wandbehänge des Gemachs. In dem schwachen Schein war ein Bett zu erkennen, auf dem eine schlanke Gestalt lag. In der warmen Nacht hatte die Schlafende die Decke zurückgeworfen, und so ward dem suchenden Blick des Cimmeriers die grazile Figur einer Frau offenbart, deren dunkles Haar die schimmernden Schultern umschmeichelte und die bleichen Monde ihres festen Busens nur teilweise verhüllte.

Conan schlich zum Bett und wisperte: »Lady Jamilah!«

Die Frau schlief weiter. Conan griff nach ihren Schultern und schüttelte sie sanft. Schläfrig öffnete Jamilah die Augen. Dann zuckten ihre Lider, und die Lippen öffneten sich. Hastig preßte Conan eine Hand auf ihren Mund, um ihren Schrei zu ersticken, und so war nur ein unterdrücktes Gurgeln zu hören.

»Pssst, Lady«, mahnte Conan. »Ich bin hier, um Euch zu befreien.«

Er nahm die Hand vom bleichen Oval ihres Gesichts zurück, behielt sie jedoch erhoben, um sie im Notfall wieder auf den Mund zu drücken.

»Wer – wer seid Ihr?« flüsterte Jamilah schließlich.

»Nennt mich Nial«, brummte Conan. »König Yildizs Gesandter, Lord Parvez, hat mich geschickt, um Euch hier herauszuholen. Er wartete ganz in der Nähe.«

»Wie soll ich wissen, ob Ihr die Wahrheit sprecht?«

Conan zog den Siegelring vom Finger und schob ihn in ihre Hand. »Parvez sagte mir, ich solle Euch diesen Ring zeigen. Es ist zu dunkel, um das Siegel zu erkennen, aber ihr könnt es mit dem Finger ertasten.«

Sie tat es. »Wie seid Ihr hier hereingekommen?«

»Durch das Fenster.«

»Aber der Tiger!«

»Kirmizi schlummert mit einem Schlafmittel im Bauch. Kommt! Ihr werdet mir vertrauen müssen, wenn Ihr nicht lieber als Gefangene weiter hierbleiben wollt.«

Plötzlich wurde Jamilah sich ihrer Blöße bewußt und zog hastig die Decke hoch. »Ich kann nicht aufstehen, solange Ihr mich anstarrt. Dreht Euch zumindest um.«

»Frauen!« brummte Conan abfällig. »Jetzt, da unser Leben an einem seidenen Faden hängt, ist wahrhaftig nicht die

Zeit für Hofmanieren.« Aber er trat ans Fenster und blickte hinaus. Er lauschte jedoch wachsam, falls Jamilahs Zweifel sie dazu trieben, ihm einen Dolch in den Rücken stoßen zu wollen. Es war aber nichts als das Rascheln der Gewänder zu hören, in die sie hastig schlüpfte.

»Ihr dürft Euch nun umdrehen, Meister Nial. Und was jetzt?«

Conan zog das Seil ins Gemach und knüpfte eine Schlinge mit dem freien Ende des Seils, die er etwa eine Armlänge über das Sims nach außen hängen ließ.

»Habt Ihr nicht einen Umhang, den Ihr über Euer feines Gewand ziehen könnt?« fragte er. »Wenn man Euch so auf der Straße sieht ...«

»Ich verstehe.« Jamilah trat an eine Truhe und brachte einen schwarzen Kapuzenumhang aus Samt zum Vorschein. Sie händigte das Bündel Conan aus, der es aus dem Fenster warf, aber vorsichtig, um nicht den schlafenden Tiger zu treffen.

»Kommt her«, forderte der Cimmerier die Lady auf. »Setzt Euch auf das Fenstersims, und ich halte Euch, während Ihr mit den Beinen durch die Schlinge schlüpft. Schaut nicht hinunter, sondern haltet Euch an meinem Arm fest, solange Ihr Euch am Seil entlangtastet. Ah, gut. Jetzt müßt Ihr Euch mit beiden Händen am Seil festhalten.«

»Die rauhen Fasern stechen in meine Finger«, jammerte Jamilah, während sie sich in die Schlinge setzte. »Und ich habe solche Höhenangst!«

»Ihr müßt sie, wenigstens für den Augenblick, überwinden, Lady. Vorsicht, es geht los.«

Hand um Hand ließ Conan das Seil hinunter, bis die Prinzessin auf dem Boden ankam. Dann begutachtete er den Enterhaken, der tief im Holz des Fenstersimses steckte. Wenn er auf dieselbe Weise hinunterkletterte, wie er hochgekommen war, würde er den Haken von unten nicht lösen können. Aber er brauchte das Seil, um mit Jamilah über die Außenmauer zu gelangen.

Schließlich zog er das ganze Seil wieder ins Gemach, riß den Haken aus dem Sims und zerrte das schwere Bett zum Fenster. Dann legte er ein Seilende um einen Bettpfosten, bis die Seilmitte herumgeschlungen war. Die beiden Enden ließ er aus dem Fenster hängen. Er packte die Seilteile und ließ sich daran hinunter. Als seine Füße über dem Boden hingen, ließ er das Schlingenende los und sprang leichtfüßig wie eine Katze hinunter, zog am Enterhakenende des Seiles, bis die gesamte Länge zu seinen Füßen lag.

Jamilah hatte sich vor Furcht fast gelähmt an die Mauer gelehnt und starrte mit ängstlichen Augen auf den Tiger, dessen Geruch beißend in die Nase stieg. Hastig rollte Conan das Seil auf, griff nach dem Umhangbündel und legte schützend einen Arm um die angsterstarrte Prinzessin. Wie ein Schatten schlich er mit ihr über die Grasfläche und vorbei am schlummernden Kirmizi.

An der Außenmauer wirbelte Conan das Seil über den Kopf und schleuderte den Enterhaken hoch, bis er im Mauerwerk festsaß. Als er sich zum Aufstieg bereitmachte, warnte das plötzlich laute Einatmen Jamilahs ihn. Er wirbelte herum und sah den Tiger schwankend auf sich zukommen. Offenbar war die Dosis des Schlafmittels für das mächtige Tier nicht stark genug gewesen, obgleich Conan das ganze Fläschchen in das aufgeschlitzte Fleisch gegossen hatte.

Conan riß den Säbel aus der Scheide, als das Tier mit noch müdem Knurren zu laufen anfing und mit weit aufgerissenem Rachen geifernd zum Sprung ansetzte. Die scharfen Krallen berührten ihn schon fast, da schwang der Cimmerier den Säbel über den Kopf, spreizte die Beine und ließ die Klinge zwischen die glühenden, smaragdgrünen Augen herabpfeifen. Der schwere Tiger prallte gegen ihn und warf ihn zurück an die Mauer, an deren Fuß Mann und Tier zusammensackten.

Als Conan unter der gestreiften Masse verschwand, unterdrückte Jamilah mühsam einen Schrei. »Seid Ihr tot, Nial?« hauchte sie unter der Hand, die sie sich auf den Mund gepreßt hatte.

»Nicht ganz«, brummte Conan. »Sonst könnte ich Euch auch nicht antworten.« Wie ein Insekt unter einem Stein kroch er unter dem Kadaver hervor. Als er sich erhoben hatte, betrachtete er den Tiger, in dessen gespaltenem Schädel noch sein Krummsäbel steckte. Er setzte einen Fuß auf den Kopf des Tieres, um ihn dagegen zu stemmen, und zog mit all seiner Kraft, bis er die Klinge endlich frei hatte.

»Verdammt!« brummte er. »Ich hatte mir geschworen, mich nie wieder in eine solche Lage zu bringen – aber es kommt eben immer anders. Ein Glück, daß die gute kothische Klinge den Schlag überstanden hat.«

»Seid Ihr verletzt?« erkundigte sich Jamilah. Echte Besorgnis sprach aus ihrer gedämpften Stimme.

»Ich glaube nicht, daß ich mir etwas gebrochen habe«, antwortete Conan. »Aber an Kratzern und Blutergüssen fehlt es nicht. Ich komme mir vor wie nach einem Spießrutenlauf.«

Er wischte die Klinge am Fell des Tigers ab und schob sie in die Hülle zurück. Dann kletterte er die Mauer hoch, setzte sich rittlings auf die Krone, zog die Prinzessin hoch und ließ sie auf der anderen Seite vorsichtig hinunter. Schließlich löste er den Enterhaken und sprang auf die Straße. Er schlüpfte in die Stiefel und forderte die Prinzessin auf:

»Hüllt Euch in den Umhang und zieht die Kapuze tief ins Gesicht. Vor den Wächtern am Stadttor müßt Ihr mein Liebchen spielen – ein Mädchen aus Khesron.«

»Ich verlasse mich darauf, daß Ihr Euch keine ungebührlichen Freiheiten herausnehmt, Meister Nial«, sagte die Prinzessin. »Ich bin schließlich königlichen Blutes.«

»Fürchtet nichts, doch müßt Ihr Eure hohe Geburt vergessen, wenn Ihr aus Yezud herauskommen wollt.«

»Aber ...«

»Kein Aber, Lady. Ihr habt nur die Wahl hierzubleiben oder zu tun, was ich sage. Überlegt es Euch schnell.«

»Na gut«, murmelte Jamilah.

Ein wenig hinkend von seiner allzu nahen Bekanntschaft mit Kirmizi zog Conan die Prinzessin mit sich.

Als sie an einer weiteren Mauer vorbeikamen, die zwei Tempelflügel miteinander verband, blieb Conan abrupt stehen und hielt auch Jamilah an.

»Was ist los?« wisperte sie.

»Horcht!« Er drückte ein Ohr an den Stein und bedeutete der Prinzessin, still zu sein.

Von den zwei Stimmen, die sich hinter der Mauer unterhielten, erkannte Conan die tiefe, selbst in normalem Ton wie eine Glocke dröhnende des Hohenpriesters. Die andere gehörte vermutlich einem einfachen Priester. Feridun sagte:

»... zu befürchten, daß die Kinder erst in einigen Monaten ihre volle Größe erreicht haben.«

»Aber Eure Heiligkeit!« gab der andere zu bedenken. »Wir können den König nicht mit leeren Drohungen hinhalten. Er wird glauben, wir versuchen ihn mit Schreckgespenstern einzuschüchtern.«

»Mein teurer Mirzes, *er* ist es, der blufft. Nur zu wohl weiß er, daß seine armselige Armee bloß eines der Kinder Zaths zu sehen braucht, um sofort panisch die Flucht zu ergreifen. Wir haben die schrecklichste Waffe, seit der Erfindung der Klinge.«

»Wie sollen wir ihn überzeugen?«

»Er wird bald wieder einen Gesandten schicken. Wenn

nichts anderes fruchtet, nehme ich ihn mit hinunter und lasse ihn sich umsehen.«

»Angenommen, er weigert sich trotzdem, weiter auf unsere berechtigten Forderungen einzugehen?«

»Dann beginnen wir mit der Durchführung unseres Großen Planes. Selbst wenn sie noch nicht ganz ausgewachsen sind, werden die Kinder ihre Schuldigkeit tun.«

»Gebe Zath, daß alles wie geplant verläuft, Eure Heiligkeit«, murmelte der Priester Mirzes.

»Habt keine Angst«, antwortete Feriduns Glockenstimme. »Ich habe Macht über die Kinder, genau wie über alle Tiere. Als mein neuer Vikar müßt Ihr mir schon glauben, daß ich genau weiß, was ich tue ...«

Die Stimmen erstarben, vermutlich zogen die beiden Priester sich in den Tempel zurück. Conan bedeutete Jamilah weiterzugehen. Der hochgeborenen verzärtelten Edelfrau fiel es schwer, mit Conan Schritt zu halten, und ihre dünnen Pantoffeln glitten immer wieder auf den gewölbten Pflastersteinen aus.

»Gestattet, daß ich Euch trage«, brummte Conan. Er achtete nicht auf ihren schwachen Protest, sondern hob sie auf die Arme und eilte zum Stadttor weiter.

Bald danach, als der Mond tief über den Kapashen stand, starrten die Brythunier am Tor Conan mit seiner ungewohnten Last überrascht entgegen. Der Cimmerier setzte Jamilah ab, behielt jedoch einen Arm um ihre Taille und flüsterte ihr ins Ohr:

»Spielt jetzt Eure Rolle gut, verdammt, aber sprecht nicht! Euer Akzent würde Euch verraten.«

»Nial, der Herzensbrecher hat es wieder mal geschafft!« spöttelte einer der Posten.

»Behaltet es für euch, Jungs«, bat Conan. »Ihre Familie ist ein wenig uneinsichtig.«

Mit einem auffordernden Ruck drückte er Jamilah fester

an sich. Sie zwang sich zu einem mädchenhaften Kichern und schmiegte den Kopf an Conans Schulter. Als einer der Posten ein wenig rauh kommentierte, was die beiden zweifellos getan hatten, spürte Conan, wie Jamilah entrüstet erstarrte. Doch schon waren sie durch die kleine Tür im Tor und beeilten sich, den langen steilen Pfad nach Khesron hinunterzukommen.

Ein heftiges Klopfen an der Eingangstür seiner Wirtschaft weckte Bartake. Wütend taumelte er aus dem Bett, steckte den Kopf aus dem Fenster und brüllte saftige Flüche hinunter. »Jeder Dummkopf kann sehen, daß bereits geschlossen ist«, endete er.

Conan brüllte zurück: »Ich will nichts von Euch, sondern von Lord Parvez. Weckt ihn, wenn Ihr nicht wollt, daß ich Eure armselige Kate Brett um Brett zerlege. Sagt ihm, er habe hochgeborenen Besuch.«

Augenblicke später erschien der gähnende Turaner im geblümten Nachtgewand an der Tür.

»Da habt Ihr sie«, brummte Conan. »Wohlbehalten, aber erschöpft.«

Parvez ließ sich auf ein Knie fallen. »Meine Lady Jamilah!« rief er. »Bitte tretet ein!« Im Mondschein glitzerte eine Träne auf seiner Wange, so erleichtert war er. Er erhob sich und sagte zu Conan: »Ihr habt das fast Unmögliche vollbracht, junger Mann. Darf ich bitte meinen Siegelring zurückhaben?«

»Oh, den hätte ich fast vergessen.« Mühsam zog Conan ihn vom kleinen Finger und gab ihn dem Turaner.

»Noch etwas, habt Ihr meinen Diener Chagor gesehen?«

»Nein. Was ist mit ihm?«

»Der Bursche ist mitsamt seinem Pferd verschwunden – ohne ein Wort! Was soll's! Doch nun ein eiliges Lebewohl.

Wenn die Priester die Flucht ihrer Gefangenen entdecken, müssen wir so weit wie möglich von hier sein.«

»Seid meines Dankes versichert, Meister Nial«, sagte Jamilah. »Wenn Ihr einmal nach Turan kommt, so versäumt nicht, mich zu besuchen und einen Wunsch zu äußern. Wenn es in meiner Macht steht, werde ich den König bitten, ihn Euch zu erfüllen. Lebt wohl!« Sie drehte sich um und trat ins Haus.

Als Conan zurück in Yezud war, warf er sich ins Bett, um noch ein wenig zu schlafen, ehe er seine Tagesarbeit beginnen mußte. Kaum stand er am Amboß, kamen vier Priester und zwei brythunische Söldner zur Schmiede. Ein Priester in dunkelblauem Gewand und scharlachrotem Turban trat ein. Er hob seine Stimme über das laute Hämmern und sagte scharf:

»Ihr seid Nial, der Schmied, nicht wahr? Eine Dame wurde entführt. Habt Ihr sie gesehen?«

»Was für eine Dame?« brummte Conan, ohne sich von seiner Arbeit abzuwenden. Nach ein paar weiteren Hammerschlägen gab er das bearbeitete Eisenstück ins Feuer zurück und drehte sich zu dem Priester um.

»Groß, schwarzhaarig und gutaussehend«, sagte der Priester, »obgleich schon über dreißig.«

Conan schüttelte den Kopf. »Nein, eine solche Frau habe ich nicht gesehen.«

»Außerdem sind der Botschafter Parvez und seine Turaner in großer Hast vergangene Nacht von Khesron aufgebrochen. Was wißt Ihr darüber?«

»Auch hier kann ich Euch nicht helfen. Ich kannte den Mann, wir haben so manchen Abend zusammengesessen.«

»Worüber habt ihr euch da unterhalten?«

»Über Pferde, Waffen und dergleichen.«

»Jemand«, sagte der Priester in belehrendem Ton, »erschlug den Tiger des Hohenpriesters mit einem einzigen Schlag eines Säbels oder einer Axt. Wer, außer Euch, hätte die Kraft für einen solchen Hieb?«

Conan zuckte die Schultern. »Viele Brythunier sind große, kräftige Menschen. Euch Zamorier kommt jeder andere wie ein Muskelberg vor. Was mich betrifft, wußte ich nichts von all dem.«

»Alle Barbaren sind Lügner!« brauste der Priester auf. »Aber wir werden der Sache schon auf den Grund gehen, und Ihr seht besser zu, daß Ihr Eure Unschuld beweisen könnt!« Er trat einen Schritt näher heran und schob seinen Kopf vor.

Conan holte mit der Zange das Eisenstück wieder aus dem Feuer und hielt das rotglühende Stück vor sich. »Seid vorsichtig in einer Schmiede, Freund Priester. Wenn Ihr zu nahe kommt, könnte es leicht sein, daß Ihr Euch die Finger verbrennt.« Als der Priester hastig zurückwich, legte Conan das Eisen auf den Amboß und hämmerte erneut darauf.

Der Priester schloß sich wieder seinem kleinen Trupp vor der Schmiede an, der nun weitermarschierte. Lar hatte stumm und mit großen Augen zugesehen und zugehört. Jetzt sagte er: »O Meister Nial, Ihr wart sehr unwirsch zu dem Priester. Ihr müßt wissen, daß die Priester Zaths Euch mit ihren heiligen Kräften zerschmettern können, wenn Ihr sie verärgert.«

»Wie heißt der, der mich soeben ausgefragt hat?« brummte Conan.

»Das ist der heilige Vater Mirzes.«

»Ich dachte mir doch, daß ich die Stimme kenne«, murmelte Conan. »Er ist der neue Vikar, wie ich hörte. Komm, Junge, tret den Blasebalg, dein Feuer reicht ja kaum, um Wasser zu wärmen.«

11

AASGESTANK

Mehrere Tage sah Conan Rudabeh nicht, außer beim Tanz während des Gottesdienstes. Der Cimmerier war schon früh in den Tempel gegangen, um in der vordersten Reihe stehen zu können, wo er die beste Aussicht auf die Spinnenstatue hatte. Da es ein freundlicher Tag war, schien die Sonne durch die hohen Lichtgaden, und so konnte er selbst aus zwanzig Ellen Entfernung die vier vorderen Augen der Statue ganz deutlich sehen.

Sein scharfer Blick ließ ihn einen dünnen Ring rings um jedes Auge erkennen, der etwas heller als der dunkle Stein war. Er mußte aus Metall oder Beton und in die Statue eingelassen sein, um den Juwel zu halten. Wollte er die Augen entfernen, mußte er also zuerst diese Ringe herausnehmen, und zwar ganz vorsichtig, um die Edelsteine nicht zu beschädigen. Aus seiner Zeit als Dieb verstand Conan etwas von Juwelen, und so wußte er, wie empfindlich Opale waren.

Statt daß seine Leidenschaft für Rudabeh sich inzwischen ein wenig abgekühlt hätte, brannte sie immer heißer. Als Amytis erwähnte, daß ihre Tochter zum Abendessen heimkommen würde, konnte er es kaum erwarten und stiefelte ungeduldig im Garten auf und ab.

Einerseits tobte heftiges Verlangen wie ein alles in seinem Weg vernichtender Tornado in ihm und drängte ihn dazu, sein ruheloses Abenteurerleben aufzugeben, um Rudabeh nach den Gesetzen Zamoras zu ehelichen und gesetzlicher

Familienvater zu werden und angesehener Bürger, der sich zur Stadtwache meldete, die Gottesdienste im Tempel besuchte und seine Steuern bezahlte.

Andererseits schreckte Conans wilder, ungebundener Geist vor dieser Vorstellung wie vor einer Giftschlange zurück. Ihm blieb also die zweite Möglichkeit, das Mädchen zu vergessen und mit den Augen Zaths zu fliehen, falls er sie an sich bringen konnte, oder ohne sie, wenn es ihm nicht gelang. Falls Feridun die Sündigen mit der angekündigten Geißel heimsuchte, würde er möglicherweise ohnedies fliehen müssen, mit oder ohne Rudabeh.

Als sie in den Garten trat, streckte er die Arme nach ihr aus. Sie schüttelte abwehrend den Kopf und sagte: »Führe mich nicht in Versuchung, Nial. Ich liebe dich wirklich, doch du weißt, daß ich mich dir nur unter bestimmten Bedingungen hingeben kann.«

»Mädchen . . .«, begann Conan mit fast flehender Stimme, doch Rudabeh hob abwehrend die Hand. »Ich habe interessante Neuigkeiten. Hast du vom Verschwinden der Prinzessin Jamilah gehört?«

»Ja, Gerüchte wie diese verbreiten sich schnell.«

»Der Hohepriester ist wütend, wie du dir vorstellen kannst. Einige der Priester verdächtigen dich der Mittäterschaft.«

»Was, mich?« fragte Conan im Ton beleidigter Unschuld. »Was hätte ich mit einer turanischen Edlen zu tun?«

»Man weiß, daß du oft mit dem turanischen Diplomaten in Bartakes Wirtschaft zusammengesessen hast – und er ist in der gleichen Nacht verschwunden wie Jamilah. Man hätte dich sofort verhaftet, bestünde Feridun nicht auf handfeste Beweise, ehe er handelt. Ich muß schon sagen, der Alte bemüht sich, seinen Grundsätzen treu zu bleiben.

Außerdem«, fuhr das Mädchen nach kurzer Pause fort, »hat der Hohepriester – wenn die Gerüchte stimmen – den

Zeitpunkt seiner Revolution vorverlegt. Er hielt Jamilah als Geisel, um sicherzugehen, daß der König von Turan sich nicht einmischt. Jetzt sieht er sich gezwungen, schnell zu handeln, ehe die Turaner von der Flucht der Prinzessin erfahren. Nun wies Feridun alle im Tempel an, auf den Tag in einer Woche bereit zu sein. Wenn der Warngong schlägt, müssen sich alle in ihre Gemächer zurückziehen und einschließen.«

Conans Gedanken überschlugen sich. Er mußte sich des verräterischen Seiles entledigen, ehe irgendein schnüffelnder Priester darüber stolperte.

Amytis rief, und sie gingen zum Abendessen ins Haus. Danach begleitete Conan Rudabeh zum Tempel zurück und ging, als er sich von ihr verabschiedet hatte, hinunter nach Khesron. Er mußte seinen Raub nun schnell planen, und allein bei einer Kanne Wein konnte er sich am besten etwas einfallen lassen.

»Heil, Nial!« begrüßte Catigern polternd Conan und schlug ihm freundschaftlich auf die Schulter. »Wie wär's mit einem Spielchen?« Er ratterte mit den Würfeln in seiner Linken.

»Ein andersmal gern«, sagte Conan, »aber heute muß ich mir in Ruhe etwas durch den Kopf gehen lassen.«

Catigern zuckte die Schultern und schaute sich um, ob er jemand anderen zum Spielen überreden könnte. Conan hing wieder seinen Gedanken nach. Mehrere Becher Wein später riß ihn eine andere, leicht lispelnde Stimme mit gutturalem Akzent aus seinen Überlegungen. Sie gehörte Psamitek, dem Stygier.

»Meister Nial«, sagte der schlanke, dunkelhäutige Wissenssucher. »Jemand möchte Euch hinter der Wirtschaft sprechen.«

»Soll er hereinkommen«, brummte Conan unwirsch, »wenn er etwas von mir will.«

Der Stygier lächelte ein wenig schief. »Es ist eine Dame«, murmelte er. »Es wäre nicht schicklich für sie, eine solch vulgäre Taverne zu betreten.«

»Eine Lady?« knurrte Conan. »Was, zum Teufel ...« Er erhob sich. War Jamilah aus irgendeinem unerklärlichen Grund nach Khesron zurückgekehrt? Aber nein, das wäre reiner Wahnsinn! Er folgte Psamitek ins Freie.

Im Hof von Bartakes Wirtschaft, der durch die Öllampe am Eingang und dem Schein des abnehmenden Mondes schwach beleuchtet war, stand Rudabeh. Conan holte unwillkürlich laut Luft, als er sie sah, denn statt ihrer verhüllenden Straßenkleidung, die sie außerhalb des Tempels gewöhnlich anhatte, trug sie nur ihr Tänzerinnenkostüm: die paar Perlenstränge, die wie ein Spinnengewebe um sie geschlungen waren.

»Conan, Liebling«, sagte sie mit schmelzender Stimme. »Du hattest recht, nicht ich. Komm, ich werde dir beweisen, daß ich nicht weniger Frau bin, als du ein Mann bist. Ich kenne ein Fleckchen, wo das Gras dicht und weich ist.«

Sie drehte sich um und spazierte entschlossen aus dem Hof. Conan folgte ihr wie ein Schlafwandler. Sein Unterbewußtsein versuchte ihn zu warnen, daß nicht alles war, wie es zu sein schien, doch seine brennende Leidenschaft, die ihm das Blut in den Ohren tosen ließ, war stärker.

Rudabeh führte Conan an ein paar armseligen Katen vorbei aus dem Dorf. Ihre wohlgerundeten Hüften wiegten sich aufreizend. Außerhalb der Ortschaft stieg der steinige Boden an, und Conan harrte ungeduldig darauf, die erwähnte Wiese zu erreichen.

Als das Gelände wieder eben wurde, drehte Rudabeh sich zu Conan um. Sie streckte lockend die Arme nach ihm aus – und verschwand in diesem Augenblick. An ihrer Stelle stand Chagor, der Turaner, Parvezs verschwundener Diener, den Conan in die Pferdetränke getaucht hatte. Er hielt einen doppelgeschwungenen hyrkanischen Bogen mit einem Pfeil an der Sehne in der Hand.

»Ha!« rief der Turaner. »Jetzt hab' ich dich!« Und mit dem gleichen scharfen Sirren, das Conan gehört hatte, als er Ymir verlor, schoß Chagor den Pfeil ab – und aus dieser Entfernung konnte er den Cimmerier gar nicht verfehlen.

Doch im selben Augenblick, als der Turaner die Sehne sirren ließ, flog etwas hinter Conan hervor und prallte heftig gegen des Turaners Brust. Dadurch verfehlte der Pfeil sein Ziel und pfiff an Conans Ohr vorbei.

Ehe der Turaner einen neuen Pfeil aus dem Köcher reißen konnte, hatte Conan bereits seinen Säbel gezogen und griff mit Löwengebrüll an. Chagor ließ den Bogen fallen und griff ebenfalls nach dem Säbel, gerade noch rechtzeitig, um Conans Sturm zu begegnen.

Stahl klirrte und scharrte im Mondschein. Hinter sich hörte Conan ebenfalls Kampfgeräusche, kam jedoch nicht dazu, sich umzudrehen und nachzusehen, wer sie verursachte. Der Turaner war ein guter Fechter und beschäftigte den Cimmerier voll. Hieb – Rückhandschwung – Parade – Vorhandschlag – Parade – Finte – Parade ... Die tanzenden Klingen klirrten, krachten und schwangen im Takt mit dem Stampfen der schweren Stiefel, dem heftigen Atem und den Flüchen.

Die Flüche kamen aus Chagors Lippen, denn Conan focht in grimmigem Schweigen. »Ich werd es dir zeigen, Hund ...«, keuchte der Turaner. »Deinen Kopf bekommt der Erlikpriester ... Dann bin ich reich ...«

Wie schon ein paarmal zuvor war Chagor um den Bruchteil eines Herzschlags zu langsam für eine exakte Parade. Conans schwererer Säbel schnitt in seinen Unterarm. Der Turaner stieß einen Schreckensschrei aus und ließ den Säbel fallen. Wie ein Panther sprang Conan ihn an, während seine Klinge einen weiten horizontalen Bogen beschrieb. Der

Säbel trat durch des Turaners dicken Hals. Sein Kopf sackte zur Seite, und aus seinem Rumpf quoll Blut.

Immer noch vernahm Conan Kampfgeräusche hinter sich. Er wirbelte herum und sah ein Durcheinander von Armen und Beinen, die, wie er schnell feststellte, Hauptmann Catigern und Psamitek, dem Stygier gehörten, die verbissen miteinander rangen.

Conan packte einen Arm des Stygiers mit der Linken und drehte ihn um. Mit Catigerns Hilfe bezwangen sie den Burschen ohne Waffen, bis er sich aufsetzte. Conan hielt seine Arme hinter dem Rücken verdreht, und Catigern drückte jetzt die Dolchspitze an seine Kehle.

»Welchen Umstand verdanke ich das Glück, daß du zugegen warst, um mir zu helfen?« fragte Conan.

»Ich sah, wie dieser Hund dir folgte«, erklärte Catigern. »Und schließlich hattest du gesagt, daß du allein sein wolltest, also wurde ich mißtrauisch. Ich traute diesem stygischen Ungeziefer nie ganz. Zu meinem Staunen sah ich, wie du Chagor den Hügel hoch folgtest, weil der Kerl dich mit verführerischen Worten lockte. Und hinter dir kam Psamitek, der irgendwelche Zaubersprüche murmelte. Das Ganze kam mir recht merkwürdig vor, nicht nur dein Benehmen, das an sich schon sonderbar war, also folgte ich dem Stygier. Halt ihn gut fest, er ist stärker, als er aussieht. Er hat mich ganz tüchtig gebissen.«

»Also gut, Psamitek, erklär, was das alles zu bedeuten hat«, forderte Conan den Stygier auf. »Wenn uns deine Erklärung zufriedenstellt, hast du eine kleine Chance, daß wir dich leben lassen.«

»Ihr habt gehört, wie Chagor Euch genannt hat«, sagte Psamitek. »Er hat belauscht, wie Botschafter Parvez Euch ›Conan‹ nannte, und ich wußte von Tughrils Belohnung für Conans Kopf. Also steckten Chagor und ich unsere Köpfe zusammen und vereinbarten, daß er Parvez verlassen sollte.

Die Belohnung für Euch wollten wir miteinander teilen. Selbst eure beschränkten Geisteskräfte müßten das verstehen ...«

Psamiteks hypnotisierende Stimme bannte Conan und Catigern so sehr, daß sie auf ihn selbst kaum noch achteten. Sofort befreite sich der Stygier: schlüpfrig wie ein Aal entglitt er ihnen und schoß hoch. Conan sprang auf und schwang seinen Krummsäbel so heftig, daß er den schlanken Stygier zweiteilen hätte müssen.

Aber die Klinge pfiff durch leere Luft. Psamitek war verschwunden wie der Schein einer ausgeblasenen Kerze.

»Komm sofort zurück!« brüllte Conan wütend und tobte mit der blanken Klinge nach allen Seiten herum. Doch der einzige Erfolg war ein spöttisches Gelächter.

»Du hast deine Tricks, Conan«, sagte die lispelnde Stimme, »und ich habe meine, wie du auch weiter feststellen wirst. Lebe inzwischen wohl, barbarischer Tölpel.«

Conan schoß auf die Stelle zu, von wo die Stimme scheinbar gekommen war, und hieb wild mit dem Säbel herum, doch er durchschnitt nur leere Luft. »Vergeude deine Kraft nicht, Nial. Der Bursche ist ganz zweifellos ein Meister der Täuschung und hat sich unsichtbar gemacht«, sagte Catigern. »Stimmt es, daß du Conan bist und ein Preis auf deinen Kopf ausgesetzt ist?«

»Du müßtest es wirklich besser wissen, als einen anderen Söldner über seine Vergangenheit auszufragen«, knurrte der Cimmerier.

»Stimmt. Vergiß, was ich gefragt habe. Hilf mir, die Leiche ins Dorf schaffen. Die Priester werden einen Bericht verlangen.«

»Warum überlassen wir ihn nicht den Hyänen?«

»Dann würde sein Geist uns keine Ruhe lassen.«

»Na gut.« Conan packte den Toten an den Knöcheln und zog daran. »Du kannst den Kopf nehmen, obgleich ich ihn lieber Tughril als Geschenk verehren würde. Und danke, daß du mir das Leben gerettet hast.«

Das Fest aller Götter kam näher, und im Zathtempel herrschte rege Betriebsamkeit. Rudabeh beschäftigten ihre Pflichten so sehr, daß Conan sie nicht mehr allein treffen konnte. Bartakes Wirtschaft füllte sich mit dem Gefolge von Priestern aus allen Teilen Zamoras; und Nachzügler, die dort nicht mehr unterkamen, mußten sich in den engen Katen im Dorf einquartieren oder in Zelten in den Wiesen ringsum kampieren.

Das Fest begann drei Tage nach dem Tod Chagors. Abordnungen von wohlhabenden Tempeln, aber auch von mittellosen Kultstätten der verschiedenen zamorianischen Götter stolzierten zeremoniös und voll Pomp den Tempelaufgang hoch. Zu beiden Treppenseiten standen Hauptmann Catigerns Brythunier in strammer Haltung, und ihre Kettenrüstungen blitzten in der Sonne. Bei jedem geistigen Würdenträger, der in Prunkgewändern und juwelenbesetztem Kopfputz die Stufen hochstieg, hoben die Söldner salutierend ihre Piken und Hellebarden und setzten sie mit einem donnernden Krachen auf den Boden. Conan wußte, daß die Priester der einzelnen Gottheiten rivalisierende Gegner waren, die vor keinen Meucheleien zurückscheuten. Doch heute hatte ein jeder ein Lächeln für den anderen, und alle verneigten sich würdevoll vor den versammelten Zathpriestern.

Während dieser Prozession der Priester stand Conan unauffällig in einer Ecke des an den Tempel anschließenden Platzes. Nachdem auch die letzte Abordnung im Tempel verschwunden war und sowohl die Bürger Yezuds, als auch die von Ehrfurcht erfüllten Pilger die Treppe hochströmten, um die Götter des zamorianischen Pantheons zu verehren, tauchte Conan in die bunte Menge. In der Vorhalle wollte er in einen der Korridore abbiegen, doch das war unmöglich, da an jedem Eingang ein brythunischer Posten Wache hielt. Also mußte er sich damit abfinden, wieder einmal einen der endlos erscheinenden Gottesdienste durchzustehen.

Er blieb so nahe wie möglich am Eingang des Haupttempelraums stehen und ließ die Lobpreisungen der Hohenpriester jedes einzelnen Kultes und ihre Predigten über sich ergehen ohne sie aufzunehmen, und bewunderte inzwischen die herrlichen Edelsteine, mit denen ihre Kopfbedeckungen und Gewänder geschmückt waren. Wenn er sich nur einen Teil davon aneignen könnte, hätte er ein paar Jahre lang ausgesorgt, obgleich sie natürlich alle zusammen nicht soviel wert waren wie ein einziges Auge der Zathstatue.

Zwei Tage später schüttete der bleigraue Himmel Regen wie mit Kannen über das abgetretene Kopfsteinpflaster von Yezud. An diesem Tag endete das Fest aller Götter. Die Priester der Abordnungen hatten sich in wallende Kapuzenumhänge gehüllt. Auf dem breiten Treppenaufgang des Tempels verabschiedeten sie sich feierlich von Feridun und seinem neuen Vikar, ehe sie in ihren Kutschen oder Pferdesänften Platz nahmen oder sich in die Sättel von Rossen, Maultieren und Kamelen schwangen.

In dieser Nacht, als es noch in Strömen goß, glitt eine riesenhafte Gestalt in dunklem Umhang auf lautlosen Mokassins durch die dunklen Straßen Yezuds. Am südlichsten Flügel der Ostseite des Tempels zog Conan den kurzen Silberpfeil hervor, den er von Parvez bekommen hatte. Mit der Spitze berührte er das Schloß und murmelte: *»Kapinin achilir genishi!«*

Ein rostiges Quietschen, als drehe im Innern jemand einen Schlüssel in dem seit langem nicht mehr benutzten Schloß, übertönte das Platschen des Regens. Conan drückte gegen die Tür – aber sie öffnete sich nicht.

Verärgert warf er sich mit einer Schulter dagegen. Doch auch jetzt gab sie nicht nach. Er hielt inne und überlegte.

Vielleicht verließen die Priester sich nicht allein auf ein einfaches Schloß, sondern hatten die Tür innen auch noch mit einem Riegel versehen, wie der an der Außenseite des Tores an der anderen Tempelseite, durch das die Schafe getrieben worden waren. Er drückte die Pfeilspitze in unterschiedlicher Höhe an die Tür und wiederholte immer aufs neue *kapinin achilir genishi.* Endlich belohnte das gedämpfte Klacken eines zurückgeschobenen Riegels sein Mühen.

Der Korridor im Innern war dunkel, von einem schwach erhellten Rechteck, etwa dreißig Ellen entfernt, abgesehen, wo dieser Gang in den um die Tempelhalle führenden Hauptkorridor mündete. Conan blieb lauschend stehen. Es war so still wie in einer stygischen Gruft. Die Menschen im Tempel, vom Hohenpriester bis zum niedrigsten Sklaven, schlummerten nach diesen drei anstrengenden Festtagen offenbar den Schlaf der Erschöpfung.

Conan stahl sich den Korridor hoch und hielt wachsam Ausschau nach brythunischen Posten. Vorsichtig spähte er um die jeweiligen Biegungen, doch in keiner Richtung sah er Brythunier auf dem Hauptkorridor. Wie er gehofft hatte, nutzten die Wachen die Müdigkeit ihrer Herrn und hatten sich vermutlich in der Vorhalle zusammengefunden, um sich zu unterhalten oder zu würfeln, statt durch die einsamen Gänge zu patrouillieren.

Der Korridor, in den Conan hinaustrat, wurde durch eine einzelne Öllampe an der Wand erhellt. Er wandte sich nach rechts und schließlich nach mehreren Schritten zu einer Tür an der linken Seite. Wenn er die Entfernung richtig abgeschätzt hatte, müßte dies ein Seiteneingang zum Allerheiligsten sein.

Wieder benutzte er den Schlüssel von Gazrik und flüsterte die Beschwörung. Auch diesmal öffnete das Schloß sich von selbst. Es mußte gut geölt sein, denn nicht einmal ein Klicken war zu hören. Trotzdem schrak er zurück, als er sah, was vor ihm lag. Statt ins Allerheiligste gekommen zu sein, lag eine Schlafkammer vor ihm, in der zwei Akoluthen – von denen einer schnarchte – auf schmalen Betten lagen. Lautlos schloß der Cimmerier die Tür.

Die nächste war die, die er gesucht hatte. Auf leisen Sohlen schlich er über den Boden des Allerheiligsten, das die heilige Flamme flackernd schwach erhellte. An der schwarzen Onyxstatue Zaths blieb er stehen.

Wieder erstaunte ihn die Lebensechtheit der Skulptur. Sie war eine absolut perfekte Abbildung einer riesigen Spinne. Nur die Haare an den Beinen, die er nicht hatte nachahmen können, hatte der Künstler lediglich durch Schraffierungen dargestellt.

Conan schlüpfte aus seinem Umhang und ließ ihn auf den Boden fallen. Darunter trug er seinen Schmiedeschurz, mit den Taschen und Schlaufen, in denen sein Handwerkszeug steckte. Er zog seinen Schmiedehammer heraus, duckte sich für den Notfall fluchtbereit zum Sprung und klopfte leicht auf das nächste Bein. Aber das Geräusch hörte sich beruhigend wie das Auftreffen von Eisen auf Stein an, und die Statue machte keine Anstalten, zum Leben zu erwachen.

Conan trat näher an die Vorderseite des Spinnenkörpers. Die vier Vorderaugen schimmerten im flackernden Licht der ewigen Flamme, und es sah aus, als funkle ein sechseckiger roter Stern in der blaugrünen, matten Tiefe jedes Auges.

Conan wurde klar, daß er ein besseres Licht als den Schein des brennenden Öls brauchte, um an den Augen hantieren zu können. Er griff unter seinen Schurz und brachte einen ellenlangen Holzstab zum Vorschein, dessen eines Ende mit einem ölgetränkten Lappen umwickelt war. Er hielt es über die Chalzedonschale, bis der Lappen Feuer fing und die Fackel brannte.

Er nahm sie und verkeilte sie zwischen zwei von Zaths acht Beinen, so daß ihr schwankender gelber Schein auf die Augen an dieser Seite fiel. Er beugte sich vor, um die Augen näher zu untersuchen. Mit den Fingern strich er über die glatte, halbkreisförmige Oberfläche und betastete die Ringe, die die Augen hielten. Die Augen waren Jaspopale, so groß wie eine Knabenfaust, und die Ringe aus Blei. Das, dachte Conan, dürfte die Arbeit erleichtern.

Aus einer Tasche seines Schurzes fischte er eine Handvoll Bohrer und suchte einen flachen mit schmaler Meißelspitze aus. Er setzte ihn in den Spalt zwischen einen der Ringe und den umschließenden Stein und klopfte ganz leicht mit dem Hammer darauf – dann noch einmal. Er freute sich, als er feststellte, daß der Bohrer sichtlich in das Blei gedrungen war. Nach ein paar weiteren Schlägen müßte der Ring sich herausstemmen lassen.

Geräusche außerhalb der Tempelhalle lenkten Conans Aufmerksamkeit von der Statue ab. Stimmen murmelten, Füße trampelten, Türen wurden geöffnet und geschlossen, und zwischendurch vermeinte Conan auch das Rasseln von Waffen zu hören. Was, bei den neun Höllen, störte die Stille des Tempels um diese nächtliche Zeit?

Als ein Schlüssel in der Seitentür gegenüber der, durch die er gekommen war, klickte, zuckte Conan zusammen. Doch ehe er sich zurückziehen konnte, schwang die Tür auf.

Hastig packte Conan sein Handwerkszeug und wirbelte mit gefletschten Zähnen herum. Als er Rudabeh an der Tür sah, knurrte er: »Was machst du hier, Mädchen?«

Im gleichen Moment fragte auch die Tänzerin, deren Augen vor Furcht geweitet waren: »Was machst du hier, Nial?«

Mit vorgetäuschtem Gleichmut antwortete Conan: »Die Priester befahlen mir, einen lockeren Beschlag an der Opfertruhe auszubessern.«

»Mitten in der Nacht? Welcher Priester?« Die Stimme des Mädchens klang angespannt.

Conan zuckte die Schultern. »Ich weiß nicht, wie er heißt.«

»Ich glaube dir nicht.«

»Und warum nicht?« entgegnete Conan im Ton gekränkter Unschuld.

»Weil diese Anweisung durch mich als Verwalterin hätte kommen müssen. Du bist hier, um zu stehlen! Das ist ein Sakrileg!«

»Rudabeh, Liebling, du weißt, was diese Priester für Scheinheilige und Lüstlinge sind . . .«

»Aber Zath ist ein Gott, welche Fehler seine Priester auch haben mögen. Nial, Liebling, aus welchem Grund du auch immer hierhergekommen bist, du mußt sofort weg von hier. Die Priester von Arenjun sind soeben angekommen. Ein Sturm, der die Straßen überflutete, unterbrach ihre Reise, und so kamen sie nicht mehr zurecht zum Fest aller Götter. Jetzt führt Lord Feridun sie im Tempel herum. Sie werden bald hier sein. Der neue Vikar, Mirzes, schickte mich nachsehen, ob der Behälter der ewigen Flamme noch ausreichend voll ist, denn wir kamen in den letzten Tagen nicht dazu, ihn nachzufüllen.«

Als Bestätigung ihrer Worte drangen laute Stimmen von der Eingangstür zur Tempelhalle an Conans Ohr.

»Schnell!« drängte Rudabeh. »Sonst bist du verloren!«

»Ich gehe ja schon!« knurrte Conan. Statt zu einer Tür zu eilen, nahm er sein Werkzeug und die Fackel und rannte zur linken Ecke des Allerheiligsten, wo die Ölleitung aus der Wand ragte. Direkt darunter befand sich eine große Falltür.

Als er sich bückte und den Riegel zurückschob, schrie Rudabeh erschrocken auf. »Was machst du da?«

»Ich verstecke mich unten«, brummte Conan und hob die

Tür. Ein grauenvoller Verwesungsgestank stieg aus der rechteckigen Öffnung.

»Nicht dort hinunter!« rief Rudabeh schrill vor Entsetzen.

»Du weißt ja nicht, was ... Ihr Götter, da kommen die Priester!«

Die mächtigen Flügel der schweren Bronzetür schwangen mit Schnarren langsam auf, und ein Stimmengewirr aus der Vorhalle drang herein. Hastig verschwand Rudabeh durch die Seitentür, die sie hinter sich zuschlug. Wie ein gejagtes Tier blickte Conan sich um, dann hastete er ein paar Stufen unter dem Tempelboden hinunter und schloß die Falltür über seinem Kopf. Nur der flackernde gelbe Schein seiner Fackel erhellte die übelriechende Dunkelheit.

Nun waren Schritte auf dem Marmorboden der Tempelhalle zu hören und die angeregte Unterhaltung der Besucher mit ihren Gastgebern. Conan vernahm die glockentönende Stimme Feriduns, konnte jedoch die Worte in dem Durcheinander nicht verstehen. Aber die Stimmen klangen friedlich und verrieten keine Aufregung, also hatte wohl niemand Rudabeh oder ihn gesehen.

Vorsichtig tastete sich Conan die Steintreppe hinunter und schaute sich um, soweit es der Fackelschein gestattete. Am Ende der Treppe war ein geräumiger Gang, mehr als mannshoch und weiter als seine ausgestreckten Arme reichten. Kein Laut, außer dem schwachen Knistern der Fackel, das selbst des Cimmeriers scharfe Ohren kaum vernahmen, brach die Totenstille. Aasgestank reizte seine Nase.

Auf dem aus dem Felsen gehauenen Gangboden stolperte er über etwas Größeres: den Schädel einer Kuh, an dem noch Fleischreste hingen. Angewidert stieß Conan ihn mit dem Fuß zur Seite und schlich weiter. Immer weiter mußte er über Knochen und größere Gerippeteile steigen. Obgleich der Verwesungsgeruch von Leichen und Kadavern ihm nicht fremd war, hätte er sich fast übergeben, als er auf verwesenden Eingeweiden ausrutschte.

An einer Tunnelkreuzung bog Conan nach links ab und stapfte ein paar Schritte diesen neuen Korridor hoch, der schräg aufwärts führte. Er schätzte, daß er sich immer noch unter dem Tempel befand. Am Ende dieses Tunnels, nahm Conan an, würde das Tor der Westseite sein, durch das die Schafe getrieben worden waren.

Er kehrte zu der Korridorkreuzung zurück und folgte nun dem Tunnel, der in gerader Richtung von der Treppe weiterverlief, über die er gekommen war. Dieser Gang, stellte er fest, führte schräg abwärts. Wieder mußte er gebleichte und zum Teil noch mit Fleisch behangene Knochen zur Seite schieben. Als der Tunnel sich zu schlängeln und immer neu zu verzweigen begann, kehrte Conan zur ersten Kreuzung zurück, weil er befürchtete, sich zu verlaufen.

Dann folgte er dem noch übriggebliebenen Gang, dem rechts von der Treppe. Einen Pfeilflug weit führte er geradeaus, dann fing er ebenfalls an sich zu schlängeln und schickte Seitentunnels aus wie der abwärtsführende.

Conan begann sich seiner Fackel wegen Sorgen zu machen. Sie würde bestimmt nicht mehr sehr lange brennen, und sich in diesem Labyrinth in absoluter Dunkelheit zu verirren, mochte sich als lebensgefährlich erweisen. Zwar hatte er eine zweite im Gürtel unter seinem Schurz stecken, aber wenn er die erste völlig erlöschen ließ, ohne daß er die zweite daran angezündet hatte, würde er seine liebe Not haben, in der Dunkelheit mit Feuerstein und Stahl Funken zu schlagen, die stark genug waren, die Ersatzfackel anzuzünden. Zündete er sie andererseits früher an der anderen an, als notwendig gewesen wäre, würde sie viel eher niederbrennen.

Wachsam schlich er weiter und schob die Fackel immer

wieder in die Seitenöffnungen, um sich dort umzusehen, soweit es der schwache Schein erlaubte. Auch hier stieß er überall auf Knochen und andere Kadaverüberreste. Über dem starken Verwesungsgestank nahm seine scharfe Barbarennase nun noch einen anderen Geruch wahr: zweifellos den eines Lebewesens, aber eines ihm unbekannten. Es war wahrhaftig ein sehr merkwürdiger Geruch, beißend und doch nicht direkt unangenehm.

Während er mit angespannten Sinnen weiterschlich, glaubte er ein wiederholtes schwaches Klicken zu hören, wie von Horn, das gegen Stein schlägt. Er war sich aber nicht sicher, ob er es sich in seiner Aufregung nicht vielleicht nur einbildete.

Flüchtig fragte er sich, ob die Zathstatue im Allerheiligsten vielleicht tatsächlich zum Leben erwacht und ihm gefolgt war. Aber die Vernunft sagte ihm, daß der Spinnengott aus Onyx immer noch auf seinem Piedestal im Tempel kauerte, denn wenn er von dort verschwunden wäre, wäre es zweifellos zu großer Aufregung gekommen, als der Hohepriester seine Gäste herumführte, und die hätte er bis hier unten hören müssen.

Trotzdem, *etwas* von gewaltiger Größe hatte die Rinder und Schafe verschlungen, deren Überreste in den Tunnels herumlagen. Plötzlich bemerkte Conan, der sich sonst vor kaum etwas fürchtete, was kreuchte, fleuchte oder im Wasser schwamm, daß er allein beim Gedanken daran zu zittern begonnen hatte.

Er machte mit hocherhobener Fackel ein paar Schritte in einen der Seitengänge, sah jedoch nichts als die geisterhaft weißen Knochen eines Schafes oder einer Ziege. Er kehrte zum Hauptkorridor zurück und versuchte es mit einer weiteren Abzweigung, die, wie sich schnell herausstellte, an einer Wand endete.

Inzwischen war er sicher, daß er sich die klickenden Laute

nicht einbildete, sie schienen sogar näher zu kommen, nur wurde er sich nicht klar, aus welcher Richtung. Da er nicht in einem dieser kurzen, nirgendwohin führenden Tunnel in die Ecke gedrängt werden wollte, hastete er zum Hauptkorridor zurück.

Einen Moment blieb er mit über den Kopf gehobener Fackel fast statuengleich stehen und drehte ganz langsam den Kopf, um zu erkunden, von woher das Klicken kam, bis er überzeugt war, daß es hier in diesem Tunnelarm sein mußte.

Schauder überliefen ihn, als das Klicken lauter und lauter wurde, obgleich er immer noch nicht wußte, wovon es verursacht wurde. Und da bewegte sich etwas, genau am Rand des Fackelscheins. Als es näher kam, spiegelte das Fackellicht sich in vier glänzenden Punkten in Brusthöhe wider.

Beim Näherkommen wurden sie größer und ließen an vier riesige Edelsteine denken, wie sie vielleicht den Brustpanzer eines Kriegerkönigs schmücken mochten. Aber sie waren keine Zier. Hinter ihnen breitete sich eine nicht erkennbare Masse aus. Vorsichtshalber zog Conan den Schmiedehammer aus seiner Lederschlaufe – den Säbel hatte er in seiner Unterkunft zurückgelassen.

Am Rand des Fackelscheins schienen die vier Lichter anzuhalten. Das Klicken verstummte. Als es wieder zu hören war, kamen die Lichter näher, und hinter ihnen sah Conan wie in einem Alptraum nun eine gewaltige behaarte Masse, die sich auf vielen Beinen bewegte.

Er wirbelte herum und rannte. Der Luftzug ließ den Fackelschein zur goldenen Flamme auflodern. Das unerbittliche Klicken von Klauen auf Stein hinter ihm kam näher und näher.

Ehe es ihm bewußt war, hatte Conan die Hauptkreuzung der Tunnel überquert, also jene, auf die er zuerst gestoßen war. Zu spät dachte er daran, daß seine beste Chance gewesen wäre, zur Treppe zurück und sie hoch zu rennen und durch die Falltür ins Allerheiligste zu steigen, selbst wenn die Priester sich dort noch aufhielten. Als zweitbeste Alternative hätte er nach rechts abbiegen und den schräg abfallenden Tunnel nehmen können, in der Hoffnung, daß er vielleicht dann außerhalb des befestigten Yezuds ins Freie führte.

Er machte sich daran umzukehren – doch zu spät! Die vier glühenden Augen, in denen das gelbe Fackellicht sich spiegelte, hatten bereits die Hauptkreuzung erreicht, und blockierten seinen Weg. Jetzt saß er in dieser Tunnelabzweigung in der Falle.

Conan floh weiter die Schräge hoch. An ihrem Ende erreichte er eine schwere Flügeltür – zweifellos die, durch die die Schafe getrieben worden waren. Angstbebend legte er den Hammer zur Seite und drückte den Gazrikschlüssel an das Schlüsselloch. Als er den magischen Spruch murmelte, hörte er das Schloß aufspringen. Er drückte gegen die Tür, aber sie sprang nicht auf. Da erinnerte sich Conan an den schweren Riegel an der Außenseite.

Er legte die Pfeilspitze etwa in der Höhe an die Tür, wo der Riegel sein mußte und murmelte erneut: *»Kapinin achilir genishi!«* Und als sich nichts tat, rief er den Spruch lauter und schließlich mit aller Kraft seiner Lunge.

Doch statt daß der Riegel sich bewegt hätte, spürte Conan, daß der Silberpfeil in seinen Fingern heiß wurde, so heiß, daß er ihn fallen lassen mußte. Er glühte rot auf und begann auf dem Boden zu einer winzigen Lache zu zerschmelzen, die jedoch schnell abkühlte und fest wurde. Da fielen Conan Parvezs Worte ein, daß der Schlüssel von Gazrik einen Riegel nur bewegen konnte, wenn er nicht zu schwer war. Offenbar hatte er die Kraft seines Talismans überschätzt und ihn dadurch ruiniert. Das geschieht mir ganz recht, dachte er. Warum gebe ich mich auch mit Magie ab!

Er nahm seinen Hammer wieder auf und schlug damit auf das Tor ein. Es dröhnte, rührte sich jedoch nicht. Conan sah, wo er das harte Holz eingebeult hatte, was ihm allerdings nichts nutzte. Bei diesem Holz würde er eine Ewigkeit brauchen, es mit Hammer und Meißel zu sprengen.

In seiner Verzweiflung hätte er sinnlos weiter darauf eingeschlagen, aber ein Klicken hinter ihm warnte ihn, sich umzudrehen. Er stellte zu seinem Entsetzen fest, daß eine gigantische Spinne – ein lebendes Ebenbild der Statue im Tempel, allerdings völlig mit borstigem, fingerlangem Haar bedeckt – ihn fast erreicht hatte. Der Schein seiner Fackel spiegelte sich in den vier großen runden Augen an der Vorderseite des Ungeheuers.

Ein Paar haariger, gelenkiger Gliedmaßen streckte sich unterhalb der Augen wie Arme aus. Als eines davon nach Conan griff, hieb er mit dem Hammer darauf ein und spürte, wie die hornige Substanz nachgab, als sie zersplitterte. Die Spinne wich ein Stück zurück und zog ihr verwundetes Glied unter den haarigen Leib.

Und dann kam das Ungeheuer wieder heran. Es erhob sich auf seine sechs Hinterbeine und streckte das vordere Paar zusammen mit dem unverletzten Fühler nach seinem Opfer aus. Conan kam sich wie eine Fliege im Spinnennetz vor.

Unterhalb der Fühler sah er die Fänge der Spinne: ein Paar gebogene, glänzende spitze Zähne wie die Hörner eines Stieres, die sich erst nach außen, dann nach innen krümmten, so daß die Spitzen sich fast trafen. Auch sie streckten sich nun horizontal aus, um von zwei gegenüberliegenden Seiten in Conans Körper zu stoßen. Grünliches Gift tropfte von den hohlen Spitzen. Zwischen und unterhalb der Fänge bewegte sich der gelenkige Mundteil gierig.

Einen Herzschlag lang betrachteten die beiden einander: Conan, den Hammer zu einem letzten zerschmetternden Schlag erhoben, ehe er starb; die Spinne mit ausgebreiteten, monströsen, haarigen Gliedmaßen, um sie um ihr Opfer zu legen.

Plötzlich schrillte Rudabehs Stimme hinter Zath: »Nial! Liebster! Ich habe ...«

Bei diesem Entsetzensschrei wich die Spinne von Conan zurück. Sie drehte sich so, daß eines ihrer Seitenaugen flüchtig im Fackelschein aufleuchtete. Ihr gewaltiger Bauchsack streifte gegen die Wand des engen Ganges. Sie wandte sich nun der Stimme zu. Conan hörte einen gellenden Schrei, dann herrschte – von dem Klicken der Hornklauen auf Stein abgesehen – Stille. In diesem Moment erlosch Conans Fackel.

Mit einem Wutgebrüll rannte Conan der Spinne nach, prallte jedoch in der absoluten Dunkelheit heftig gegen die Tunnelwand. Mit zitternden Knien erhob er sich und zog die zweite Fackel aus dem Gürtel. Er fluchte wie ein Besessener. Der Lumpen um die erste Fackel schwelte noch in dumpfem Rot wie ein Stück Lava.

Conan preßte die Enden der beiden Fackeln zusammen und blies mit aller Kraft, bis die zweite Fackel Feuer fing. Die abgebrannte ließ er fallen. Nun nahm er die Verfolgung Zaths auf.

An der Hauptkreuzung verlangsamte er den Schritt, als der Fackelschein auf etwas fiel, das auf dem Boden lag – etwas, das nicht die stinkenden Überreste einer Kuh oder eines Schafes war. Nur zögernd, weil er Angst hatte, seine Befürchtung würde sich bewahrheiten, näherte er sich Rudabeh. Sie sah aus, als schliefe sie, aber als er sich neben sie kniete und ein Ohr an ihre Brust drückte, hörte er keinen Herzschlag.

Er lehnte die Fackel an die Wand, um beide Hände frei zu

haben. Er untersuchte sie genauer. Sie trug das hauchdünne Schleiergewand der Tänzerinnen, wenn sie im Chor sangen. Er riß es auf. Als er keine Verletzung fand, drehte er das Mädchen um. An einer Achsel und zwischen den Schulterblättern entdeckte er je ein Paar Stichwunden, um die herum sich die Haut vom Spinnengift verfärbt hatte.

»Rudabeh! Liebste!« stöhnte er. Er legte sie wieder auf den Rücken und versuchte künstliche Beatmung, doch umsonst.

Heiße Tränen begannen über sein narbiges Gesicht zu rinnen – die ersten seit vielen Jahren. Wütend wischte er sie ab, doch neue strömten nach. Jene, die Conan als Mann aus Eisen, hart, erbarmungslos und selbstsüchtig kannten, hätten sich gewundert, ihn in diesem nach Verwesung stinkenden Labyrinth weinen zu sehen, ohne sich um seine eigene Sicherheit zu scheren.

Das Mädchen, dachte Conan, hat sich, nachdem die Priester gegangen waren, trotz ihrer Furcht hier heruntergewagt, um ihn hinaufzuholen oder vor der Gefahr hier zu warnen. Noch nie zuvor hatte jemand das Leben für ihn aufs Spiel gesetzt, und die Erkenntnis, daß Rudabeh sich für ihn geopfert hatte, erschütterte und beschämte ihn und erfüllte ihn mit Selbstverachtung.

Und dann wallte Wut wie geschmolzenes Eisen durch seine Adern. Er griff nach Fackel und Hammer und schaute sich wild um. Die Spinne, dachte er, mußte ihr Opfer fallengelassen haben, als seine Fackel sie erschreckte. Zweifellos hatte sie sich in den Tunnelteil zurückgezogen, in dem er ihr begegnet war.

Wie ein Berserker rannte Conan diesen Tunnelarm hoch, und durch den Luftzug loderte seine Fackel hell auf. Immer wieder rief er: »Zath, stell dich zum Kampf!« Doch selbst nachdem er gewiß schon eine ganze Meile gelaufen war, stieß er nicht auf die Riesenspinne.

Keuchend blieb er stehen. Wenn Zath sich in diesem Tunnelarm befände, hätte er ihn zweifellos bereits einholen müssen. Vielleicht versteckte er sich in einem der vielen Seitengänge. Doch sie alle zu durchsuchen, würde Tage kosten.

Er kehrte zur Hauptkreuzung zurück. Rudabeh fühlte sich jetzt bereits kalt an. Er würde sie nicht in dieser stinkigen Hölle zurücklassen, wo Zath sie verschlingen konnte. Außerdem ließ der Aberglaube des Barbaren nicht zu, einen Nahestehenden nicht zu beerdigen, denn dessen Geist würde ihn sonst rachsüchtig verfolgen – das, zumindest, hatte er als Junge gehört. Da er wenige Freunde und keine Sippschaft in zivilisierten Ländern hatte, hatte er sich bisher nie veranlaßt gesehen, auch nur eine der vielen Leichen zu begraben, deren Tod auf die eine oder andere Weise mit ihm zusammenhing. Rudabeh war der einzige Mensch gewesen, den er wirklich geliebt und der ihn geliebt hatte, seit er seine Heimat verlassen hatte. Nein, er würde sie auch im Tod nicht im Stich lassen. Irgendwie mußte es ihm gelingen, sie aus den Tunnels zu schaffen und an einen einsamen Ort zu bringen, wo er ihr ein Grab schaufeln konnte, mit den bloßen Händen, wenn es sein mußte. Dann würde er Steine darauf häufen, damit weder Wölfe noch Hyänen sich an ihren sterblichen Überresten vergreifen konnten. Und obenauf würde er mit ein bißchen Erde eine Wildblume pflanzen, ehe er mit Trauer im Herzen seines Weges ging.

Er legte die Leiche über eine Schulter und nahm den Tunnel, der zurück zur Falltür führte. Ganz gewiß hatten die Priester sich inzwischen zurückgezogen, dachte er, und das Allerheiligste ist leer. Am Ende des Ganges setzte er die Tote ab, stieg die Treppe ganz hoch und lauschte an der Falltür.

Zu seiner Verwunderung hörte er Stimmen. Er erkannte den glockenklaren Baß des Hohenpriesters, den Tenor Mirzes', und vernahm außerdem eine dritte Stimme, die ihm unbekannt war.

Ganz deutlich war Feriduns löwengleiches Grollen zu hören:

»Zath verfluche deine Augen, Darius! Du hast uns schönes Wetter für alle drei Tage des Festes versprochen. Statt dessen ließest du zu, daß unsere Gäste sich im strömenden Regen verabschieden mußten! Wo blieb da deine Herrschaft über die Luftgeister, mit der du so prahlst? Wenn du zu nichts Besserem fähig bist, werde ich einen anderen zum Wetterzauberer ernennen müssen.«

Darius murmelte eine Entschuldigung, da warf Mirzes, der neue Vikar ein: »Eure Heiligkeit, ich vermute, daß Darius es mit Absicht getan hat, um Eurem Ruf zu schaden und so seine eigenen politischen Ziele zu verfolgen.«

»Nichts dergleichen!« protestierte Darius. »Nie habe ich ...« Dann sprachen alle drei gleichzeitig, und Conan konnte kein einziges Wort mehr verstehen.

Er hatte beabsichtigt, ins Allerheiligste hinauszusteigen, Rudabehs Leiche auf die Opfertruhe zu legen, die Augen Zaths herauszumeißeln und zu fliehen. Doch solange sich dort jemand aufhielt, war das nicht durchführbar. Flüchtig dachte er daran, die Falltür einfach aufzustoßen und die Priester mit der Leiche zu überraschen. Aber er hatte seinen Säbel nicht bei sich, und die Priester brauchten nur nach den Brythuniern zu rufen.

Diesen verrückten Einfall gab er schnell auf. Wenn die Priester entdeckten – und sie würden es zweifellos –, daß Rudabeh ihn geschützt hatte, war es wahrscheinlich, daß sie sie nicht beerdigten. Auch konnte er schlecht die Augen mit einer Hand herausstemmen, während er sich mit der anderen Catigerns Söldner vom Leib hielt. Er hatte keine andere Wahl, als das Mädchen selbst zu begraben, und später ins Allerheiligste zurückzukehren, wenn es leer war.

Mit einem tiefen Seufzer stieg er die Stufen wieder hinunter, hob die Leiche auf und machte sich auf den Weg. An der Hauptkreuzung ging er geradeaus weiter und folgte auch an der nächsten Abzweigung dem Tunnel, den er für den Hauptkorridor hielt.

12

DIE KINDER ZATHS

Der Tunnel endete an einer riesigen Tropfsteinhöhle. Gewaltige Stalaktiten hingen von der Decke, und nicht weniger beeindruckende Stalagmiten ragten ihnen entgegen. Etwa ein halbes Dutzend Steinstufen führten am Tunnelende zum Boden der Höhle hinunter. Aus seiner Höhe hatte Conan einen guten Blick zum gegenüberliegenden Höhlenende. Zwar reichte der Schein der Fackel längst nicht so weit, aber in der Mitte der fernen Schwärze war eine Öffnung zur Außenwelt zu sehen. Auch dahinter war es dunkel, aber der Sternenhimmel war unverkennbar – offenbar hatten die dichten Regenwolken sich aufgelöst.

Am Höhleneingang, unterhalb der eigentlichen Öffnung, war ein schwaches Schimmern sichtbar. Conans scharfer Blick erkannte es als kreisrunden Teich, in dem der Nachthimmel sich spiegelte und den Zutritt von außen höchstens durch Schwimmen oder Tauchen gestattete. Der leicht beißende Geruch, der ihm vor seiner Begegnung mit Zath aufgefallen war, schlug ihm hier mit würgender Schärfe entgegen.

Überall auf dem Höhlenboden fiel der Fackelschein auf merkwürdige große Klumpen zwischen den Stalagmiten. Sie mochten Riesenpilze sein, obgleich sie, was für Pilze ungewöhnlich war, grau-braun gefleckt waren. Als Conan sich daranmachte, die Stufen hinunterzusteigen, um sich einen Weg durch sie hindurch zum Ausgang zu bahnen, bemerkte er aus dem Augenwinkel eine Bewegung. Er schaute genauer und sah, daß einer der vermeintlichen Pilze sich zu bewegen begann. Er entfaltete gelenkige Beine, hob seinen Leib vom Boden und wandte Conan vier schimmernde Augen zu.

Diese Kreatur war ein Ebenbild Zaths, wenn auch nur etwa halb so groß wie der Spinnengott. Trotzdem war sie immer noch größer als die Riesenspinne, gegen die Conan vor Jahren im Turm des Elefanten gekämpft hatte. Ein einziges dieser Ungeheuer wäre ohne weiteres imstande ihn zu töten – und es mußten sich Hunderte davon hier in dieser Höhle befinden.

Die Spinne, die als erste erwacht war, setzte sich in Richtung Conans in Bewegung. Ringsum rührten sich nun bereits weitere und erhoben sich auf ihre Klauenfüße. Wenige Herzschläge nachdem der Cimmerier den Höhleneingang erreicht hatte, strömten die Spinnenungeheuer auf ihn zu. Das ununterbrochene Klicken ihrer Klauen hörte sich wie ein Rattern an. Wohin Conan auch blickte, blitzten Augen im Schein seiner Fackel auf.

Er wirbelte herum und rannte die lange Schräge des Tunnels hoch, während seine Ohren ihm verrieten, daß dic ganze Meute sich hinter ihm in den Korridor drängte und ihn als vielbeinige Flut verfolgte. Noch schneller lief er. Nach den schwächer werdenden Geräuschen zu schließen, gewann er anfangs einen guten Vorsprung. Aber er war schwer beladen und sah sich gezwungen, sein Tempo zu verlangsamen, denn sein Atem kam immer keuchender, und sein Herz schlug schon fast schmerzhaft. Und dann näherte das kastagnettenähnliche Geklapper Hunderter von hornigen Klauen auf Stein sich schneller. Diese Ungeheuer, dachte Conan, mußten die Kinder Zaths sein, von denen der Hohepriester gesprochen hatte.

Die rauhen Tunnelwände huschten an ihm vorbei. Ohne die Leiche, dessen war Conan sicher, hätte er den Vorsprung bestimmt vergrößern können, aber er brachte es nicht fertig, die tote Rudabeh zurückzulassen. Er kam sich wie in einem Alptraum vor, in dem man endlos durch die Finsternis läuft, während eine unsichtbare Bedrohung einen verfolgt und immer näherkommt. Er befürchtete schon, er hätte eine falsche Abzweigung genommen und würde sich in diesem Labyrinth verirren.

Als er der Verzweiflung ganz nahe war, erreichte er die Hauptkreuzung. Er rannte geradeaus weiter und kam endlich an die Treppe zur Falltür.

Er stieg die Stufen hoch und lauschte. Nichts war über ihm zu hören, keine Stimmen, keine Schritte, auch sonst keinerlei Anzeichen, daß sich jemand im Allerheiligsten befand. Vermutlich waren die verdammten Priester endlich ins Bett gegangen. Jetzt, zwischen Mitternacht und Morgen, müßten außer den brythunischen Wachen eigentlich alle im Tempel schlafen. Conan hatte keine Ahnung, wie er mit Rudabehs Leiche unbemerkt aus dem Tempel gelangen konnte, aber darüber machte er sich jetzt auch keine Gedanken, dazu waren die Kinder Zaths viel zu nahe.

Mit der Faust, in der er die Fackel hielt, drückte er gegen die Falltür – aber sie bewegte sich nicht. Lautlos fluchend fragte er sich, ob jemand bemerkt hatte, daß der Riegel zurückgezogen gewesen war und dieser Jemand ihn wieder zugeschoben hatte.

Mit dem Rattern der Klauen so dicht hinter sich, konnte Conan es sich nicht leisten, von einem Riegel aufgehalten zu werden. Wenn ein heftiger Druck ihn nicht lösen konnte, würde er die Tür mit dem Schmiedehammer aufschlagen müssen – aber wegen des Lärmes schreckte er vor dieser Möglichkeit zurück. Er kehrte in den Tunnel zurück und setzte die tote Rudabeh ab. Die Fackel lehnte er an die Wand. Wieder stieg er die Stufen hoch, legte beide Hände an die Falltür und schob mit aller Kraft.

Nur mühsam ließ die Tür sich heben, als hätte jemand ein

schweres Gewicht dort angebracht. Plötzlich gab der Widerstand nach, ein Schrei war zu hören, ein plumpsender Aufschlag, und die Tür flog auf.

Als Conan in die Düsternis hinaussprang, traf ihn ein Schwall Öl, der an ihm hinabfloß. Im flackernden Licht der ewigen Flamme sah er einen Priester – den er als Mirzes, den Vikar erkannte – auf dem Boden liegen, eben im Begriff aufzustehen. Neben ihm lag eine Ölkanne, die ihm entglitten sein mußte, ihr Inhalt strömte über den Marmorboden.

Conan verstand sofort. Als Rudabeh sich nicht zurückgemeldet hatte, hatte der Vikar sich selbst vergewissert, ob der Ölbehälter aufgefüllt war. Da Rudabeh offenbar noch nicht dazu gekommen war, hatte er eine Kanne geholt, um es selbst zu tun. Er war auf der Falltür gestanden, um Öl aus der Leitung in die Kanne zu füllen, als Conans heftiger Schub ihn zu Fall gebracht hatte.

Mirzes plagte sich auf die Beine und rief: »Wer ... Was – Nial! Was in den sieben Höllen ...« Doch dann glitt er auf dem öligen Boden aus und stürzte erneut.

Conan wollte sich ihm nähern und rutschte ebenfalls aus. Er taumelte, konnte sich jedoch auf den Füßen halten.

»Hilfe!« krächzte Mirzes. »Wachen!«

Unter ständigem Ausgleiten erreichte Conan den Priester, gerade als er wieder auf die Füße kam. Mirzes öffnete den Mund zu einem weiteren Schrei, da versetzte Conan ihm einen Kinnhaken, der ihn bewußtlos rückwärts auf den Marmorboden warf.

Während er sich über ihn beugte, kam es Conan in den Sinn, ihm mit dem Hammer den Kopf einzuschlagen, doch er verwarf den Gedanken sofort wieder. Es ging gegen seine Ehre, einen Schlafenden oder auf andere Weise Hilflosen zu töten. Dann überlegte er, ob er Mirzes' Turban in Streifen zerschneiden und den Priester damit fesseln und knebeln sollte.

Doch dringlicher war, seine Fackel und Rudabehs Leiche zu holen und die Falltür wieder zu verriegeln, ehe die Kinder Zaths in das Allerheiligste quollen. Sein Blick fiel auf die Nische. Er sah, daß der Hahn noch offen war und Öl nachfloß und der ganze Strom sich in den Tunnel ergoß. Jetzt mußte er also zuerst den Hahn zudrehen. Sobald der Ölzufluß gestoppt, die Falltür geschlossen und verriegelt war, konnte er sich Mirzes' annehmen.

Danach, dachte Conan, würde er versuchen, die Augen aus der Statue zu stemmen. Um aus dem Tempel zu gelangen, hatte er vor, an die Eingangstür zu trommeln und um Hilfe zu brüllen. Sobald die Brythunier die Tür aufgeschlossen hatten und sie öffneten, würde er »Raub« und »Mord« brüllen, und »helft dem Vikar!« Und wenn die Wachen hereinstürmten, würde er die Aufregung nutzen, sich an ihnen vorbei hinauszustehlen.

Conan hatte erst zwei Schritte auf die Falltür zu gemacht, als mit einem Donnerknall Flammen und Rauch aus der Öffnung im Fußboden schossen. Die brennende Fackel an der Tunnelwand mußte mit dem Öl in Berührung gekommen sein und es entzündet haben. Conan machte eine verzweifelten Versuch, den Hahn zu erreichen, doch das Feuer trieb ihn mit versengtem Haar und verkohlten Augenbrauen zurück. Auch seine ölgetränkte Kleidung hatte begonnen, in Flammen aufzugehen, die er jedoch bändigen konnte, ehe sie sich ausbreiteten.

Als ihm klar wurde, daß er nichts mehr für Rudabehs Leiche tun konnte, sprang er zur Statue und tastete nach seinem Werkzeug. Er wollte wenigstens noch ein Auge herausbrechen, ehe das Feuer ihn vertrieb. Der Rauch wurde immer dicker. Er reizte Conan zum Husten und raubte ihm die klare Sicht.

Aber hartnäckig versuchte er den Meißel anzusetzen. Erfreut stellte er fest, daß er auch wirklich in den Bleiring gedrungen war. Doch jetzt wurde der Rauch so beißend und sein Husten so stark, daß er nur noch würgte und nicht mehr weitermachen konnte.

Dann wurde es immer heller im Allerheiligsten, und Conan sah, daß ein Wandbehang in Flammen aufgegangen war. Außerhalb der Tempelhalle schrie jemand: »Feuer! Feuer!«

Der Rauch hob sich flüchtig, da sah Conan, der zu dem feurigen Rechteck der Bodenöffnung schaute, etwas, das ihn erschaudern ließ. Eine monströse grau-braune Spinne reckte sich durch die Öffnung. Ihr gewaltiger Leib schabte gegen die Seiten, als sie ihren haarigen Körper hindurchzwängte. Sie sah aus wie ein Dämon, der der flammenden Hölle entsteigt. Zath war also seinem Tunnelgefängnis entkommen.

Er drehte sich auf seinen gelenkigen Beinen und entdeckte Conan, und schon setzte er sich auf ihn zu in Bewegung. Der Cimmerier warf sein Werkzeug von sich und rannte zur Eingangstür. Er versuchte sie aufzustoßen, doch sie war immer noch verschlossen. Ein Blick über die Schulter zeigte ihm die Spinne dicht hinter sich.

Da klickte ein Schlüssel im Schloß und die Tür schwang auf. Conan sah sich zwei verblüfften Brythuniern gegenüber, von denen einer einen großen Schlüssel in der Hand hielt. Andere drängten sich hinter die Söldner. Rauch war durch die Spalten rings um die Türflügel gequollen, und der Alarmschrei, den Conan gehört hatte, hatte die Menschen im Tempel geweckt.

Hustend taumelte Conan aus der Tempelhalle in eine chaotische Szene. Zathpriester, die Besucher von Arenjun, Akoluthen, Tempeltänzerinnen und Sklaven rannten kopflos in alle Richtungen. Priester brüllten Befehle.

Zath kauerte an der Türöffnung. Trotz des Rauches war er deutlich zu sehen. Bei seinem Anblick versuchten alle in der Vorhalle, den nächsten Ausgang zu erreichen. Die kleine Tür im Portal war von Flüchtigen verstopft, die alle gleichzeitig versuchten hindurchzukommen.

Durch seine Körperkraft bahnte sich Conan einen Weg zur großen Eingangstür, schob den Riegel zurück und riß die beiden Flügel auf. Die sich dagegen gedrängt hatten, purzelten übereinander, aber sie kamen schnell auf die Füße und rannten panikerfüllt die Eingangstreppe hinunter. Conan sah zwei Akoluthen, die dem früheren Vikar – der staunend wie ein Kind um sich schaute – aus dem Tempel halfen.

Conan nahm zwei Stufen auf einmal, als er den Treppenaufgang hinunterraste. Auf halbem Weg warf er einen Blick zurück. Dicker Rauch qualmte aus dem offenen Portal. Der Himmel darüber war sternenklar, und der Halbmond stand hoch im Osten.

Zwei Gestalten waren am Portal zu sehen: die riesige Spinne, deren Haare versengt waren, die aber ansonsten unverletzt zu sein schien, und fast in Reichweite des Ungeheuers der hagere, hakennasige Hohepriester Feridun in weißem Gewand und schwarzem Turban. Er beschrieb geheimnisvolle Gesten in der Luft und murmelte etwas vor sich hin.

Zath, der die Vorderbeine erhoben hatte, um Feridun zu packen, hielt inne. Der Priester fuhr mit seiner Beschwörung fort. Er hob die Stimme zu einem Brüllen und gestikulierte so heftig, daß sein langer weißer Bart die Luft geradezu durchpeitschte.

Die beiden grotesken Gestalten hoben sich gegen den leuchtenden Feuerschein hinter ihnen ab. Die Spinne wich einen Schritt zurück, dann noch einen. Des Priesters sagenhafte Kontrolle über Tiere vermochte sogar dieses Ungeheuer in die Feuersbrunst zu schicken.

Doch da reizte eine Rauchwolke Feridun zu einem Hustenanfall. Sofort schnellte die Spinne vorwärts, da sie die Stimme ihres Herrn nun nicht mehr bannte. Ihre langen Gliedmaßen legten sich um den Priester, der nur einmal kurz aufschrie.

Eine stämmige Gestalt in Kettenrüstung rannte an Conan vorbei die Treppe hoch und schwang das Schwert. Am flatternden roten Haar erkannte Conan Hauptmann Catigern. Oben angekommen hieb der Brythunier auf die Spinne ein und schlug ihr eine klaffende Wunde, aus der dunkle Flüssigkeit quoll. Zath, der inzwischen aus dem Portal gekommen war und auf der obersten Stufe stand, ließ die Leiche des Priesters fallen und wandte sich seinem neuen Gegner zu. Als er seine Gliedmaßen ausstreckte, wich Catigern zurück und schwang seine Klinge nach links und rechts. Die Spinne folgte ihm, hielt sich jedoch außerhalb der Reichweite des Schwertes.

»Warte, Catigern!« brüllte Conan zwischen heftigen Hustenstößen. Auf der Treppe hatte er eine Hellebarde liegen sehen, die einem der Tempelposten gehört hatte und die dieser auf seiner Flucht hatte fallen lassen.

Der Cimmerier raste die Treppe wieder hoch, hob die Hellebarde auf und schwang sie, als er Zath fast erreicht hatte, hoch über den Kopf, um sie mit aller Kraft in den Körper des Ungeheuers herabsausen zu lassen.

Die Hellebardenklinge drang tief in das ledrige Fleisch. So heftig war der Hieb, daß der Schaft in der Mitte barst. Zath wandte sich Conan zu. Catigern rannte von der anderen Seite herbei und stieß sein Schwert dort in den Leib der Spinne, wo das zweite Bein herauswuchs, und zog es eilig zurück.

Jetzt drehte Zath sich wieder zu dem Brythunier um, aber seine Bewegungen wurden immer langsamer. Ehe er die Drehung vollendet hatte, gaben seine Beine nach und sein

Leib prallte auf die Marmorstufe, über die das dunkle Blut aus den Wunden quoll. Die Spinnenbeine zuckten noch kurz, dann rührten sie sich nicht mehr. Zath war tot.

Catigern umarmte Conan wie ein Bär. »Den Göttern sei gedankt, daß du gerade des Weges kamst! Wenn du Lust haben solltest, Leutnant bei mir zu werden, brauchst du es mir nur zu sagen.«

»Ich werde es mir noch überlegen«, antwortete Conan hustend.

Ein Brythunier kam angerannt. »Hauptmann, der Priester Dinak ersucht, daß wir ihm das Feuer löschen helfen.«

Als die Yezuditen sahen, daß die Spinne tot war, drängten sie sich auf den Platz vor dem Tempel. Die Bürger kamen aus ihren Häusern, einige im Nachtgewand, andere in flüchtig übergeworfener Kleidung. Die Priester rannten herum und beaufsichtigten die Feuerbekämpfung. Dicker öliger Rauch qualmte aus den Tempeltüren.

»Hilf mit!« brüllte Catigern Conan zu und drückte ihm einen Eimer in die Hand. »In der Reihe dort!«

Conan hatte sich gerade umgedreht, um in die Schmiede zurückzukehren, seine Sachen zu packen und den Staub Yezuds von den Sohlen zu schütteln. Der Zathtempel war eine Kultstätte des Bösen, schlimmer noch als die meisten anderen zamorianischen Schreine. Ihn kümmerte seine bauliche Schönheit nicht, und wenn noch weitere Priester der Feuersbrunst zum Opfer fielen, konnte es ihm auch recht sein. Wenn er schon Rudabeh nicht zu begraben vermochte, war eine Feuerbestattung das nächstbeste. Nun, da sie tot war, gab es niemanden mehr in Yezud, dessen Wohl ihm etwas bedeutete.

Doch das stimmte nicht ganz. Hauptmann Catigern war ihm zum Freund geworden, und jeder hatte dem anderen das Leben gerettet. Wenn der Brythunier also gegen das Feuer kämpfen mußte, gehörte es sich, daß er ihm dabei half.

Das erste Grau des Morgens kündigte den nahenden Tag an, doch plötzlich bedeckte sich der Himmel. Eine kleine, aber sehr schwarze Wolke bildete sich über Yezud. Ein Blitz ließ die Flammen um den Fuß der Mittelkuppel erblassen, und Donnergrollen übertönte das Prasseln der Flammen. Es fing an zu regnen, aber es war ein Regen, wie Conan ihn noch nie erlebt hatte, ihm schien es, als stünde er unter einem Wasserfall.

Er reihte sich ein in die Eimerkette und reichte, während der Regen über ihn strömte, einen Eimer nach dem anderen vor und zurück im gleichmäßigen Rhythmus. Die Kübel wurden aus dem Brunnen am Tempelplatz gefüllt und an die Yezuditen rund um und im Innern des Tempels weitergegeben.

Mit einem ohrenbetäubenden Krachen zerbrach die Mittelkuppel und war nicht mehr. Eine Wolke aus Funken, Rauch und Staub stieg aus der neugeschaffenen Öffnung, und Regen fand seinen Weg hinein. Allmählich wurde das Feuer durch die vereinten Kräfte der Menschen und des Regens eingedämmt, bis schließlich nur noch das Allerheiligste brannte.

Die Yezuditen kämpften immer noch gegen die Flammen, und die Sonne, obgleich sie selbst noch nicht sichtbar war, färbte die Wolken des frühen Morgens rosig, als Conan sich aus dem Tempel zurückzog. Nachdem er sich gewaschen, umgezogen und seine Sachen gepackt hatte, betrat er mit seinem Sattel über einer Schulter und der zusammengerollten Decke mit seiner Habe über der anderen den Stall. Der Stallknecht, der heute Dienst hatte, war ein grobschlächtiger Bursche namens Yazdan. Er blickte von seiner Arbeit hoch.

»Was wollt Ihr, Meister Nial?« fragte er. »Ich dachte, Ihr habt Euer Pferd verloren.«

»Eines«, brummte Conan und schritt die Boxen entlang. Vor Egil blieb er stehen. »Auch er gehört mir.«

»Ho! Was sagt Ihr da?« rief Yazdan. »Ihr müßt verrückt sein. Dieses unzähmbare Tier gehört dem Tempel. Vikar Harpagus hat es von einer seiner Reisen mitgebracht.«

»Nachdem er es mir gestohlen hat!« brüllte Conan. »Geh zur Seite, Junge, wenn du nicht möchtest, daß dir etwas passiert.«

»Ich darf nicht – Zaths Fluch würde auf mich herabkommen!« protestierte der Bursche und versuchte, Conan aufzuhalten.

»Ich tue es ungern«, brummte Conan und ließ seine Last fallen. »Aber du läßt mir keine andere Wahl.«

Er hob den kräftigen Yazdan, der mit Händen und Füßen um sich schlug, hoch und stieß ihn gegen die Wand. Der Stallknecht sackte halb bewußtlos auf den Boden. Kurz darauf führte Conan den gesattelten Egil aus dem Stall. Der Hengst wieherte und tänzelte vor Freude, wieder bei seinem alten Herrn sein zu dürfen.

Bei Bartakes Wirtschaft machte Conan halt, um Proviant für unterwegs einzukaufen: einen Laib Brot, ein großes Stück Fleisch und einen Lederbeutel voll Bier. Er zählte dem gähnenden Bartake gerade die Münzen in die Hand – er hatte den Wirt aus dem Bett geholt –, als eine vertraute Stimme sagte:

»Ah, da bist du ja! Ich hatte mich schon gewundert, wo du geblieben bist.« Es war Hauptmann Catigern, der noch rußverschmiert und voll Asche war und einen Arm in der Schlinge trug. Er fuhr fort: »Es sieht ganz so aus, als wolltest du uns verlassen.«

»Da hast du nicht so unrecht«, brummte Conan. »Was hast du mit deinem Arm gemacht?«

»Ein Balken ist daraufgefallen. Ich fürchte, ein Knochen ist gebrochen, ich werde wohl sobald wie möglich zu einem

Beinflicker gehen müssen. Als ich sah, daß das Feuer unter Kontrolle ist, übergab ich Gwotelin das Kommando.«

»Wieviel des Tempels ist niedergebrannt?«

»Die Tempelhalle sieht grauenvoll aus, und das Allerheiligste ist so gut wie zerstört. Die herabstürzende Kuppeldecke hat den verfluchten Spinnengötzen in tausend Stücke zerschmettert. Aber ansonsten ist der Schaden nicht allzu groß, da der größte Teil des Tempelbaus aus Stein ist. Der Ölzufluß aus der Leitung im Allerheiligsten hörte auch bald auf – vermutlich ist die Quelle versiegt.«

»Ist das das Ende des Zathkults?«

»Mitra, nein! Sie machen schon jetzt Pläne für den Wiederaufbau des Tempels. Ich wette, sie werden Darius zu ihrem neuen Hohenpriester wählen, weil sein Regenzauber den größten Schaden verhinderte. Es wird dort bald viel Arbeit für Handwerker wie dich geben.«

»Das bezweifle ich nicht, aber ich habe andere Pläne.« Conan dachte an Zaths Augen. Wenn sie nicht durch den Kuppeleinsturz zersplittert waren, würden sie bestimmt durch die Hitze zu einfachen weißen Steinen von keinerlei Wert gebacken worden sein. Schadenfroh sagte er sich, wenn er schon nichts von ihnen hatte, würde sich auch niemand anders mehr an ihnen erfreuen.

»Na ja, das mußt du wohl selbst wissen«, brummte Catigern. »Übrigens, dieser Rapphengst ähnelt erstaunlich einem der Tempelpferde.«

»Egil gehört mir!« knurrte Conan. »Irgendwann einmal werde ich dir erzählen, wie Harpagus ihn mir gestohlen hat. Wenn du mir nicht glaubst, zeige ich dir, wie er mir gehorcht und an mir hängt.«

»Ich wüßte nicht, warum ich deinen Worten mißtrauen sollte«, antwortete Catigern. »Hoffen wir, daß es mit einem neuen Hohenpriester nicht auch wieder eine neue Riesenspinne gibt.«

»Wo hatte Feridun eigentlich seine her?«

Catigern zuckte die Schultern und verzog das Gesicht bei dem plötzlichen Schmerz in seinem verletzten Arm. »Keine Ahnung. Vielleicht hatte sie ein längst vergangenes Zeitalter überlebt. Oder vielleicht züchtete er sie mit Zauberkräften aus einer ganz gewöhnlichen Tarantel.«

»Was ist aus den letzten beiden Vikaren geworden?«

»Harpagus hat seinen Verstand immer noch nicht wiedergewonnen, und Mirzes ist tot. Wir fanden ihn im Allerheiligsten – erstickt am Rauch.«

»Gut!« brummte Conan.

Catigern blickte ihn scharf an. »Da fällt mir etwas ein. Einer meiner Leute schwört, daß er dich aus der Tempelhalle hat kommen sehen, mit der Spinne dicht auf deinen Fersen – obgleich niemand dich den Tempel betreten sah. Gibt es da vielleicht eine Verbindung zwischen deinem unerlaubten Besuch und dem Tod Mirzes'?«

»Vielleicht«, murmelte Conan. »Aber es gibt etwas anderes, was du wissen solltest.« Er beschrieb die Tropfsteinhöhle mit den Kindern Zaths. »Die Spinne muß eine ganze Menge Eier gelegt haben, nachdem Feridun sie in die Tunnels sperrte. Feridun hatte vorgehabt – falls der König nicht auf seine Bedingungen einging –, die ganze Horde auf Zamora loszulassen. Es dürfte einen Weg geben, den Teich zu leeren, damit die Kinder aus der Höhle könnten, um sich über das Land zu verteilen.«

Catigern pfiff durch die Zähne. »Dann war die Riesenspinne also ein Weibchen, obgleich Zath als männlicher Gott angebetet wird! Und diese Ungeheuer befinden sich noch dort?«

»Wenn nicht dieser Fluß flammenden Öles in die Höhle geflossen ist und sie gebacken hat, was ich vermute, da sie sonst bestimmt ebenfalls hochgekrochen wären, genau wie die Riesenspinne.«

»Das muß ich mir ansehen«, sagte der Brythunier nachdenklich. »Kannst du mir den Höhleneingang zeigen?«

Conan schüttelte den Kopf. »Er ist irgendwo in diesen Bergen, aber ich glaube, man könnte wochenlang suchen, ehe man ihn entdeckt. Es ist schon besser, du steigst durch die Falltür, wie ich es getan habe.«

Catigern schauderte. »Ich fürchte, ich muß meine Männer mit Piken und Fackeln in diese Tunnels führen und mich darum kümmern, daß keines dieser Ungeheuer entkommt.« Murmelnd fügte er hinzu: »Feridun war auf seine Art ein ehrlicher und gerechter Mann, aber mögen die Götter uns vor Fanatikern schützen.«

»Ich hörte, daß er Macht über Tiere aller Art hatte«, sagte Conan und gähnte ausgiebig. »Hätte er seine Spinnen verloren, aber selbst überlebt, wäre er durchaus imstande gewesen, Wölfe oder Löwen oder Adler auf die Zamorier zu hetzen. So, aber jetzt muß ich mich auf den Weg machen.«

Catigern begleitete Conan zur Tür hinaus. Nachdenklich sagte er: »Es gibt noch so manches Ungeklärte, das ich wohl auf Befehl der Priester untersuchen muß. Ich werde froh sein, wenn du dann nicht mehr da bist, denn ich möchte mich nicht gern mit einem anlegen müssen, der mir zweimal das Leben gerettet und, ganz zu schweigen davon, des Hohenpriesters Wahnsinnsplan vereitelt hat.«

Conan schüttelte Catigern die Hand des unverletzten Armes und machte sich daran, sein Pferd loszubinden, als er das Faß Öl an der Hausecke entdeckte, aus dem der Wirt seine Lampen füllte.

Er ließ Egil stehen und öffnete die Haustür. »Mandana!« rief er.

»Ja?« Die Wirtstochter trat, sich die Hände an der Schürze abwischend, aus der Küche.

Conan drehte sich zu Catigern um. »Leb wohl, Freund.

Ich möchte mich gern unter vier Augen mit dem Mädchen unterhalten.«

Catigern grinste und ging in die Wirtschaft.

»Mandana, kommst du bitte heraus?« rief Conan. »Ich habe dir was zu sagen.«

Die Dirne mißverstand Conans grimmiges Lächeln und rannte erfreut aus dem Haus. »Dann hast du wohl endlich genug von dieser dürren Tempeltänzerin?« sagte sie und kicherte.

»Ich werde sie nie wiedersehen«, antwortete Conan düster. »Ehe Harpagus den Verstand verlor, erzählte er mir, du hättest ihm zugetragen, daß Rudabeh die Wirtschaft besucht hat.«

»Na und? Sie verdiente eine Strafe, weil sie sich nicht an die Tempelbestimmungen hielt, sondern hier herunterkam, um mir unsere Gäste abspenstig zu machen. Wovon sollen wir bei solch unfairer Nebenbuhlerschaft leben?«

Conan nickte weise. »Ich zeige dir etwas.« Er trat an das Faß und warf den Deckel auf den Boden. »Jetzt!« brummte er. Er faßte Mandana um die Taille und hob sie hoch.

»Nial!« rief sie. »Doch nicht hier auf dem schmutzigen Boden! Ihr Barbaren seid so ungestüm! Ich habe ein weiches Bett oben in meiner Kammer ...«

»Ja«, brummte Conan. Mit einem Schritt stand er über dem Faß. Er beugte sich mit dem aufreizend lachenden Mädchen darüber und tauchte ihr langes schwarzes Haar in die pechähnliche Flüssigkeit.

So schnell und geschickt machte er es, daß Mandana seine wahre Absicht nicht durchschaute, bis ihre Haare bis zur Kopfhaut in dem schwarzen klebrigen Öl steckten. Da erst schrie sie wie am Spieß.

Mit einer lässigen Bewegung hob Conan sie hoch und stellte sie wieder auf die Füße. Einen Augenblick lang stand sie wie erstarrt, während das Bitumen über ihre rosigen

Pausbacken rann und auf ihr Mieder hinuntertropfte. Entsetzt fuhr sie sich durch die jetzt tauähnlichen Haarstränge und starrte auf die schmierige Flüssigkeit, die nun auch von ihren Händen troff. Sie begann erneut, schrill zu schreien.

»Das hast du für deinen Verrat!« grollte Conan. »Bis deinem geschorenen Schädel neue Haare sprießen, hast du vielleicht gelernt, dich nicht in anderer Leute Dinge zu mischen.«

Conan band Egil los und schwang sich in den Sattel. Von dem Gekreische »Ich hasse dich! Ich hasse dich!« verfolgt, trottete er auf die Straße von Shadizar.

Durch das schmale Tal unterhalb von Yezud ritt Conan, vorbei an Kharshoi und hinaus ins offene Land von Mittelzamora. Als die Sonne ihren Zenit längst überschritten hatte, hielt er Egil auf einer Erhebung der Straße an, wo er einen guten Blick zurück über den Weg hatte, den er gekommen war. Gähnend holte er einen Hühnerschenkel und ein Stück Brot aus dem Sattelbeutel, setzte sich mit überkreuzten Beinen an die Straßenseite und aß, während der Hengst mit hängendem Zügel hinter ihm in der Wiese weidete. Lockend stahl der Schlaf sich herbei, denn Conan hatte die ganze Nacht kein Auge zugemacht, aber er wagte nicht, auch nur kurz zu schlummern, ehe Yezud nicht weiter zurücklag.

Plötzlich bewegte sich die Luft vor ihm, als wäre Staub aufgewirbelt worden, obwohl es völlig windstill war. Und dann war die Luft wieder klar, und vor ihm stand Psamitek, der Stygier mit einem kleinen Messingdreifuß in den Händen, auf dem eine rauchende Feuerschale ruhte. Während Conan ihn noch verblüfft anstarrte, stellte der Stygier den Dreifuß vor ihn auf den Boden. Er beschrieb seltsame Gesten darüber und murmelte etwas in einer gutturalen Sprache, die der Cimmerier nicht verstand.

»Was zum Teufel soll das?« brüllte Conan, sprang auf und tastete nach seinem Krummsäbel. »Bei Crom, diesmal ...«

Psamitek schrie ein Wort. Sofort verdichtete der aus der Feuerschale aufsteigende grüne Rauch sich zu einer tauähnlichen Säule, die sich einer blaßblauen, halbdurchsichtigen Schlange gleich in der stillen Nachmittagsluft wiegte.

Nach einer weiteren Gebärde und einem Wort des Stygiers schnellte der Schlangenrauch in Richtung Conans und wand sich wie der Geist eines Pythons um seinen Körper, daß sein Waffenarm mit dem halbgezogenen Säbel an seine Seite gepreßt wurde. Eine weitere Rauchschlange wickelte sich um Conans Hals und würgte ihn.

Conan kämpfte dagegen an, bis ihm Schaum über die Lippen quoll. Mit seiner freien Linken zerrte er an der Rauchschlinge um seine Kehle, daß sein Wams sich unter den quellenden Muskeln aufbauschte. Der Rauch fühlte sich für seine Finger wie ein dickes Tau aus glatter, nachgiebiger, lebender Substanz an, wie ein Aal etwa, aber völlig trocken.

Er zwängte den Daumen zwischen die Schlinge und seinen Hals, obgleich er dadurch seine Haut mit dem Nagel aufschürfte. Es gelang ihm, die Schlinge weit genug von der Kehle zu ziehen, so daß er würgend Atem holen konnte, doch schon zog sie sich wieder zusammen, und sein Gesicht verfärbte sich blau. Seine Schläfenadern schwollen an, bis sie zu platzen drohten.

Psamitek lächelte höhnisch. »Ich habe dir doch gesagt, daß du noch weitere meiner kleinen Tricks kennenlernen wirst. Und nun werde ich mir in aller Ruhe deinen Kopf nehmen und mir die Belohnung dafür holen. Ich brauche sie nicht einmal mehr mit diesem turanischen Wilden zu teilen. Ha! Ich werde mir die umfangreichste Bibliothek der okkulten Künste in ganz Stygien anschaffen können.«

Conan versuchte, in die Schlinge zu beißen, konnte sie

jedoch nicht weit genug von seinem Kinn ziehen, um seine Zähne anzusetzen. Er wollte den Dolch werfen, doch inzwischen hatte eine andere Rauchschlinge ihm auch diese Waffe an die Seite gepreßt. Hinter sich hörte er Egil unruhig herumstapfen. Offenbar beobachtete er verständnislos das Geschehen.

Psamitek lachte zynisch über Conans vergebliche Versuche sich zu befreien. Zufrieden wie eine Katze schnurrte er: »Das bereitet mir mehr Vergnügen als selbst die Gladiatorenkämpfe in Argos.«

Vor Conans Augen begann alles zu verschwimmen und sich zu verdunkeln. Mit allerletzter Kraft zerrte er die Schlinge so weit von seiner Kehle, daß er schreien konnte. »Egil!« krächzte er. »Töte ihn!«

Schnaubend sprang das wohlgeschulte Streitroß an Conan vorbei und bäumte sich vor Psamitek auf. Durch die dunklen Schleier vor seinen Augen sah Conan das Entsetzen des Stygiers über dieses unerwartete Eingreifen. Und schon sauste einer von Egils Hufen auf Psamiteks geschorenen Schädel herab und zerschmetterte ihn.

Sofort löste das magische Tau sich zu dünnen Fähnchen normalen Rauches auf. Conan ließ sich auf den Boden fallen und sog keuchend die belebende Luft ein.

Als er sich erholt hatte, stand er auf und taumelte zu Psamitek. Er durchsuchte ihn. In seinem Säckel fand er eine Handvoll Münzen, darunter einige Goldstücke, und unter dem Wams die Pergamentrolle: Tughrils Aufruf für Conans Kopf. Das Geld steckte der Cimmerier in seinen eigenen Beutel.

Er betrachtete die Schriftrolle und versuchte die spinnenfeinen Glyphen zu entziffern. Es wäre nicht gut, dachte er, ein solches Dokument zurückzulassen. Es mochte einem anderen in die Hand fallen und diesen ebenso in Versuchung führen wie Psamitek, die Belohnung zu verdienen.

Conan bückte sich über den Dreifuß, der noch aufrecht stand, und blies in das schwelende Feuer. Als es wieder aufflammte, hielt er eine Ecke des Pergaments darüber, daß sie Feuer fing. Dann drehte er das Dokument, bis es allmählich verbrannte. Die geheimnisvolle Schrift glühte kurz rot und verschwand. Bald war das ganze Dokument, außer der Ecke, an der Conan es hielt, zur Asche geworden.

Dann schwang der Cimmerier sich in den Sattel, gab Egil die Zügel und kanterte davon. Die Leiche des Stygiers ließ er für die Hyänen zurück.

HEYNE BÜCHER

DIE GROSSE CONAN-SAGA

Über 20 Bände in ungekürzter Übersetzung, illustriert und mit Karten versehen

06/3283 - DM 6,80

06/3889 - DM 9,80

06/3895 - DM 6,80

06/3941 - DM 6,80

06/3972 - DM 6,80

06/4006 - DM 5,80

06/4029 - DM 6,80

06/4037 - DM 6,80